パラ・スター
〈Side 宝良〉

阿部暁子

集英社文庫

パラ・スター

〈Side 宝良〉

主な登場人物

君島宝良　車いすテニスプレイヤー。ＳＣＣトレーディング所属。
君島紗栄子　宝良の母。看護師。
雪代和章　宝良のジュニア時代からのテニスコーチ。
志摩　昭島テニスクラブ（ＡＴＣ）のコーチ。
山路百花　宝良の親友。車いすメーカー藤沢製作所の社員。
小田切夏樹　藤沢製作所のエンジニア。営業設計担当。
七條　玲　世界ランク１位の車いすテニスプレイヤー。
最上涼子　日本屈指の車いすテニスプレイヤー。
三國智司　車いすテニス界の帝王と呼ばれるトッププレイヤー。
ローラ・ギーベル　車いすテニス世界ランク３位のオランダの選手。
佐山みちる　小学六年生の女の子。車いすユーザー。
佐山佳代子　みちるの母。

第一章

1

鼓膜を引き裂く急ブレーキ音に足をすくませた瞬間、トラックのヘッドライトに目を焼かれ、まっ白に塗りつぶされた一瞬の中でものすごい衝撃に撥ねとばされた。そんな時にも頭をかすめたのはコーチに選んでもらったばかりのラケットのことで、使い古しのラケットバッグをとっさに抱きしめた。

宝良は指先すら動かせないままベッドの真上の天井を凝視した。心臓が混乱したスピードで脈打っている。呼吸を整えようとしてもうまく息が吸えず、額に冷たい汗がにじむ。――落ち着け。夢だ。あの事故は五年も前のことで、私はちゃんと生きている。

冷えきった手を動かし、自分の右大腿部にふれる。パジャマ代わりのスエットの上から爪を立てるように力を入れても、痛みは感じない。それどころか自分の指の感触や、今加えているはずの圧迫感も。――いつも通りに。

最悪の気分を断ち切るために大きく息を吐き、身体を起こす。

肩甲骨を閉める感覚で左右の肘をベッドマットにつき、肘を交互に背中の下へ入れ込むように動かしながら上体を三分の一ほど浮き上がらせる。そのまま腰の左右に両手を置いたら、腕を伸ばしてひと息に上体を起こし、完全に座位へ。その後は腕の力で尻を浮かせる動作をくり返しながらベッドのふちまで移動し、両足を片方ずつ手で下ろす。それから常にベッドの脇に置いている自宅用車いすのブレーキがしっかりとかかっていることを確かめてから、左手で車いすのアームレストをつかみ、右手でベッドマットを押しながら、弾みをつけて車いすの座面に身体をすべりこませる。

　起床したら、まず自室の隣のバスルームへ行くのが毎朝のルーティンだ。ホテルのユニットバスに似た造りで、奥にシャワースペース、手前にトイレと洗面台。

　起床後にまず行わなければならないのが排尿で、健常者だった頃には数分ですませられた行為が、今は倍以上の時間がかかる重労働になった。高二の秋の事故で胸椎（きょうつい）を骨折し、その際に脊髄（せきずい）を損傷したことで排泄（はいせつ）障害を負ったのだ。自分の場合は尿意というものがない（正確に言えば顔のほてりや軽い寒気のような感覚はあるが）ので、時間を決めて自分で用を足さなければならない。そして排尿機能がだめになっているため、自分でカテーテルを使って排出する必要がある。間欠導尿（かんけつどうにょう）という方法だ。尿を溜（た）めすぎれば尿路（にょうろ）感染やもっと重篤な腎盂腎炎（じんうじんえん）を引き起こすこともあり、実際これまでにも何度か痛い目にあっているので、朝は必ず時間までに起床してバスルームに来る。

ひと仕事のあと、手を念入りに洗浄し、うがいをして、冷たい水で顔を洗う。それで鈍い頭痛がまとわりついているような気分が幾分マシになり、タオルで顔を拭いた。

顔を上げると、鏡の中の自分と目が合った。

日焼けのケアはまめにしているが、年じゅう屋外で試合や練習をするせいで肌はどうしてもカフェオレの色になる。よく「きつい」と言われる吊り上がった目は、暗いばかりで覇気がない。生きることに何も楽しみを持っていないかのような顔。

まるで、負け犬の顔。

いつもなら練習用のウェアに着がえるところを今日はクローゼットからパンツスーツを出した。逃げるように帰国した今週の頭、SCCトレーディングの広報担当、諫見から メールが届いたのだ。『オーストラリア遠征お疲れさまでした。急なことで恐縮ですが「スカイウォーク」様より取材依頼があり、一月二十四日にお時間を取っていただくことは可能ですか?』という内容で、今日がその日だ。

シャツは淡いブルー。下半身を覆うタイプのストッキングは脱着が大変なので、ふくらはぎまでの長さのソックスタイプを使う。

着がえの時、上半身は問題ない。ひと仕事なのは下半身のほうで、車いすに座ったまま時間をかけてスエットを脱ぎ、ストッキングをはいてから、スーツパンツをはいていく。以前は着がえをベッドで行っていたが、頻繁に海外遠征をするようになってからはもっぱら車いすで済ませるようになった。着がえをするには座面スペースはやや狭いが、それさえ除けば作業中に寄りかかる背もたれや腕を置けるアームレストもついていてなかなか便利だし、車いすでの着がえに慣れておけば遠征先で狭い場所で着がえることになった時でもスムーズに対応できる。

身支度を終え、バスルームの隣にあるエレベーターで一階に下りる。エレベーターから出るとすぐ正面にキッチン。そして続きになったダイニング、リビングが並ぶ。

リビングでは、もう朝食を済ませたらしい母の紗栄子(さえこ)が、コーヒーを飲みながらニュースを見ていた。

「おはよう」

こちらに視線をよこした母は、乾いた声でそれだけ言った。小さく頷(うなず)いて応えつつ、自分の愛想のなさはこの人から受け継いだんだと思う。

「スーツ？　今日は会社に行くの？」

「そう」

短く答えてから、どういう理由で会社に顔を出しに行くのかも説明したほうがいいのか考えた。けれど考えている間に母はテレビに目を戻したので、こちらも結局何も言わなかった。

車いすのまま入れるよう通路を広くリフォームしたキッチンに入り、冷蔵庫から出した鶏の胸肉の塩こうじ漬けをオーブンに突っこむ。焼き上がるまでにみそ汁と玄米ご飯とヨーグルトを準備し、野菜ジュースをコップに注ぐ。その間に紗栄子がキッチンに入ってきて、無言でカップを洗ったあと、また無言で出ていった。

「いってきます」

玄関から聞こえる母の声に、もう何年も応えたことはない。

彼女に対する心の開き方を忘れたまま、十年以上が経ってしまった。たぶん、彼女のほうも娘に対して同じ気持ちでいると思う。

東京都渋谷区にある『SCCトレーディング』は、金融、不動産、通信業にコンビニと手広く事業を展開する企業グループの、おもに商品の輸出入を手掛ける専門商社だ。

玄関近くの車いすマークがついた駐車スペースに車をすべりこませ、車内のデジタル時計を確認すると十時十分。約束の二十分前で、宝良はほっと息をついた。途中で思わぬ渋滞に引っかかり、遅れるのではないかと少し焦ったのだ。

運転席のドアを開けると、冷たい風が顔に当たって首をすくめた。事故で脊髄を損傷して以来、体温の調節機能が低下してしまい、すっかり寒さに弱くなった。暖冬とはいえ、やはり日本でもっとも冷えこむ一月後半から二月にかけては一番憂鬱な季節だ。

完全に開き切った運転席のドアが自重で戻ってこないことを確かめてから、後部座席から折りたたんだ外出用車いすを引き出す。まずは車いすを地面にセット。次に両足を手動で運転席から出し、車いすのアームレストと自動車のルーフに左右の手を置いて、弾みをつけて移乗する。最後にハンドバッグを車いすの下部についているネットに入れて、ドアをロックした。

運転免許をとって車を購入してからというもの、移動の時に公共交通機関を利用することはほぼなくなった。電車や地下鉄を利用するとなるとその都度駅のスタッフに声をかけなければならないし、改札や出口に向かうためのエレベーターも一方向にしかついていないようなことが多くて、とにかく面倒なのだ。その点、車だと好きな時に好きな場所へすぐに行ける。宝良は、じつはとても気に入っている青い愛車をポンと叩(たた)いて、クリスタルで作ったようなガラス張りのビルの正面玄関に向かった。

「あ、君島(きみじま)さん。おはようございまーす、本年もよろしくお願いしまーす」

スロープを上り、自動ドアを抜けると声量たっぷりのソプラノが響き渡ってびっくりした。わざわざ迎えに出てきてくれた諫見が、ぶんぶん手を振っていた。

SCCの広報担当である諫見は、母の紗栄子と同い年の五十三歳で、大学生の娘と高校生の双子の息子たちがいるという。しかし同い年の女性でも、諫見はあらゆる意味で母と真逆だ。ふくよかで、おしゃべりで、そのしゃべり方がまた今にも歌い出しそうな感じで、いつもにこにこしている。宝良は諌見と会うたび、彼女に育てられた子供たちもこんなふうに陽気なんだろうかと想像する。

「今日はわざわざありがとうございます。ひさしぶりで迷わないかなってちょっと心配してたんですけど、無事に到着しましたね」

「道はちゃんと覚えてます、社員なので」

ＳＣＣトレーディングに『アスリート採用』枠で入社したのは二〇一八年。奇(く)しくも百花が藤沢製作所に就職したのと同時期のことだ。

国際テニス連盟(ＩＴＦ)が運営する車いすテニスの国際大会には、下位のグレードから順にフューチャーズ、ＩＴＦ３、ＩＴＦ２、ＩＴＦ１、スーパー、そして頂点のグランドスラムがある。二十歳(はたち)の頃はようやくフューチャーズ、ＩＴＦ３の大会なら準優勝から優勝、それ以上のグレードの大会でもベスト８には食いこめるようになってきた時期だった。世界ランキングも10位台に上がり、ここでさらに遠征を増やしてＩＴＦポイントを獲得したかったが、大きな問題があった。

競技生活者なら誰でも直面する問題、つまりは金だ。遠征のための交通費、滞在費に食費、その他もろもろの生活費。とにかく競技生活にかかる費用には際限がない。コーチやトレーナーを帯同せず（帯同する場合コーチやトレーナーの費用は選手が持つ）、単身で節約しながらツアーを回るとしても、一年じゅう世界各地を転戦すればどうしても四百万円程度はかかってしまう。その頃には日本車いすテニス協会（JWTA）の強化指定選手になっていたので遠征費の補助も出ていたが、やはりそれだけでは心もとない。

　それで悩んでいた時期に、コーチから障がい者スポーツ選手の雇用サポートを行っている会社を紹介された。つまりはパラスポーツ選手と、その選手たちを採用したい企業とのマッチングを行っているエージェントだ。

　そのエージェントを通じてアスリート採用のオファーをしてきたのがSCCトレーディングだった。当時はうれしいとかいうよりも、ただ驚いた。確かに車いすテニス界ではいくらか注目され始めていたとはいえ、世間的には知名度などないに等しい自分に、なぜSCCのような名のある企業が好きこのんで金を払って社員にしたいと考えるのか不思議だったのだ。

　ただ入社してみればSCCは十分すぎる待遇で競技生活をサポートしてくれた。遠征費用の心配をすることなく一年を通してツアーを転戦できるようになったのはSCCのおかげだ。社員として招集がかかれば出社して業務に当たるが、それも年に数回程度で、ほぼすべての時間を車いすテニスのために使うことができている。

　だから今日のインタビューは社員として自分にできる数少ない『仕事』だ。おかしなことを言わないようにしないとな、とエレベーターに乗りこんで考えていると、ボタンを操作しながら諫見が「君島さん」と呼んだ。自分の眉間を指先でトントン叩く。

「眉間にしわ。地球の危機に直面した大統領みたいな顔してますよ」

「……インタビューとか人間と話すことが基本的に苦手なんです」

「自然体で話せばいいんですってば。だいたい初めてじゃないでしょう？　もう何回もやってるじゃないですか」

「何回やっても慣れないから眉間にしわが寄るんです」

「ほんとにねぇ、『この世に怖いものなんかない』みたいな迫力の美人のくせに、意外と君島さんナイーブなとこありますよね」

諫見が遠慮なしにソプラノを響かせて笑ったところでエレベーターが目的の階に到着した。諫見が開扉ボタンを押してくれている間に、宝良はエレベーター内に設置されている鏡で後方を確認しながら車いすをバックさせてフロアに出た。インタビューの場所は、廊下の突き当たりにある会議室だという。

「『スカイウォーク』の佐々木です。本日はよろしくお願いいたします」

すでに会議室で待っていたのは、宝良より四、五歳上という感じの女性ライターだった。歯切れのいい挨拶と、名刺を出す時の切れのある動作に好感を抱いた。

諫見があらかじめセットしておいてくれたシンプルなテーブルを挟んで向かい合い、佐々木は当たり障りのない雑談から始めた。ここまではどうやって来たかとか、近頃の天気とか。そしてアスリートがゲームの流れを読んで攻勢に転じるように、佐々木も会話の微妙な流れをつかんで本題に入ってきた。

「お恥ずかしいですが、車いすテニスについては調べ始めてからまだ日が浅いんです。興味を持ったのが、君島さんのワールドチームカップの試合を配信で見た時で。オランダとの決勝戦だったんですが、健常者の――一般のテニスと変わらない迫力でした。とくに君島さんのチェアワーク、あのボールに追いつくのかという場面が多々あって」

「ありがとうございます。チェアワークは重点的に磨いてきた部分なので、そこを評価していただけるのはうれしいです」

「君島さんは、高校時代もテニス部所属で、インターハイにも出場されていますね」

「一度だけですが」

「一度だけでも十分すごいと思います。君島さんは、車いすテニスの公式戦デビューを飾った二〇一六年、初出場の全日本マスターズでいきなり最上涼子(もがみりょうこ)選手を破って準優勝。二〇一七年にはマスターズは3位となりますが、国内ランキングでは2位、世界ランキングは14位に急上昇。二〇一八年にはアジアパラ競技大会の代表選手に選出され、銅メダルを獲得。そして昨年二〇一九年にはワールドチームカップの代表選手となり、女子チーム準優勝に大きく貢献した上、世界ランキング9位にまで浮上――と目をみはるような躍進を続けられています。競技を始めてほんの数年での飛躍的な成長の要因としては、やはり一般テニス時代からの経験が大きいのでしょうか」

「そうですね……確かに、高校までの一般テニスの経験は大きな支えになっています。正確に言うと、じょじょに支えにできるようになってきたという感じなんですが」

ほう、という表情を佐々木が浮かべた。

「もう少し詳しくうかがえますか？」

「車いすテニスもテニスです。でも同時に、一般テニスとはまったく別の競技でもあるとも思っています。やはり一番大きな違いが、車いすを操作しながらテニスをするという点で。車いすテニスを始めたばかりの時は、ラケットを持ったまま車いすを動かすことさえ困難でした。かろうじて球は打てても点を取るようなコントロールはとてもできないし、サーブもまったく入らない。車いすでコートに入ると目線が格段に低くなって、サービスコートの見え方もまるで変わってしまいますし」

「ええ、はい」

「おまけに座位で——車いすに座った状態でサーブを打たなければいけないので、球をネットの向こうのサービスコートに送るには、まずそれを可能にする肉体から作り直さなければいけない。そういうふうに、自分がやってきたテニスとは何もかもが違ったんです。昔の記憶を頼りにテニスをしようとしてもだめなんだと気づくのに、だいぶ時間がかかりました。経験を一度すべて捨てて、何もかも最初からやり直して、そうやって『車いすテニス』というテニスがようやくまともにできるようになってからです、昔の経験を生かせるようになったのは」

　なるほど、というように佐々木が小刻みに頷いた。

「君島さんは、一般テニス時代も、車いすテニスに転向したあとも、同じコーチに師事されていますね。昭島テニスクラブ（ATC）の、雪代和章（ゆきしろかずあき）コーチに」

「――はい」

　ほんの一瞬、返事が遅れたことを、気取（けど）られただろうか。少なくとも佐々木は表面に何も出さなかったし、少し離れて様子を見ている諫見はにこにこしている。

「小学四年生でATCに入ったんですが、その時の担当が雪代コーチでした」

「雪代コーチは現役引退後、優秀なジュニア選手を何人も送り出してきた指導者でいらっしゃいますが、車いすテニスの指導の経験もおありだったんですか？」

「いえ、まったく。だから事故のあと『車いすテニスをしたいので指導してほしい』と頼みにいった時、正直断られるだろうと思ってました」

「でも、コーチは断らなかった」

「はい。『まあつまり車いすでテニスをするんだな』という感じで、それまで通り普通にしごかれました。でも、あとになってコーチが、私がATCを拠点に車いすテニスをできるようにクラブの上の方と交渉してくださったと知りました。また私の知らないところで日本車いすテニス協会（JWTA）やナショナルチームの監督にコンタクトを取って、車いすテニスのトレーニング法を模索してくれてもいたそうです。雪代コーチに指導していただいて、本当によかったと思っています」

佐々木は感じ入った表情で、しきりに頷いている。宝良はテーブルのすみに置かれたICレコーダーを見た。これはあとで二人三脚でがんばってきた師弟の感動的エピソードみたいに書かれてしまうんだろうか。そういうものでは、ないのだが。

かすかに後悔している間にも、佐々木は次の質問を向けてきた。

「小学四年生の時にテニスクラブに通いはじめたということですが、テニスを始めたきっかけはあるんでしょうか？」

「……はい。母がテニス経験者で。コートにつれて行かれたのがきっかけでした」

白昼夢のように、生まれて初めてテニスコートに足を踏み入れた日の光景が浮かぶ。

がらんとした家と、会話のない休日の昼食。向かいに座る母の顔を見るのが気まずくて、母の隣の空っぽの椅子ばかり見ていた。もう使われることのない父の椅子を。

出かけるわよ、と食器を片付けた母が突然言った時には驚いた。看護師の母は休日に家にいること自体が少なくて、遊びにつれていってくれることもほとんどなかったのだ。父がいなくなってからはとくに。

あれは別に理由のない気まぐれだったんだろうか。それとも彼女も不愛想で扱いにくい娘と二人で休日の昼下がりを過ごすのが気詰まりだったんだろうか。とにかく母はスポーツショップで自分と娘のために安くはないラケットとテニスシューズを買いそろえ、昭島(あきしま)駅から程近い大きなテニスクラブに向かった。

自分たちの関係がどうであれ、母がテニスと出会わせてくれたことはまちがいない。


宝良の背景を探るようだった佐々木の質問は、じょじょに最近の競技生活に突っこんだものになっていった。

「いよいよ二〇二〇年を迎え、東京パラリンピック開幕まであと七カ月となりました。君島さんも車いすテニス女子の注目選手としてメディアに取り上げられることが増えていらっしゃいますが、現在の心境はいかがですか？」

「そうですね……確かに、そうした声をかけていただくことが一昨年あたりから急激に増えて正直なところ驚きました。自分にそこまで注目していただいているということに少しとまどいもありましたが、それだけ母国開催のパラリンピックが、プレイヤーだけではなく一般の方たちにとっても特別なものなんだと実感しました」

「私個人も、東京でパラリンピックが開催されるというきっかけがあるからこそ、パラスポーツに関心を持ち、その魅力に気づくことになりました。選手にとっても、やはりパラリンピックは特別な舞台なんでしょうね？」

「それは、はい、私だけでなくすべてのパラアスリートにとって特別な思い入れのある舞台だと思います。車いすテニスに関していえば、世界四大大会(グランドスラム)が最高の名誉と報酬がもたらされる頂点です。選ばれた八名しか出場できませんから、戦いはパラリンピックよりも熾烈(しれつ)かもしれません。ただ、パラリンピックはもっと別の――精神的な意味での世界最高の舞台なのだと思っています。テニスプレイヤーは海外の選手と接する機会が多いですし、一年のうち国内にいるよりも海外にいる時間のほうが長いくらいですが、それでも自分が生まれて育った国への愛着のようなものは変わりません。その代表に選ばれることは誇りですし、関係者だけでなく一般の人たちがここまで声をそろえて応援してくださる大会もほかにはないと思います。そういう意味で、私も含めて、パラリンピックはパラアスリートにとって特別な大会だと思います」

「東京パラリンピック開幕が迫った現在、やはりもっとも気になるのが代表選考です。車いすテニスでは、二〇一八年アジアパラ競技大会で優勝した三國智司(みくにさとし)選手と、七條玲(しちじょうれい)選手がすでに代表に内定しています。君島さんは現在、七條選手に続く女子車いすテニスの代表最有力候補と言われていますが、そのことはどう思われますか?」

「……憧れの舞台、しかも母国で開催されるパラリンピックですので、もちろん出場したいという気持ちは強くあります。車いすテニスの場合は完全な実力主義で、原則ランキングによって東京パラの代表選手が決まります。そこで選ばれるように、三月から本格的に始まるツアーを戦っていきたいです。――ただ」

それを自分から口にすることに苦しさはあったが、黙っているのも気分が悪くて、宝良は努めて声を抑えながら続けた。

「最有力候補と期待していただけること自体はうれしいですが、今の自分には不相応とも思います。このところ、満足のいく戦績をまったく残せていない状態ですので」

「不調である……というのは昨年末の全日本マスターズからもうかがえますね」

佐々木はソフトな言い方をしてくれたが、はっきり言ってひどい試合だった。

毎年十二月に開催される全日本マスターズは、ＩＴＦ公認のトーナメントではないが、国内のトッププレイヤーのみが出場できる屈指の大会だ。男女シングルスの世界ランキング20位以内と、クアードクラス世界ランキング10位以内、この条件をクリアした者のほかに、国内ランキングや大会推薦枠を加味して選出された選手を合わせ、男女シングルス各八名、クアードクラス四名、計二十名だけが出場資格を与えられる。

仮にも国内女子2位としてのぞむ大会だ。それなりの結果を出すのは当然だった。けれど実際はズタボロだった。

マスターズはＡ、Ｂの2グループに四名ずつ分かれて予選ラウンドを行い、両グループの上位二名が準決勝に進む。

けれど始まってみれば予選の初戦からフルセットにもつれこむ苦戦。続く二戦目では競った末に敗けた。かろうじて準決勝には進んだものの、即座にストレート敗け。

まっ白な頭でコートを去ったあの時のことを思い出すと、今でも喉に苦い胃液のようなものがこみ上げる。そして悪夢の全日本マスターズ以来、まるで泥沼にはまりこんでしまったかのように、一試合も勝てない日々が続いていた。

「君島さんご自身は、何が不調の原因だと思われますか？」

「……技術的なことや戦略的な課題など挙げ出せばキリがありませんが、やはりもっとも大きいのは精神面の弱さだと思います。攻めるべき時に安全策に走って守りに入り、結果守ることすらできずに自滅するというパターンがマスターズから続いたので、まずはその立て直しを……」

『東京パラ、君島はやめておいたほうがいいんじゃないの？』

耳の奥にささやき声がよみがえり、言葉がとぎれた。不自然な沈黙に佐々木が眉をよせて、君島さん？　と呼ぶ。だめだ。何でもない顔で、続きを。

「それから——チェアワークを磨きます。これまであと少しというところで取りこぼしていた球を確実に返せるように、チェアスキルに重点を置いて練習するつもりです」

「チェアワークといえば、車いすテニスの一番の見どころですね。チェアワークのトレーニングとしてはどんなものがあるんでしょうか？」

「たとえば……私はコート内に置いた数個のコーンの周りを走行するというものを行っています。それをフォア側のターン、バックハンド側のターンそれぞれに——」

『まずいでしょう、こんな崩れ方するって。そりゃ誰でも勝ち負けの波はあるだろうけど、今回は内容がひどいよ。初戦突破も危なかったじゃない。君島って期待の新鋭とかルーキーとか言われてるけど、やっぱり経験が浅いから。東京パラは七條と最上、あとは吉川(よしかわ)あたりのベテランで固めとくほうが無難じゃないのかね』

マスターズ準決勝敗退のあと、頭を冷やそうと外に出たら、会場裏手で報道関係者とおぼしき男性たちが声をひそめて話しているのをたまたま聞いた。

それ以来、事あるごとに耳の奥でこの声が再生される。耳の奥の声が大きくなればなるほど自分の声は遠くなり、自分の声をうまく聞き取れない状態で必死に平静の仮面を被(かぶ)って言葉をつなぐ。自分の意志と自分の肉体が乖離(かいり)していくこの感覚。悪い夢の中を走っているようだったあのマスターズ準決勝と同じだ。

「チェアワークの練習とひと口にいっても、たくさんあるんですね。ほかの選手も同じような練習をされてるんでしょうか？　たとえば、チェアワークといえば三國智司選手が世界随一と言われていますが」

「三國さんに関しては、雪代コーチが三國さんの練習拠点であるクラブの専任コーチに指導を仰いだということなので、内容は似ているかもしれません。ただ三國さんはチェアワークだけではなく、スピードも、ゲーム展開の巧みさも、すべてにおいて世界最高レベルの方なので」

「その通りですね。前人未到の連勝記録はいまだ誰にも破られていませんし、まさしく『車いすテニス界の帝王』です。そして、女子においても絶対的女王というべき選手がいます。七條玲選手は、同じ女子選手ということで三國選手よりも身近ではないかと思いますが、君島さんから見て七條選手はどのような存在ですか？」

閃光のように浮かんだ映像は、二〇一五年の飯塚ジャパンオープン。隣には祈るように手を握りしめた百花がいて、自分も同じ顔でコートを見つめている。

たった一球が両者の勝敗を決する緊迫の場面で、五月の青空に高く舞い上がった黄色のボールを、流星のように走りこんだ彼女がラケットで打ち落とした。

あの瞬間、大げさではなく人生が変わった。

「――雲の上の人です」

佐々木が小首をかしげ、どういう意味ですか、と視線で促した。

「目標とする人ではあります。ただ、現在の自分ではまったく追いつかない、どれほど遠くにいるのかもまだ正確につかめない人なので――まずは地道に、現在の自分の課題と向き合い、ひとつひとつをクリアしていきたいと思います」

自分でも陳腐だと思う無難な言葉で締めくくり、それ以上彼女の話が続かないようにした。佐々木はそれで満足したのか、あるいは何か察したのか「なるほど」と頷いただけで「ではパラリンピックの話に戻りますが……」と質問を続けた。

佐々木の質問に答えながら、頭のすみでずっと封印していた映像が再生される。昨年十二月の全日本マスターズ、準決勝。

ネットの向こうの七條玲は、何を考えているのかまったく読ませない冴えた表情を、最初から最後まで一ミリも崩さなかった。どこにどんな球を打っても彼女は必ずそこで待ち受けていた。最初の緊張は焦燥に変わり、加熱した焦燥はさらに恐怖に変わって、最後にはどこに球を打つべきかの判断もつかなくなり、完全に自分を見失って気づいた時には敗けていた。

6−0、6−0の、プレイヤーとして死ぬにも等しい恥ずべきスコアを残して。

最後に写真を撮り、インタビューは正午の数分前に終わった。

「どうもありがとうございました。記事が出来上がりましたらご確認をお願いすると思いますので、よろしくお願いします」

佐々木は洗練された笑顔で一礼し、きびきびと帰っていった。ちょうど昼どきだったので諌見が「社食でご一緒しませんか?」と訊ねてきたが、宝良はまだ空腹ではないからと首を横に振った。実際、物が食べたい気分ではなかった。

「あれ、君島宝良さんだよね?」

出し抜けに声をかけられたのは、諌見と一緒にエレベーターに乗りこもうとしていた時だ。その豊満な身体つきの中年男性は、ずいずいとエレベーターに乗りこむと「三階お願いね」と諫見に指示したあと、宝良にたっぷりと笑いかけた。誰だろう。わからないが、諫見に対する態度からしてたぶん重職に就く人物だ。

「今日は会社にいらしてたんですね」

「はい……インタビューを」

「ああ、そうですか。パラリンピックまであと半年ちょっとですからね。どうですか？　最近は残念な結果が続いてるみたいだけど」

残念な、という言葉が小さなガラスの破片みたいに胸に刺さった。

「期待してますからね。パラリンピックの代表になって、ほら、なんていいましたっけ？　女子で一番強い女の子……金メダルはあの子かもしれないけど、君島さんも銀メダルをめざしてくださいよ。それが君島さんのお仕事ですからね」

そこでエレベーターが停まり「じゃあ、がんばって」とにこやかに手を上げて男性は廊下に降りた。宝良は結局彼が誰なのかわからないまま、頭を下げた。

すーっと静かにエレベーターのドアが閉まった、その時である。

「……自覚なき無神経オヤジが」

舌打ちまじりの不穏なささやきにぎょっとすると、にこにこしているところしか見たことのない諫見が、凶悪なしかめ面になっていた。

「今の、うちの部長なんですけど、ほんとごめんなさい」

「いえ——諫見さんが謝ることは何もないです。むしろ今言われたとおりなので。アスリートとして雇われてるのに結果が出せてないし、いろいろ見直さないと」

そこでエレベーターが一階に到着し、諫見が開扉ボタンを押してくれている間に宝良はフロアに降りた。あとに続いてエレベーターを降りた諫見は、玄関に向かうと思いきや、ずんずんと宝良の前に回りこんで怖いほどの真顔で宣言した。

「君島さん。ちょっと、やらしい大人の話をしますね」

「え……下ネタは苦手なんですけど」

「そういう意味のやらしいじゃないです。君島さんもよく知ってると思いますけど、今の日本では障がい者の雇用が義務化されてます。基準以上の規模の企業は、全従業員の2・2パーセント以上の障がい者を雇わなくちゃいけません。この法定雇用率はまた近いうちに引き上げられる予定ですけど、うちの会社だと六人は、何らかの障がいをもつ人を雇う必要があります。でも」

諫見はとても小さい、やるせない感じのため息をついた。

「でもね、それが達成できてる企業は少ないです。障がいをもつ人を雇うためにはハード面でもソフト面でも環境整備が必要で、それにはお金と時間と手間がかかる。そんな余裕はない企業も多いし、やっぱり、偏見もまだまだある。ほんとにあきれて物も言えないですけど、省庁ですら障がい者雇用率の水増しなんてやってたでしょ？　本来なら模範になるべき国の機関がですよ。でも、かなしいけど、それが現状です」

　それが現状であることはよく知っているから、宝良は黙っていた。

「だからね、君島さんをアスリート採用したのは決して慈善事業じゃない、うちの会社にとってそれだけのメリットがあるからなんですよ。あなたは障がい者だけど――ごめんなさい、あえてこの言い方するけど――法定雇用率を満たすのに一役買ってくれる上、インタビューのオファーがあるって言えば、自分で車を運転して会社まで来てくれる。それだけじゃなく、あれよあれよと大きな大会で優勝しちゃうほど強くなって、パラリンピックの代表候補って言われるまでになった。君島さんの名前が新聞や雑誌に載れば必ず『ＳＣＣトレーディング所属』って書かれるし、試合になれば君島さんのウェアに入ったうちの会社のロゴを何人もの人が見る。世界中にうちの会社の名前を売って、しかもイメージアップまでしてくれてるんです、あなたは」

　だからね。諌見は強い力のこもった目で見つめてきた。

「あなたはとっくに給料に見合う働きをしてるので、さっきのおっさんの言ったことは全然気にすることない。勝つにしても負けるにしても、あなたが責任を負うのは自分以外にないの。会社のために結果を出すとか、それが張り合いになるならいいですけど、そうじゃないなら余計なことは考えないで自分のためにがんばってください」

胸がつまって、うまく言葉が出なかった。自分でも思いがけないほどの心の反応から、初めて今の自分がどれほどまいっていたのかを知った。

「……さっき、正直言うと、モヤッとして」

「そりゃそうですよ。私なんて蹴ってやろうかと思ったもん」

「諫見さんが怒ってくれたことは、いいんです。あの人が言うからじゃなく、私がそう思うから、支援されるに値する結果を出したい。でも、さっきあの部長さん、銀メダルめざせって言いましたよね。ばかなこと言わないでほしい。私は東京パラリンピックに絶対出るし、出る以上は金メダルを狙う」

諫見がただでさえつぶらな瞳をさらにまんまるくして、大きくふき出した。

「それでこそ君島宝良。応援してますよ！」

手を振る諫見に会釈してガラス張りの自動ドアを抜けたあと、青い愛車に乗りこんだ。折りたたんだ車いすを後部座席にしまい、ドアを閉めて、腕時計を見る。

十二時十分。思ったよりも早く終わった。いい頃合いだ。今から向かえば、約束の時間に余裕をもって到着できるだろう。

昨日、会いに行きたいとメールを送ったら『わかった』と返事をもらえた。約二カ月ぶりの返事だった。

やっと、会える。

2

指定された八王子(はちおうじ)のカフェへ行くと、先に来ていた雪代は、紙カバーのかかった文庫から顔を上げて穏やかに笑った。

「おひさしぶりです」

「ひさしぶりだな」

宝良も挨拶を返したが、内心受けた衝撃のせいで声が少しかすれた。

雪代がたまに来るというその店は上品な落ち着いた内装で、そんな雰囲気によく合う美しいピアノ曲が控えめに流れていた。雪代があらかじめスタッフに頼んでテーブルの向かいの椅子を片付けておいてくれたので、宝良はそこに車いすを停めた。それから、無礼にならないよう細心の注意を払いながらあらためて雪代に目を向けた。

「帽子、娘が選んでくれたんだけど似合うか?」

視線に気づいた雪代がネイビーのニットキャップを指さして笑い、宝良は罪を犯した気がして視線を雪代の胸もとに落とした。もしかして、街で車いすの自分を見てとっさに目をそらす人々も、こんな気持ちなんだろうか。

「……似合ってますよ。ちょい悪オヤジに見える」

「なに、オヤジじゃないだろう俺は。まだ五十だぞ」

おしゃれ好きな雪代はレンガ色のシャツにデニムジャケットというコーディネートで、頭部をすっぽり覆うニットキャップは本当に違和感なく似合っている。ただ二カ月前と比べるとぎくりとするほど痩せた姿は、見ているだけで胸が苦しかった。

「まったくなぁ。歳以外の原因ではげるなんて、ほんと思いもしなかったな」

しかし自分からそんなことを言う雪代は、何ともあっけらかんとしている。

「体調は、どうなんですか？　外出して大丈夫なんですか？」

「長時間はまだ疲れるけど、これくらいならな。たまには外の空気も吸いたいし」

雪代から病気のことを知らされたのは、去年二〇一九年の初冬だった。

毎年十月の終わりから十一月にかけてはヨーロッパでシーズン終盤の大会が続く。スイス、チェコ、フランスへの遠征を終えて帰国したのが十一月の下旬。いつも通りATCで雪代と試合内容の反省点と各選手への対策を話し合い、いつもならそれが終われば解散するのだが、その日は雪代が「飯でも行くか」と夕食につれて行ってくれた。

雪代と食事することはこれまでにもあったし、遠征はまずまずの結果だったので、そのねぎらいだろうと解釈した。ひさしぶりの和食はうれしかったし、雪代の語り口は面白おかしくて、ずっと笑いっぱなしだった。その話のついでのように、まるで他愛ない世間話と同じ口調で「ところでな」と雪代は話し出したのだ。

「このまえ検査でわかったんだが、どうも俺は肺がんらしい。明日から入院して手術やら化学療法で忙しくなるから、まあしばらくお別れだ。おまえのことは志摩に頼んであるから心配ない。まずは次の全日本マスターズ、バシッときめろよ」

いつもの申し送りみたいな調子でのほほんと語られ、何も言葉が出てこなかった。頭が白くなっている隙にほいほいと雪代の車に乗せられ、自宅まで送られ、「達者でなー」と車窓から手を振る雪代をやはりぼうぜんとしたまま見送った。

そのあとやっと正気に返って、ネットで雪代の病について夜通し調べた。

肺がんの根治のための主な治療は手術だ。まだ早期の小さながんであれば手術のみで済むこともあり、その場合は入院期間も術後から一週間程度と短いらしい。

しかし肺がんは初期の段階では自覚症状はほとんどないため発見が遅れがちでもあり、発見された時点ですでに進行してしまっているケースも多い。

雪代は？　手術やら化学療法やら、と言っていた。つまりまだ手術が間に合う状態だけど、化学療法も必要ということ？　それなら転移もあるのか？　正確な病状は？

急いで雪代に電話をかけたが、応答はなかった。その後、本当に二度と雪代は電話に出なかったしメールにも返事をくれなかった。

翌日、即座にATCに向かって志摩に説明を求めて詰めよった。

「俺が雪代さんから聞いた話だと、病状はステージ2bって段階だそうです。ぎりぎり早期ではあるけど、リンパ節の一部に転移があって、術後に抗がん剤の補助的治療も必要だそうで。入院期間自体は手術の前後も入れて二週間くらいなもんらしいですけど、そのあとは自宅から通院しながらの治療になるんで、とりあえず来年の四月いっぱいまで休職することになってます」

想像していた最悪の事態よりはマシだが、すでに転移もあるという事実にショックを受けた。そして猛烈に腹が立った。志摩の落ち着き払ったこの態度、前から雪代に話を聞かされていたのだ。自分だけ蚊帳(かや)の外にされたことがゆるせなかった。

「どうして黙ってたんですか？　私も関係あることなのに」

「どうしてって、それ言わないと本当にわかんないんですか？　遠征中の君島さんを動揺させたくなかったからに決まってるじゃないですか。あの人、入院延期してあなたが帰ってくるの待ってたんですよ。一日でも早く手術しろって俺は何度も言ったのに」

平手打ちされた気分で何も言えなくなった。志摩が、小さく嘆息した。

「『連絡もいらないし見舞いにも来なくていい。自分のすべきことをしろ』って雪代さんからの伝言です。俺と君島さん両方に。いろいろ思うところはあるでしょうし、俺じゃまだ力不足だと思うけど、まずは全日本マスターズに向けて調整しましょう」

けれど、いざ全日本マスターズに出てみれば目も当てられない惨敗。年明けはオーストラリアに遠征したが、トゥイードヘッズで開催のスーパーシリーズでは、初戦で信じがたいほどのストレート敗けを喫した。その後、現地で選手をつかまえては練習相手をさせてもらったが、呪いにかかったように敗け続け、息もできない恐怖に駆られて、メルボルンで開催されるＩＴＦ１シリーズを棄権して日本に逃げ帰ってきた。

　そんな教え子の情けない体たらくを、雪代も知っているはずだ。けれど二カ月ぶりに再会し、目の前で「うん、うまい」と機嫌よくコーヒーを飲む雪代はそこには一切ふれてこない。むしろまったく別の話を、茶菓子をつまむような気安さで始めた。

「そういえば、一度百花ちゃんが見舞いに来てくれてな」

「……モモが？　私、何も話してないですよ」

「小田切から聞いたんだそうだ。おまえも知ってるだろう、いつも国内大会でリペアやってる藤沢の若いエンジニア。彼なら大抵の選手やコーチと顔見知りだからな、誰かに俺のこと聞いたんだろう。あの子、ＵＳＢに落語たんまりダウンロードして持ってきてくれてさ。おかげで退屈しなかったよ。ほんとに気立てのいい子だ」

　雪代は寄席に出かけていくほど落語が好きで、確かにそんな雪代の趣味のことを百花にも話した記憶がある。百花はそれを覚えていたのだろう。

　雪代の言うとおり百花にはそういう細やかな気立てのよさがあって、それは宝石のような長所だと宝良も思っている。しかし今は、まったくもって納得いかなかった。

「私の連絡は二カ月完全無視だったのにモモには会うんですか。贔屓じゃないですか」

「贔屓だよ？　俺はあの子には最大限の敬意を払うって決めてるもん。おまえみたいな気難しい娘を、世界で一番大事な親友って言ってくれる子だからな」

雪代の笑顔、愛情としか表現しようのないやさしいまなざしに胸を衝かれた。

話さなければならない、と切迫して思った。こうして核心をさけてその周りをぐるぐる回るようなことばかりしゃべっていないで、今すぐ確かめなければならない。

「今日会っていただいたの、お訊きしたいことがあるからなんです」

雪代はそれが何かすでにわかっているような静かな目で、うん、と答えた。

「コーチは四月末まで休職して、そのあとはクラブに復帰する予定だって聞いてます」

「まあ、あくまで予定だけどな。身体と相談しながらになるだろうけど」

「復帰したあと――いつでもいいんです。ちゃんと身体が完全に回復するまで、何カ月、何年だって待ちます。だから、また私とテニスをしてもらえますか？　私のコーチに戻ってもらえますか？」

いつの間にか店内に流れていたピアノ曲が、切ないバイオリンの曲に変わっていた。

雪代は、ほんの一瞬だけ瞳を睫毛の下に隠すと、まっすぐにこちらを見据えた。

「そうだな。お互い大事なことだからはっきりさせておこう。宝良、それは、無理だ」

胸を突き飛ばされたような気がした。

雪代は残っていたコーヒーをひと口だけ飲み、音を立てずにカップを置いた。

「治療は今のところ順調だ。主治医がいい先生で、なるべく負担が少なくて一番いい方法をっていろいろ考えてくれてな、ありがたいよ。だけどやっぱり体力はとんでもなく落ちてる。復帰したとしてもコートに戻るには時間がかかるだろうし、ましてやおまえみたいに競技生活を送るプレイヤーとラリーができるほどの力をとり戻せるかは、まだまったくわからない」

「だからいくらでも待ちます。十年かかったって——」

「ばか言うな」

低く抑えられた声だったが、声を荒らげて叱られるよりも心臓が縮んだ。

人恋しくて誰かを呼んでいるような、ひそやかなバイオリンの演奏が流れている。その音色に耳を澄ますように遠い目をした雪代が、それに、と静かに続けた。

「病気がわかって待ったなしだったからあれよあれよとこんな感じになったけど、いいタイミングだったとも思ってるんだよ」

「……タイミングって、何がですか？」

「宝良。おまえが初めてATCに来たのが十歳の時で、ラケットの握り方から教えたよな。あれからあっという間に十三年だ。俺は今まで何人も生徒をもってきたけどそんなに長く一緒にいたのはおまえだけだし、いろいろあった分、やっぱり特別に思ってる」

おまえが高二の秋に事故にあった時——

「入院してるおまえの様子を見て、俺は正直、おまえとはもうこれきりになるだろうと思った。テニスに命がけで打ちこんできた分だけ、きっと走るどころか歩くこともできなくなったおまえは、つらすぎてもうテニスには一生近づかないだろうと。――だけど、おまえはまたコートに来た。ジャージに着がえて、車いすで、ラケットを膝にのせて、車いすテニスがしたいと俺に言った。あの時……」

やわらかく言葉を切った雪代は、まぶしそうに微笑した。

「あの時、心底俺は思ったよ。人間って何なのか。ここまで打ちのめされてまた立ち上がる強さは、生きようとするひたむきさはどこから来るのか。俺はずっとテニスが好きで、だから歳をくって勝てなくなってからもテニスに関わりたくてコーチになっただけの男だけど、もし俺にしてやれることがあるなら、それを全部やってやろうと思った」

「……コーチ、やめてください」

「正直あの頃は、ここまで来るなんて想像しなかった。球に追いつけなくて空振りばかりしてたおまえが、世界中飛びまわって試合して、パラリンピックをめざすなんて」

やめてほしい、そんな離別の前の思い出話のように語るのは。まるでもう会うことはないかのようにやさしい目をしてほほえむのは。

「一緒に手さぐりで車いすテニスを始めて五年だ。この五年で土台はできた。おまえはもう並大抵のことじゃ倒れない。そしてもっと強くなれる。宝良、これは世辞でも贔屓目でもなく、おまえは世界の頂点を争うだけの力を持ってる。だからここらで、俺とは違う考え方とやり方でテニスを見つめてくれる人間と組んだほうがいい」

「――どうしてコーチと一緒じゃだめなんですか？　ラリーなんかできなくたっていい。ただそばで見ててくれたらそれだけで」

「宝良。人間の苦しみは人間によってもたらされるものがほとんどだけど、人間がもたらす喜びだってたくさんある。その最たるものが出会いだと俺は思ってる。人との出会いがどれだけ人生を変えるのか、おまえも知ってるはずだ。おまえはもっとたくさんの人間と出会うべきだ。出会って、ぶつかって、磨き合って、まだおまえも気づいてないおまえの可能性を知るべきだ」

　雪代のまなざしがあまりに強くて反駁できなかった。うつむくと、冷めた紅茶のカップの底に、輪切りのレモンが珊瑚の死骸のように沈んでいた。

「……志摩さんにあとを頼んだって、そういうことだったんですか？　コーチがいない間の代わりじゃなくて、もう本当に志摩さんを私のコーチにするために？」

「二人でうまくやってくれるならそれがいいとは思ってた。実際、志摩は優秀なやつなんだよ。まだコーチのキャリアこそ浅いけど研究熱心だし、感覚優位で打つ俺やおまえとはまた違う理論派で、戦術センスにすぐれてる。それにおまえとはちょくちょく関わってたから、人見知りのおまえでもなじみやすいだろうし。あいつなら、俺とは違ったテニスをおまえから引き出してくれるんじゃないかと思ってる」

「絶対嫌です。志摩さんをコーチにはしない。あの人わりと嫌いなので」

「おまえそういうことはもう少しオブラートに、こう、くるんでだな……でも、まあ、嫌っていうなら仕方ない、どうしても相性ってもんはあるからな。それなら別のコーチを捜そう。そこは俺も協力する。ただ、さっきも言ったけど、これは俺以外の人間と組むのにいい機会だ。そのほうが、宝良、おまえはもっと強くなれる」

「——いくらコーチでもわかったふうなこと言って勝手に私のこと決めつけないでください。コーチと一緒にいると私がもう強くなれないって、どうして言えるんですか!?　だったら見てればいい。コーチなんかいらない。ひとりでさっさと世界ランク上げて、グランドスラムで勝って、パラリンピックでメダル獲ってやるから！」

いっそ殺意すら覚えながら刺し違えるほどの気持ちで言ったのに。

それなのに、雪代は、かわいくて仕方ないものを見るように目を細めて笑うのだ。

「おまえのそういう負けん気、ほんと昔から変わらないよなぁ」

その笑顔に怒りも全身の力も抜け落ちて、代わりに記憶がよみがえった。

『君な、ラケットはボールと遊ぶための道具なんだよ。そんなにギチギチに握ったら、ラケットも君も自由に動けないだろ。もっとやわらかく。友達と手をつなぐみたいに』

母にテニスコートにつれて行かれたその日のうちにテニスにのめり込んで、ATCに通うことになり、ジュニアクラスで指導してくれたのが雪代だった。

ただ、当時はとにかく大人というものを信用していなかった。母も、学校の教師も、みんな子供を自分の思惑どおりに動かすために嘘をついたり高圧的な態度をとったりして嫌いだと思っていた。雪代は子供と目線を合わせてフェアに付き合う指導をしたが、それこそが胡散くさい、裏があるんじゃないかと疑っていた。

あの頃の、いつも心をヒリヒリさせていた苛立ちは何だったのだろう。正体がわからないから解決策もわからず、だから抱えきれない怒りと苛立ちをボールにこめてひたすらネットの向こうの相手にぶつけていた。そうすれば胸がすっとした。テニスはそういう鬱屈を晴らす手段でしかなかった。

ある日、雪代に問いかけられるまでは。

『君はボールとラケットを使って誰かれかまわず八つ当たりしたくてここにいるのか？　それとも、テニスプレイヤーになりたくてここにいるのか？』

思わぬ言葉に返事をできずにいると、雪代が片膝を折った。対等の高さからまっすぐにこちらを見つめて、イメージしてごらん、と語りかけた。

『ここに大きな鏡がある。そこには思慮深くて、冷静で、思いやりを知っている本当の君が映ってる。その君の目から見て、今ここにいる君はどうだ？　誇りに思えるか？』

誇りなんて、十歳の当時は考えたこともなかった。でもそれが自分という人間が存在するために、なくてはならないものだということは直感的にわかった。

『君はテニスがうまいよ。まだ始めたばかりなのに教えたことはすぐに覚えて、自分の身体で再現できる。それは誰にでもできることじゃない。きっと神様は君にテニスの素質を贈ってくれたんだろう。でもな、テニスっていうのはうまくなることだけが重要なんじゃない。自分に恥じない自分を育てていくことも大事なんだよ。勝つことよりも、そっちのほうがずっと大事だ』

あの時、バランスを崩し、悪い方向へ転がりかけていた自分の中の何かが、雪代の手で陽の当たる場所に戻された。

父が自分を置いて消えた時、母とぶつかり合う時、誰かを傷つけ傷つけられてどうしてこんなにわかり合えないのかと絶望する時、心から削れていくものが、それでも雪代とテニスをしていれば癒された。

事故にあい、車いすテニスをすると決めた時も、まっ先に向かったのは雪代のところだった。無理を言ってるのはわかってる、それでもあなたに指導してほしいと祈るような気持ちで訴えると、しばらく沈黙した雪代は言ってくれたのだ。

『まあ要するに、自分の足の代わりに車いすを使ってテニスをするってことだろう？その車いすテニスも少しばかりルールの違いはあってもテニスなんだろう？　だったら問題ない。今から練習始めるぞ。ほら、さっさと走りこみして来い』

雪代が車いすに乗った自分を以前とまったく変わらずに扱い、一ミリの容赦もなくしごいてくれたから、またコートでがむしゃらにボールを追うことができた。

雪代がいたからここまで来ることができた。

雪代がいるからこれからもただ高みだけを見て走っていけると思っていた。

いつまでも、何も変わらず、ふり向いた先にはこの人がいてくれるのだと。

「宝良。俺たちは一緒に車いすテニスをしてる間、ずっと遠くをめざしてきたよな」

雪代の声。でも顔を上げられない。

「世界ランキングとか、グランドスラムとか、そういうものよりももっと遠くて高い、そこに立ったら今までの全部がこれでよかったと思えるような景色が見える場所だ。俺は今だってそこを見てる。だからこそ志摩におまえのことを頼んだ。宝良、おまえは？おまえは今、どこを見てる？」

どこを？　――わからない。だって何も見えない。全部涙にかき消されて。

テーブルの向かいで雪代が立ち上がるのがわかった。いかないで。けれど喉が小さく震えただけで声が出ない。雪代が、車いすのかたわらで足を止める。

そっと、頭に大きな手が置かれた。

「がんばれ宝良」

さよなら宝良、と言われた気がした。

自宅に着くなり二階の自室に直行して閉じこもった。部屋のそばにはバス、トイレ、それから多少の水と食料のストックもあるので、その気になれば数日は自分の部屋から動かなくても生きていける。今はとにかくひとりになりたかった。

*

夕方になり、母が仕事から帰ってきたのが玄関のドアが開く音でわかった。スリッパを履いた足音やスーパーのビニール袋のゆれる音がキッチンへ移動していく。こちらから声をかけに行くことはないし、母も娘が閉じこもっている時は接触してこない。そういう暗黙の不可侵条約が母娘の間ではずいぶん前から結ばれている。

車いすの生活でとにかく怖いのが褥瘡(じょくそう)で、自室にいる時はたいがい体圧分散マットのベッドですごす。今もスーツのジャケットを脱いだだけでベッドに転がっていたが、黙っていると思考が際限なく暗い深みへと落ちていくので、宝良はリモコンを操作してテレビを点(つ)けた。番組は何でもいい。沈黙を埋めて思考を遮断してくれるなら。

しかし適当に選んだ報道番組は、物騒で将来が憂鬱になるようなニュースしか流さないので聞いているうちに余計気が滅入(めい)ってきた。やっぱり消そうとリモコンをとり上げた時「では今日の特集です」とアナウンサーが言い、次いで表示された特集タイトルに目を奪われた。

『間葉系幹細胞による再生医療が実用化へ　脊髄損傷の後遺症に劇的効果』
それは自分の骨髄からとり出した幹細胞を静脈点滴し、損傷された神経細胞を再生させるという治療法だった。それもすでに治験を終えて、脊髄損傷の急性期の患者に限ってではあるが、保険適用までされる段階に至っているという。とある治験者の男性は、ほとんど寝たきりに近い状態だったのが、治療を始めた数日内には自分で車いすを操作できるようになり、ついには自分の足で歩いて退院した。

食い入るように見ていた特集はすぐに終わった。上体を起こした宝良は、自分の足にふれた。事故以来、長時間正座して痺れ切った時のように、つねっても、引っ掻いても何も感じず、いくら動けと念じても動くことのない自分の足。

もし、もう一度自分の足で歩くことができたら。

事故以来、何千回、何万回と考えたことは、やはり多くの車いすユーザーが抱く願望らしい。とくにある程度の歳になってから事故や病気、その他の原因で突然ハンデを負った中途障がい者は、同じ話題でも切実な表情を見せる。

いつだったか、海外の大会の空き時間に選手たちと話したことがある。いずれ医療が進み自分の障がいを取り除くことができる日が来たらどうするか、と。

もちろん治療を受けると即答する者もいれば、今は何とも言えないと答える者もいた。『How about you?』と水を向けられた宝良も、その時に考える、と答えた。

車いすテニスプレイヤーとしてＩＴＦ公認のトーナメントやパラリンピックに出場するには、明確な規定がある。恒常的な身体的障がいがあると認められていること。その障害とは仙髄損傷——骨盤の中央あたりにある神経のことだが、それと同等かそれ以上の神経障害による下肢まひ。あるいは両下肢や片下肢の全部分または一部分の欠損。

自分の足で歩けるようになる時、それは車いすテニスプレイヤーではなくなる時だ。

車いすと自分の足、どっちがいいかなんて決まってる。でも車いすテニスプレイヤーではなくなった自分に、いったい何の価値があるのだろう。同級生たちが進学して勉強したり、就職して仕事の経験を積む間、ひたすら車いすテニスに時間を捧げてきたからほかには何の特技も技能も持っていない。テニスだって、怪物のような強者がひしめく一般テニスの世界で、自分程度がどこまで通用するか——

いつの間にかまた堂々巡りを始めていた思考を、宝良はきつく目を閉じて止めた。

わかっている。こうやって益体もないことを考え続けるのは逃げている時だ。

現在から目をそむけているから、過去を悔いたり、未来におびえたりする。過去はもう決して変えられないし、未来のことなんていくら考えたところで何もわかりはしない。自分の力が及ぶとすればそれは今ここにある現在だけだと、ずっと雪代に教えられてきたし、自分でもそう律するための訓練を続けてきた。

それなのに、たったひとつのきっかけで、自分はこんなにぐらぐらになる。

――雪代は、本当は、こんな情けない教え子に愛想を尽かしたのではないか？　実の父すら捨てた娘だ。雪代も病気になって自分の将来を考えた時、こんなやつにかかずらわるよりもっと有意義に人生の時間を使おうと思ったのではないか。でも率直に言えば弟子を傷つけるから、ああいう言い方をしたのではないか。

ああ、違う。また堂々巡りしている。雪代はそんな人ではない。知ってるはずだ。

でも、待つと言ったのにどうして？　そばにいてほしいと言ったのにどうして――

ピロリン、と何とものんきな電子音が鳴った。

内臓が軋むような物思いをぶち壊されて、のろのろと枕もとからスマートフォンをとり上げると、メールが届いていた。

『たーちゃん、おひさしぶりです！　実家に帰ってきたんだけど、たーちゃん家にいるかな？　ちょっと渡したいものがあるから今から行ってもいい？（笑顔の絵文字）』

このメールの差出人にして腐れ縁の旧友の実家は車で十分程度の距離にある。普段は勤めている会社近くのアパートでひとり暮らしをしている百花だが、今日は金曜日なので、週末を実家ですごすつもりで帰ってきたのだろう。

今は誰とも会いたくなかった。しかしこのメールアプリは、メッセージを閲覧すると相手に通知が行ってしまう仕組みだ。練習中だから無理、と嘘八百の返信を打っている最中に、ピロリンとまたメールが届いた。

『既読がすぐついたから家にいるのかな?』

間を置かず、またピロリン。

『今から、たーちゃんの家に向かいます!(敬礼の絵文字)』

家にいるとも来ていいとも言ってないのになんで向かうんだ。焦って来訪を断る返事を打つが、それよりも早く再びピロリン。

『今、「バーバーにしやま」のとこまで来たよ!』

『今、交差点のとこまで来たよ!』

『今、中学校の前まで来たよ!』

なんかこんな怪談があったような――連続で送りつけられてくるメールにうすら寒くなりながら、奇妙なことに気がついた。百花は移動しながらメールを打っているのだから車や自転車は使っていないのだろうが、全力疾走しているにしてもこの移動速度は異常だ。所在を訊ねる最初のメールの段階で、もうこちらに向かっていたとしか思えない。

何を考えてるんだあいつは。

『今、たーちゃんちの玄関の前だよ!』

そのメールから三秒後、ピンポーンと玄関のベルが鳴った。しばし間をおいて、母の紗栄子が誰かを応対する声が聞こえてくる。宝良は顔を押さえてうつむいた。

『今、階段上ってるよ!』

『今、たーちゃんの部屋のドアの前だよ！』

『今、廊下歩いてるよ！』

ピロリン、ピロリン、ピロリン、と鳴り続ける電子音に嫌気がさして、宝良はすばやく車いすに移乗し、次のメッセージが届く前にスライド式のドアを開け放った。

ドアの前でスマートフォンに指を当てていた百花は、びっくりしたように目をまるくしたあと、ぱっと笑顔になった。

「やあ！　たーちゃんひさしぶり！」

「大きい声出すな近所迷惑だ」

「ごめん、会えてうれしくてつい……あ、たーちゃん今日スーツだ⁉　メイクもしてる！　いつも美人だけど今日ちょっと美人すぎるよ、何かあったの⁉」

インタビューを受けた、などと答えたら「媒体どれ⁉」「いつ発売⁉」と質問攻めにされる三秒後の未来が見えたので、ひと言だけ答えた。

「出社日だった」

「あ、そうなんだ。新年だもんね。わたしもね、ひさしぶりに早めに上がれたから実家に帰ってきたんだ。それでたーちゃんにも、お土産渡したくて」

「お土産？　なんで千葉から帰ってきただけでお土産なんか……」

「じゃじゃーん！　まずは定番の落花生パイ、落花生ダックワーズ、ピーナッツ最中にピーナッツサブレの千葉銘菓四天王！　あとたーちゃん、ゼリー好きでしょ。これ、びわゼリー。あと甘いものばっかりだと飽きるかなって思って、こちら！　わたし一押しのびわカレーです！　引かないで食べてみて。フルーティーでおいしいから」

どんどん膝に積み上げられるお菓子の箱（と一部レトルトカレー）に頬が引きつった。こいつは私を太らせて食うつもりなのか？　だいたい人の土産にこんなに金を使ってないで、自分の給料は自分のために使ったらどうなんだ。

ということが喉まで出かかったが、にこにこ満面の笑みを浮かべている百花を見るとどうにも言葉がしぼんで、ありがと、と小声で礼を呟いた。

「モモ。雪代コーチのお見舞いに行ってくれたんだって？」

百花は早弁がバレた高校生みたいな顔になって「うん……」と声をしぼませた。

「あの、職場の先輩がね、車いすの調整に来た選手から雪代さんのこと聞いて、それでわたしがたーちゃんと仲いいからって教えてくれて……ごめん、黙ってて」

「――ううん、ありがと。コーチも喜んでた」

何もないように言うはずだったのに、声のトーンがかすかに落ちてしまった。

しばらく黙っていた百花が、あのね、と静かに口を開いた。

「じつはわたし、お見舞いに行った時に雪代さんとたーちゃんの話で意気投合して、あまりに投合しすぎてそれからしょっちゅう雪代さんとやり取りしてるんだけどね」

「……ほう」

「それで今日、仕事終わってスマホ見たら、雪代さんからメールが来てたんだ。『宝良のことを気にかけてやってくれ』って」

一瞬頭が白くなって、それから、苦しいほど胸がつまった。

「あ！　そうだ、これ忘れてた」

百花がトートバッグに手を突っこんで、透明な薄型ケースをとり出した。中に入っているのは画像や音楽を保存できるCDだ。七色に光るディスクにはラベルなどはない。

「これね、わたしが今はまってるおじさんバンドのアルバム。気が向いたら聴いてみて。コピーだから返さなくていいから。ちなみに十一曲目がお勧めです！」

「え、ちょ……」

「じゃね！」

敬礼した百花はすぐさまきびすを返して「十一曲目がお勧めです！」と一度ふり返って念押ししてから、あっという間に階段の下に消えた。宝良はあっけにとられた。

その後、またベッドに倒れこみ、自分の情けなさを噛みしめた。

わかっているのだ。

愛想を尽かせるなら、雪代はその前に話し合おうとする。それでもやっていけないと感じたらそれを率直に伝える。そういう人だ。そういう人だから師として慕ってきた。

本当はわかっているのだ。雪代が自分にしてきてくれたことは、生半可ではない忍耐と努力と愛情がなければ為(な)され得ないものだと。

それでもすぐに疑い、ぐらつくのは、ただ、自分の弱さだ。

とにかく頭を切り替えたくて、百花がくれたCDをベッドサイドのコンポに入れた。このコンポは中学の時に母からもらった古い型だが、今でも問題なく動いている。勤勉な機械は、七色に光るディスクを呑(の)みこむと、トラック数を表示した。

やたらと「お勧めです！」と推していた十一曲目から聴くことにする。どんどんトラックをとばして該当の曲を再生すると、数秒の静寂のあと、ギターの演奏が始まった。きれいな音だ。麦畑に清々(すがすが)しい風が吹いているような。

と思ったらいきなり「ズガジャーン！」とエレキギターとドラムのとんでもない大音量の演奏が始まったので、宝良はぎょっとした。あわてて音量を下げる間にも「ジャガジャジャーン！」とすこぶる活(い)きのいい演奏は続き、しかもおじさんたちの腹の底から張り上げるような掛け声まで始まった。待て、何なんだこれは……。

それは応援歌だった。

おれはずっとそばでおまえを見てきたから、おまえがもう一度夢に向かって走ることを決めた時、ほんとは家に帰ってからめちゃくちゃ泣いた。

夢を追ってるおまえが大好きなんだ。言わねえけど応援してるんだ。がんばれって。

そういう青臭いような歌詞を、血圧が心配になるほどの熱唱でひたすら歌いあげるのだ。本当に最後の最後までわずかも熱量を落とすことなく、くり返す。

がんばれ、がんばれ、がんばれ。

あまりの熱唱に宝良は失笑し、それから予期せず目の奥にこみあげたものを、唇を噛んでこらえた。

気にかけてやってくれと雪代から頼まれた百花は、その理由も知らされたに違いない。長い付き合いだから百花はよく知っている。臆病なくせに安いプライドが邪魔をして苦しい時にもそれを口にできない、偏屈な車いすテニスプレイヤーのことを。

だから千葉からとんできて、山ほどのお菓子とこんなエールを届けに来た。

身体を縮め、深呼吸をくり返し、波立つ感情を静めたあと、もう一度歌を再生した。

それが終わったらもう一度。またもう一度。何度でもくり返す。

がんばれ、がんばれ、がんばれ。

『宝良、おまえは今、どこを見てる？』

あなたと同じ場所です、コーチ。

あなたと共にめざしてきた場所を、私だって今も変わらずめざしてる。遠くて高くてすべてが報われる景色の見える場所を。

そこへたどり着くためなら何でもする。

もうその道にあなたはいないとしても、私は、あなたが示してくれた道をひた走る。

3

とにかく志摩と話そう、というのがひと晩眠って出した結論だった。

日本車いすテニス協会(JWTA)のスケジュールでは、まず二月初頭に二〇二〇年ワールドチームカップの出場メンバーが発表される。宝良にとってはこの二〇二〇年ワールドチームカップへの出場が東京パラリンピック代表となるためには必須だ。東京パラリンピック代表となる者は『二〇一七年から二〇二〇年のパラリンピックサイクルで二回以上ワールドチームカップに出場していること』『そのうち一回は二〇一九年あるいは二〇二〇年の大会に出場していること』という条件があるからだ。二〇一九年にワールドチームカップに初出場した宝良は、二〇二〇年のナショナルチームに選ばれなければ事実上、東京パラ出場はないということになる。

二〇二〇年ワールドチームカップ出場メンバーは一月末日のランキングをもとに選抜される。年明けからの敗戦が響いて二〇一九年十一月時点では世界9位だったランキングは、現在は11位にまで落ちた。ただ、それでも国内ランキングはまだかろうじて2位でナショナルチームメンバーの選出圏にいるため、ワールドチームカップ出場に限ればそこまで悲観的にならなくてもいい。

問題はそのあとだ。

三月に入れば世界各国で車いすテニスのＩＴＦ公認大会がいっせいに開催され始め、本格的なツアーシーズンに突入する。羽を休めるひまもなく世界中を飛びまわり、月に十数試合もこなす戦いの日々だ。ツアーで勝ちを積み重ねていければランキングを上げられる。だが逆に、年明けのオーストラリアのような大敗をこれ以上続ければ、あっという間にランキングは降下する。

東京パラリンピックの最終的な選考基準となるのは二〇二〇年六月八日付のランキング。もしそれが目も当てられない結果になれば、たとえワールドチームカップの出場回数を満たしていたとしても、代表に選ばれないことは十分にあり得るのだ。

年明けのオーストラリア遠征で痛感した。いくら息巻いても自分にはひとりでツアーを戦い抜く力はない。技術的な面でも、精神的な面でも、支えとなるコーチが必要だ。とはいえ、今の段階では志摩をコーチとして認められない。個人的感情もあるが、志摩だって突然雪代に代役を押しつけられて困っているのではないか？　ともかくこんな宙ぶらりんでは信頼関係を築けると思えないし、信頼のない相手をコーチとすることはできない。だからまずは腹を割って志摩と話し、彼の本音を知ろうと思った。

しかしその朝、ＡＴＣに到着すると予想外のことが起きた。

「おはようございます、飲みに行きませんか」

インドアコートの入り口に待ちかまえていたジャージ姿の志摩が、顔を合わせるなりこう言ったのだ。宝良は面食らってしばらく黙りこんでしまった。

「……朝っぱらから開いてる店なんかあるわけないじゃないですか」

「練習早めに切り上げて夕方にって意味です。君島さん、車ですよね。店から自宅までの運転代行の代金、出しますんで」

「それは自分で出します」

「いや誘ったのは俺なんで。……え、飲みは異存ないということでいいんですか」

「いいです。私も同じこと言おうと思ってたので」

今度は志摩のほうが面食らった表情をして、そうですか、と呟いた。

現在二十八歳の志摩は、二年前にATCのコーチになった。膝の故障で引退するまではプロ選手として活動しており、宝良もときおり練習に来ていた志摩を見かけたことがある。現役の志摩に練習相手をしてもらったことも、一度だけある。

ただ、雪代に言われて宝良と打ったその時、志摩があからさまに不服そうな態度をとったことに腹が立ち、それからずっと彼のことは好きではなかった。まあ、相手が女子というのに加えて車いすの障がい者だったら、男子のプロ選手が不服に思っても無理はないと今は思えるのだが。

ゆえに、そういう志摩とまさかこうして酒を酌み交わすことになろうとは、実際にその日の夕方志摩が予約していた昭島駅近くの居酒屋の個室で彼と向き合う段になっても、いまひとつぴんとこなかった。

「君島さん、何飲みますか」

「米焼酎ロックでお願いします」

「意外とオヤジっぽいな……俺はグラスワイン白で」

「意外とキザっぽいですね」

注文がすんで愛想のいい店員が「かしこまりましたー、少々お待ちくださいませー」と個室を出て行くと沈黙が流れた。こういう時に話が弾む間柄ではないので当然だ。志摩と飲むのは初めてではないが、これまでは雪代も一緒でいつも好き勝手にしゃべってくれていた。たぶん二人だけでまともな会話をしたことは、まだほとんどない。

やがて注文した酒とつまみが運ばれてきた。ここは一応乾杯とかするべきなのか？と米焼酎を片手に考えていると、グラスをつかんだ志摩がぐいぐいとワインを飲み干したので宝良はぎょっとした。深々と息を吐いた志摩は、注文用のタブレットで追加のワインをオーダーし、据わった目を向けてきた。

「さて、酔いもいい具合にまわってきたところで」

「早っ。下戸(げこ)ですか」

「はじめに確かめておきたいんですけど、君島さん、微妙に俺のこと嫌ってますよね」

意表をつかれて志摩をながめた。嫌ってますよね、と確認口調で問われれば、

「まあ、そうですね」

「……君島さん正直ですね。傷ついたんで十秒落ちこんでいいですか」

うつむく志摩。さすがにちょっと罪悪感を覚えた。

「別に志摩さんの人間性に問題があるとか、そういうことじゃないですから。単に私が偏狭なだけで。あと志摩さん、小学校の頃かなり嫌いだった男子と微妙に顔が似てて、それで顔見るたびに思い出してムカムカしてるところもあって」

「顔ってそれ完全に俺のせいじゃないですよね」

「なんでか知らないけどことあるごとに突っかかってきて、すぐ『ブス』って言うし、髪引っぱるし、消しゴム盗むし、親の離婚もからかうし、ほんと嫌なやつでした」

「……あのさ、そいつたぶん、君島さんのこと好きだったんだと思うよ」

「知らないですよ。あいつが何を考えていたにせよ、その表現方法は私にとって不快でしかなかった。一生ゆるす気はない」

吐き捨てて焼酎をあおってから、こういうところが「きつい」と言われるんだ、と少し自分でも嫌になった。

後頭部の髪をいじっていた志摩が、切り替えるように息を吐いた。

「本題に入りますけど、俺たちには忌憚のない話し合いが必要だと思うんです」

「同感です。――昨日、雪代コーチから今後もう私のコーチに戻る可能性はないことを伝えられました。雪代コーチは、私と志摩さんを組ませたがってる。でもそう簡単にはいきませんよね。さっきも言ったように私は志摩さんが苦手だし、志摩さんだって雪代コーチから私を押しつけられて困ってるんじゃ」

「それはない。雪代さんに君島さんのコーチを引き継ぐって言い出したのは俺だから」

唇に運びかけた焼酎のグラスを止めて、思わず志摩を凝視した。

「……どうして？」

「どうして、って」

志摩は小さく顔をしかめ、間を稼ぐようにだし巻き卵をきれいな箸づかいで割った。

「雪代さんにはジュニアの頃から世話になったし、雪代さんが病気になって一番心配してたのが君島さんで、だから俺がっていう気持ちもあった。確かにそれもあった。でもそれだけじゃなくて――俺が現役やめる直前、君島さんと俺、練習で試合したことありましたよね。君島さん、あの時まだ二十歳で、強化指定選手になったばっかりで」

「はい」

「あの時心底、何だこのケモノみたいな女、って思って」

喧嘩を売られたのかと思ったが、志摩が真顔なのでひとまず黙っておくことにした。

「絶対勝つっていうか、もう殺意みたいな気迫がびしびし伝わってきて——正直どうかしてると思った。あんたは女子で障がい者だ。俺は男子で健常者だ。俺には負けるはずのない試合だし、あんたには勝てるはずのない試合だよ。なのにあんたは俺の命狙ってるくらいの目して球に食らいついてきた。それでわかったんだ。雪代さんは、あんたの経験のために俺と打たせたんじゃなくて、俺のためにあんたと打たせたんだって。あの時俺がなくしてたものを思い出させるために」

　意味がわからなかった。まだ車いすテニスのすべてにおいて未熟だったあの頃の自分に、志摩に何かを示唆するようなものがあったとは思えない。

「なくしたものって、何なんですか」

「必死さとか、貪欲さとか、何だろ、言葉にするとどんどん遠くなるけど……とにかく戦う相手に牙を剝く気持ち。——あの時さ、本当は俺、膝は回復してきてたんだ。二度目の手術がうまくいって、その気になればまだ現役は続けられたと思う。だけど、俺はあんたと打ったあといろいろ考えて、競技生活をやめることに決めた」

　絶句すると「あんたのせいでやめたって意味じゃない」と志摩はすかさず続けた。

「俺は小さい頃からテニスが好きで、それを仕事にしたいと思って、実際そうした。だけど小心者だからさ、ちゃんと覚悟はしてたんだよ。国内にさえ俺よりうまいやつはいるし、世界は天才が超天才に殺されてくような場所だ。それでもテニスが好きだから、一生そこで生きるって決めた。でも——やっぱり、予想以上にしんどかった。膝をやってからはとくに。またけがするんじゃないかってビビる自分。だからここぞって時に踏みこめない自分。いつの間にか目標がどんどん下がってく自分、上のやつ見て卑屈になってく自分——二十四時間監視カメラでも向けられてるみたいにそういう自分を直視しないといけない競技だろ、テニスって。何年もそういう生活をして、結局俺は耐えられなくなったんだと思う。自分と向き合い続けること、自分の弱さを直視し続けることに。君島さんにはこういうの、わからないかもしれないけど」

「……わかります。わからないわけない」

「そっか。うん。でもあんたと打った時、きっとこの子はどんなにつらくても耐え抜くんだろうって思った。それで俺は？　——もう十分だ、別の道を探そう、ってストンと落ちるみたいに思った。そう思えてしまったことが、もう答えなんだと思った」

そこで志摩の注文した追加のワインと、宝良が便乗して頼んだ炙(あぶ)りタン塩が運ばれてきた。店員が去ると、また志摩はいっきにグラスを干して息をついた。

「競技者はやめても、テニスには関わりたくて、それで雪代さんに口をきいてもらってATCのコーチになったんだけど——自分でも意外な発見だった。俺は、どうやったらこの人の力をもっと効率的に発揮させられるかって考えるのがわりと得意だし、好きだったんだよ。自分のことを考え続けることにはギブアップしたけど、人のことなら考え続けられる。それだって突き詰めれば自分に向き合う行為には違いないんだけど、どこまでも自分ひとりしかないプレイヤーの世界よりも、俺にはしっくり来た」

それからも何かを語る様子で口を開けた志摩だが、少々胡乱（うろん）になってきた目でこっちを見て小首をかしげた。

「……あれ、何の話だっけ？」

「酔っ払いか。知りませんよ」

「いいやもう。とにかく今日の要点は、俺はあんたのコーチをやりたいと思ってるってことです。だけど君島さんが嫌なら、残念だけど、しょうがないです。早いとこ新しいコーチを捜しましょう。三月になればもうツアー本番に突入するから、最低でも一月が終わるまでには――」

「いえ。志摩さんがやりたいと思ってくれてるなら、コーチ、お願いします」

志摩はしばらく、顔に水をかけられたような表情でひたすらまばたきしていた。

「……え？　なんで？　嫌いな男子と顔似てんのに？」

「なんでって、そうしたいと思ったので。顔も我慢できないことはないし」

「あんたとか雪代さんのそういう……その時の直感で動いてるみたいなの、俺本当にわけわかんないんだよ。何なんだよ。俺が気に入ったんならちゃんと俺にもわかるように理屈つけて説明して安心させてくれよ」

面倒くさい男だな。

「まあそのへんはおいおい」

「そうやって流された話題ってもう二度と出ないんだよな……」

「昨日、雪代コーチに言われたんです。私がもっと強くなるためには、雪代コーチとは別の角度から一緒にテニスを見てくれる人と組むべきだって」

雪代とのやり取りを思い出すとまだ心臓が軋む。でも一日経ってその痛みはいくらか薄れた。明日にはもっと薄れるだろう。それが雪代の望んでいることであり、今は自分の望んでいることでもある。

もう決めたのだ。過去にはしがみつかない、未来にもおびえない、今だけを見ると。

「私はもっと強くなりたい。マスターズからずっと敗け続けてる、今の状況を変えたい。勝ちたいんです。力を貸してください」

ありったけの気持ちで、挑むように志摩を見据えた。

志摩は長い間黙っていた。あまりに沈黙が長いので、まさか目を開けたまま寝てるんじゃないだろうなと疑いはじめた時、志摩が突然、酒ではなくお冷を一気にあおった。

そしてコップを置くなり口を開いた。

「今言ってた全日本マスターズ。君島さんの試合、録画で全部見たんだけど」

志摩がこれからあの大会について言及するのだと悟り、内臓が逃げを打ったが、宝良は歯を噛みしめてこらえた。ここで逃げては先には進めない。

「確かに初戦はメタメタだった。動き固すぎるし、反応鈍いし、視野が狭くなってるのがまるわかりで。七條戦はそれがさらにひどくなった感じだったし、最後はわけわかんなくなってるのが見ててもわかった。でも俺、あのマスターズ、最上戦は悪くなかったと思ってるんだよ」

　意外な言葉に面食らって、え、と声がこぼれた。

　全日本マスターズ予選ラウンド二戦目の対戦相手、最上涼子。歳は宝良より三つ上で、国内ランキング3位、世界ランキング13位。現時点では宝良が国内2位だが、去年の前半までは彼女が七條玲に次ぐ国内二番手だった。お互い抜きつ抜かれつをくり返して、もっとも競り合ってきた相手だ。

　ただし車いすテニスの競技歴は最上のほうが圧倒的に長い。ロンドンパラリンピックに十八歳で出場を果たし、リオパラリンピックではシングルスでの入賞はならなかったものの、七條玲と組んだダブルスで銀メダル獲得という快挙を残した。

「最上も君島さんのことかなり研究してるんだと思う。あんたの好きな速い展開に持ちこませないようにスライスとロブでリズム崩して。それで君島さん、途中から作戦変えたよな。最上のバック側に高い球集めて、返球を短くさせたところで前に出て強打」

「……返り討ちにされたけど」

「あれは前に出るべき時と出るべきじゃない時の見極めが甘かったからだ。そのへんは経験の長い最上のほうが一枚上手で、思惑を読まれて逆に後ろを抜かれた。だけど前に出て攻めていく戦法自体はいいと思うんだよ。男子はもう三國とかイギリスのエヴァンスなんかが筆頭になってネットプレー当たり前の戦国時代になってる。でも女子はまだ自分から前後を使って展開を作っていく選手は一握りだ。だからこそ先取りで身につければ武器になる。君島さんは反応も鋭いし、気性から見ても生粋の攻撃型だから、そういう相手から考える時間を奪う速攻って合ってると思うんだ」

宝良は真剣そのもので語り続ける志摩をまじまじと見た。志摩が、うつむいた。

「無言で見つめるのやめてもらっていいですか。君島さん、迫力あるんで怖いです」

「……いえ、正直ずっとスカした野郎だと思ってたから、そんなにちゃんと考えてくれてたとは思わなくて」

「いやわかってたけど。よく思われてないのは何となく感じてたけど、そこまで嫌われてるとは思わなかった……」

「何をすればいいですか」

まだ半分も飲んでない焼酎は氷が溶けて薄くなっている。まだ手をつけていないタン塩はとっくに冷たくなっている。けれどそんなものはどうでもいい。

「最上さんと戦った時にしたことは本当に苦し紛れだった。でもそこに少しでも可能性があるならそれを伸ばしたい。あんな無様な戦い方は、もう二度としたくない。コーチが病気になって動揺してたとか、そんなのは敗けていい理由にならない。だって私は、大会の初戦の日に雪代コーチが死んだとしてもきっとコートに立つ。コーチだけじゃなく、たとえそれが親でも、一番大事な友達だったとしても」

人間性を疑われたとしても仕方ないことを言っていると自覚はあった。それでも志摩は顔をしかめることも、笑うこともなく、こちらを見つめ返す。

「だから私に何が足りなくて、それを得るために何をするべきか、志摩さんに見えるものを教えてください。何だってやります、強くなるためなら」

志摩はすばやく隣の座席に置いていたリュックに手を突っこみ、薄型のタブレットをとり出した。そんなものを持ち歩いているのかと意表をつかれている間に、志摩はテーブルに置いたタブレットの上で指をすべらせた。

「じつはいろいろメニューとか考えてみたんだけど」

「……まだコーチになるかどうかわからなかったのに？」

「そうだよ。雪代さんが具合悪くしてから、俺はあんたと雪代さんのことばっか考えて生きてたんだよ。ちなみに雪代さんが三割、あんたが七割だ。——さっきも言ったけど君島さんって生粋の攻撃型だと思うんだ。しかも身長もあって体格的に恵まれてるし、サーブは女子の中でもトップレベルにうまい。これはすごい武器だ。だから今ある武器をさらに研ぎつつ、何か一つ、ここぞっていう時の決め技を考えよう。さっきも言ったような、相手の時間を奪うような速攻の方向性で――」

「あと……」

「何。何でもいいから言って」

「ワールドチームカップ決勝の、ギーベルとの試合。あれ、第3セット（ファイナル）でスタミナが切れちゃって。体力も課題だって思ってた」

「あー、あれな。録画見たけど、後半で急激にバテたよな」

「自分でも予想外で、本当にガクンときた。もう少しで勝てるかもって力んだせいかもしれないけど」

「でも実際にあの試合、体力が尽きなきゃ勝てたと思う。あの時は最高にノッてたし。うん。基本のキだけどフィジカルだな。筋力強化とスタミナ増強はもちろん、君島さんの今の身体を一番効率よく使う方法をトレーナーに協力してもらいながら見直そう」

　しゃべりながら志摩はタブレットのメモ機能に、ステップを踏むような指の動きで文字を打ちこんでいく。宝良の発言を書きとめるほか、現時点で自分が考えつく練習方法を箇条書きにしているようだ。志摩は理論派、と雪代が言っていたのを思い出した。

「それからチェアワークも。七條さんと戦うといつも思うけど、あと一秒速ければ拾えた球や、あと一秒速く戻れたら打てるショットがいくつもあるの。そういう取りこぼしを何とか減らしたいけど……」

「確かに七條ってほんとに車いすが身体の一部みたいな動きするよな。彼女は車いすの生活が長いから、中途障がいのあんたとはそもそも車いすを使ってる年季が違うっていうのもあるだろうけど——チェアワーク……チェア……」

ぶつぶつ呟いていた志摩が、しばらく黙ったかと思うと勢いよく顔を上げた。

「俺は車いすに詳しくはないけど、あくまでもそういう前提で聞いてほしいんだけど」

「要点を簡潔に言ってください」

「短気な女だな……今使ってる車いすって、君島さんにとってベストなんだろうか」

意味がよくわからず、宝良は眉根をよせた。

「どういう意味ですか？」

「ギーベル戦がいい例だけど、君島さん、わりとスロースターターだろ。白熱してきてギアが入ったら、加速度的にスピード上げて猛獣みたいに攻めてくのがスタイル」

「猛獣かよ」

「でもいろんな録画見てて気になったんだけど、そういう最高にノッてる時ほど、こう、車いすがグラつく瞬間があるんだよな。強引な動きをした時に車いすがカバーしきれてないっていうか。あれってどう？　試合しててストレスじゃないのか？」

しばらく腕組みして、過去の試合を思い出してみた。——そう言われてみれば。

「確かに時々そういうことはあるし、グラつかないに越したことはないですけど……誰の車いすだってそういうものじゃないですか？」

「それがそうでもないんだよ。たとえば七條の動きは、すごく安定感がある。もちろんチェアスキルが抜群っていうのもあるだろうけど、かなり激しい動きをしても車いすがひたっと地面を押さえてる感じがして……今の車いすっていつから使ってる？」

「買ったのが二〇一六年だから……まる四年。今年で五年目」

「四年ってけっこうな時間だよな。その間に君島さんのプレーはかなり変化、いや進化した。今のあんたの能力に、今の車いすって合ってるのかな」

まったく思ってもみなかったので、すぐには返答できなかった。

「……正直あまり考えたことがなかった。ちゃんと動くし、走るし、なんか道具にあれこれこだわるのってかっこ悪い気がして」

「あんた、この令和の時代に何だよ、その超絶古い考えは。アイテムを甘く見んなよ。道具の進化が選手の能力を引き出し、引き出された選手の力がさらに道具を進化させてきたんだ。そもそもテニスラケットを例にするとその進化っていうのは……」

志摩のうんちくが面倒くさくなったので宝良は途中から聞き流して米焼酎を飲んだ。

「……ってことで。車いすを見直してみるのもひとつの手なんじゃないだろうか」

「でも、パラリンピックまで半年ちょっとのこのタイミングで？　私はまだ車いすを替えたことがないけど、替えた人の話を聞くと、慣れるまでにかなり時間がかかるって」

「……うん、一番のネックはそこなんだよな。でも、とりあえず専門家の意見を聞くだけでもいいんじゃないか？　ちょっと待ってて」

志摩は細かくすばやい指さばきでタブレットを操作し始めた。時間は、宝良が焼酎の追加と餅ベーコン巻を注文し、それが運ばれてくるまでかかった。

「よし」

と志摩は何かを達成した声をあげた。

「今まで俺が試合を見た選手の車いすの製造元を調べて、その中でもこの車いすはいい動きしてるなって思ったメーカーの統計を取ってみた。それで第一位がこちら」

志摩はタブレットを裏返し、宝良の目の前に掲げてみせた。とある企業のホームページが表示されている。

『車いすメーカー　藤沢製作所株式会社』

どうにもコメントできずにいると、志摩がタブレットの後ろから顔を出した。

「ちなみにこの藤沢製作所は千葉県の――」

「いえ、知ってます。……よく」

なにせ、十年来の友人の職場だ。

第二章

1

「本日はご足労いただきありがとうございます。テニス車担当の小田切です」

目を惹くスカイブルーの作業服を着た彼は、ロビーで待っていた宝良に会釈すると、

「といっても、君島さんとはもう何度もお会いしていますね」

渋い低音の声で付け足し、こちらの緊張を解くように静かな笑みを湛えた。

小田切はかなりの長身で、髪が短く、猟犬のようなシャープな印象の男性だ。彼の言うとおり宝良もすでに小田切とは面識があった。国内大会のリペアのテントでタイヤのパンクを直してもらったこともあるし、ほかにも、いろいろある。そのいろいろのせいで、小田切に車いすの相談をするのはいささか気まずいところもあった。

「こちらこそ、急にお時間をとっていただいてありがとうございます」

会釈を返しながら、百花は一緒じゃないんだな、とひそかに小田切の左右や後ろに人がいないことを確かめていると、

「山路は」

と小田切が心を読んだように言ったので、少々動揺した。

「同席させるつもりでいたんですが、本人が『君島さんは意外と気にしいだから知り合いがいるとやりづらいかもしれない』と固辞するので工場のほうに置いてきました。よければ、打ち合わせがすんだあと会っていかれますか？」

「いえ――モモがそう言ったなら、けっこうです」

　しばらく前、百花が競技用車いすの設計を学び始めたことを聞いた。百花がしきりに口にする「職場の怒るとめっちゃ怖いけどすごい先輩」というのは小田切のことだろう。だから今日は百花も同席するのだろうと思い、正直なところ少し気が重かった。

『たーちゃんはパラリンピックにも出るくらいの、最強の車いすテニス選手になって。わたしは、たーちゃんのために最高の車いすを作るから』

　百花以外の人間に車いすを作ってもらうことは、裏切りのような気がしていた。けれど百花は、先回りして「余計なことは気にするな」と釘(くぎ)を刺してきたのだ。しかも「意外と気にしい」とかいうくだりに若干の挑発を感じないでもない。上等だ。

　こんな先手を打たれた以上、遠慮なく自分のことだけ考えさせてもらう。

「では、こちらへ」

　小田切に案内された応接室のような部屋は、ドアがスライド式になっていた。ドアレールも床と段差を作らない設計だ。藤沢製作所の駐車場に車を停めた時から感じていたが、この会社は身体にハンデを負った人間のことを想定して丹念に作られている。

テーブルセットの椅子を小田切が一脚抜いてくれたので、宝良はそこに車いすを停めてブレーキで固定した。向かいに腰を下ろした小田切は、抱えていたノートパソコンやファイルをテーブルに置くと、本題に入る前の準備体操のように話し出した。

「お電話くださった志摩コーチは、ご一緒ではなかったんですね」

「はい。私のコーチを受け持つことになった関係で、ＡＴＣのほうで調整しなければならないことがあるので」

「雪代さんのご病気のことは、昨年末の全日本マスターズの会場で知りました。山路も雪代さんとは面識があると聞いていたので一応伝えたんですが――その後は、お加減はいかがなんでしょうか」

小田切は決して表情豊かではないが、言葉の響きから配慮が伝わった。

「……先週会った時には、痩せてはいましたが思ったより元気でした。春からはＡＴＣにも復帰することになってます」

「そうですか――よかった」

小田切が真摯な安堵(あんど)をこめて微笑した、その時。コンコン、とドアがノックされた。

はい、と小田切が応答すると、スライド式のドアがなめらかに開いた。

「失礼します」

顔をのぞかせたのが上品なグレーヘアの老婦人、しかも車いすユーザーだったので、宝良は面食らった。彼女の後ろには事務職らしい制服を着た女性社員が続き、ポットと茶器セットをのせたお盆を運んでくる。宝良も突然のことにとまどったが、小田切の反応はさらに大きかった。ぎょっとした表情で椅子から腰を浮かせた。

「社長、いったい何を」

「何ってお茶をいれるんですよ、小田切さん。お客様にはお茶をお出しするものだし、お茶はいれたてが一番おいしいものでしょう」

「そういうことではなく、なぜ社長ご自身がこの場で茶を」

「それはもちろん、君島選手をおもてなしするためですよ。私、ファンなんですもの」

社長――ということは、この藤沢製作所の現社長、藤沢由利子（ゆりこ）？

驚く宝良に由利子は茶目っ気をこめてほほえみかけ、女性社員に運んでもらったポットから急須に湯を注いだ。次にその湯を小ぶりの美しい茶碗（ちゃわん）に移すと、さらに磁器製の湯ざましに移し、急須に茶葉をいれる。そこに湯ざましの湯を注ぎ、茶が浸出するのを待つのだろう、いったん手を止めた由利子はリムを操作して宝良と向き合った。

「はじめまして、藤沢由利子です。本日はようこそおいでくださいました」

「いえ……とんでもありません。急なことにもかかわらず、すぐにお時間をとっていただきまして、ありがとうございます」

「いいえ、お礼を申し上げるのはこちらです。弊社の車いすに興味を持っていただけたなら、これほどうれしいことはありません」

　それから由利子は優雅な所作で茶をいれ「どうぞ」と宝良の前に茶碗を置いてくれた。同じように茶を注いだ茶碗を小田切の前に置いた由利子は、たっぷりと微笑した。

「小田切さん、例の件、わかってますね。しっかり頼みましたよ」

「承知していますので、社長、ご用がお済みでしたらどうぞご自分の業務に」

　小田切が無表情でドアを指すと「そんなに邪険にしなくてもいいと思うのよ……」とぽそぽそ呟いた藤沢由利子は、女性社員にポットと急須を持ってもらって部屋を出ていった。最後にもう一度宝良をふり返り、柔和な笑顔で会釈をしながら。

「申し訳ありません。弊社の社長は……大変自由な心を持った婦人で」

「モモが高校の時に直接電話をした時も、気を悪くせずに話をしてくださったんですよね。目上の立場にいても相手を対等に尊重する人は尊敬します」

　それは本心だった。小田切は「そう言っていただけると助かりますが」と苦笑を浮かべ、藤沢由利子がいれた茶に口をつけた。宝良もせっかく目の前でいれてもらったお茶を味わった。ぬるめの茶は、とても香り高くて驚くほどおいしかった。

「本日は選手の貴重な時間をいただいていますので迅速に。志摩コーチから、車いすの新調を検討されているとうかがいましたが」

「はい」

志摩とチェアワークの改良について話し合ううちに出た、現在の車いすの課題点について話した。小田切は会話と同等の速度のキータッチでパソコンに内容を記録する。

「なるほど——激しい打ち合いの局面でも安定感のある車いすを、ということですね」

「はい。ただ……こうしてお時間をとっていただいているのに申し訳ないんですが、まだ迷ってもいるんです。パラリンピックの代表選考まで半年を切ったこのタイミングで車いすを新しくするというのはどうなのか。もちろん、代表に選ばれるかどうかはまだわからないことですが」

「君島さんは、東京パラに出場します。少なくとも私は、そう確信しています」

小田切の声には持ち上げようとするような響きは一切なく、むしろ淡々としていた。たじろぐ宝良をよそに「ただ」と小田切は静かに続けた。

「だからこそ、私も正直なところ、このタイミングで車いすを一新するというのはひるむものがあります。弊社ではオーダーから納車まで最低でも六週間はいただきますし、調整を重ねながら新しい車いすを身体になじませるまでにも、できれば一年は欲しいというのが本音です。しかし」

小田切は真正面からこちらを見つめた。

「逆に言えば、タイミングというネックがあるにもかかわらず君島さんが車いすを新しくしたいと考えるのであれば、それだけ切実な意味を持った決断なんでしょう。結局のところ選手のことを一番わかっているのは選手自身です。君島さんがそれを必要と感じるのであれば、今がその時です。そしてその時、藤沢の車いすを望んでいただけるのであれば、我々はあなたが最高の力を発揮できる車いすを作ります」

——ここは今の自分が本当に来るべき場所だった。

しみこむようにそう思った。そして志摩がいなければ、ここに来ることはなかった。

「個人的なことですが、変わらなければならないと、今とても強く感じているんです。ずっとがむしゃらに走ってきたけど、今は行き止まりのような場所に迷いこんでしまって、そこから先には今までの自分から変わらなければ進めない。——パラリンピックはもちろん憧れの舞台です。出場したいと心から思うし、メダルを獲りたい。だから正直に言えばこの時期に危険を冒すのは怖いです。でも、東京パラリンピックのあとにも私の競技生活は続きます。いつか身体が衰えてもうここまでだと決める日まで、私はプレイヤーであり続けたい。そのためには、今この時、変わらなければいけない」

まっすぐにエンジニアの矜持(きょうじ)を示してくれた小田切に、車いすテニスプレイヤーとして真っ向から視線を返す。

「リスクは覚悟の上です。今変わらなければ、たぶんプレイヤーとして私にこの先はない。もっと強くなるための車いすを作ってください。どうか、お願いします」

「承知しました。おまかせください」

迷いなく応えた小田切は、再びキーボードに指を置いた。

「新しい車いすに求めるものは、まず、プレーを支える安定感ということですね」

「はい。それとシートを、今の車いすより少し高くしたいんです」

小田切はなめらかにキーを叩き、顔を上げた。

「シートを上げるというのは、つまり、打点を上げたい？」

「そうです。やっぱり体格のいい海外勢にはパワーで押されます。だからパワー勝負になった時、勝てないまでも持ちこたえられるだけのパワーをこちらも持ちたいんです。それに打点が上がればショットの選択の幅も広がりますし、抜かれやすいバック側の高い球も対応しやすくなると思います」

「確かにその通りです。ただ座面を上げると、ターン時にかかる遠心力がより大きくなって、車体が今まで以上に振られることになります。パワーの底上げとプレーへの影響が釣り合うぎりぎりの地点を探しましょう。安定感については、タイヤのキャンバー角を上げるのが有効かと思います。キャンバー角が大きくなればトレッドが広がり、走行の安定性が向上しますので。それに合わせて、より身体を車いすにフィットさせるベルトの導入や、シートの再検討も視野に入れたいと思います。それと……」

小田切がノートパソコンを反転させ、液晶画面を宝良に向けた。

「もとは弊社の陸上競技用車いすのために開発されたパイプなのですが、こちらの二種類を現在テニス車にも使用しています。便宜的にこちらを『ひょうたん型』、こちらを『もなか型』と呼んでいますが」

画面に並べて表示されたのは、銀色のパイプの断面の写真だ。確かに向かって右側のパイプの穴は楕円形（だえんけい）の中央がきゅっとすぼんでいてひょうたんのようだし、左側はお茶請けに出てくるもなかのような楕円形をしている。

「これは、パイプの形によってどんな差があるんですか？」

「端的に言えば『ひょうたん型』は軽量性重視、『もなか型』は剛性重視の設計です。車体の軽量化は慣性力の低減につながりますから、こちらの『ひょうたん型』を採用することで、座面を上げることによって増大する遠心力を軽減できると思います。ただ、選手たちに実際に乗ってもらうと、必ずしも理論的に正しいほうがしっくり来るわけでもないようで。軽量化を希望していても、試してみたら剛性重視のほうが思いどおりのプレーができる、というケースもありました。ですので君島さんにも、実際に乗って感覚を確かめていただきたいんですが」

「確かめるというのは、今ですか？」

びっくりして問い返すと、小田切は真顔で頷いた。

「寒い日に恐縮ですが、コートを着て一緒に外へ来てください」

　驚いたことに、藤沢製作所は敷地内にテニスコートを持っていた。

「藤沢の創業者でもある先代の社長、現社長の父親がテニス好きだったんだそうです。今はもっぱら選手に車いすの試乗をしてもらうのに重宝していますが」

　一面だけだが、丁寧に手入れされているとわかるハードコートだ。宝良は美しいグリーンと白いラインに彩られたコートに見惚(みと)れた。テニスコートは、それがたとえ小さな公園の砂地に白線を引いただけのものでも、胸の奥から愛(いと)しさがこみ上げる。

「予想以上に寒いな……君島さん、大丈夫ですか？」

「冬でも屋外で練習や試合をしますから」

　ダウンジャケットを着た小田切は、屋内から押してきた二台のテニス用車いすのうち、一台を宝良の前に押し出した。ちょうど移乗しやすい位置だ。

「まずはこちらが『ひょうたん型』。ご自由に走ってみてください。ちなみに現在君島さんが使われている車いすよりも三センチ、シートを高く設定してあります」

　たった三センチか、と内心思っていたのだが、いつもの要領で車いすを乗り換えると、視界の高度変化は予想以上だった。視界に入る範囲、地面との距離感がまったく違う。たった三センチでこれなのか、とたじろぎながらハンドリムをプッシュすると、今度はタイヤが地面をつかんで走り出す瞬間の、その感触のソフトさに驚いた。

とても、なめらかだ。

今までの車いすにも不満はなかった。でも、何というのだろう、今まで身体が受けていた意識にすらのぼらないほど微細な揺れや振動が車いすによってカットされているというか――車いすがしっかりと地面をとらえて、より効率的な動きをしてくれている。

「次はこちら。『もなか型』です」

コートを数周し終えたあと、もう一方の車いすでも走ってみた。こちらもやはりなめらかなグリップやしっかりと身体を支えられるような乗り心地は一級品だ。ただ、最初に乗った『ひょうたん型』のほうが、より軽くしなやかに動けるような気がした。

それを話すと、頷いた小田切は、宝良がコートを走っている間に準備していたらしいラケットとボールをさし出した。しかもラケットは二人分だ。

「ではまた『ひょうたん型』に乗り換えて、少し打ってみましょう」

「……打つとは、小田切さんとですか？」

「本当はコーチのようなしっかりした相手が望ましいんですが、今日は志摩コーチがご一緒できなかったということなので。一応、七年前から週に二回テニスクラブに通っていますから最低限のことはできます。やはり実際に打ってみたほうがリアルな感覚をつかめると思うので、いないよりはマシ程度に思ってお相手願います」

七年前からということは、つまり仕事のためにテニスを習い始めたということなのだろうか。仕事のためにそこまでするのか？　驚いてまじまじ見てしまう宝良に、小田切は「手加減はしてください、本気で来られたら太刀打ちできませんから」と大まじめな顔で言いおいて、コートの向こう側に走っていった。

「ターンした時の身体の負担はどうか、低い球を拾う時はどうか、何より瞬時にどれだけ自由に身体を動かせるか、そのへんを見てください」

　そう前置きした小田切は、想像以上に堂に入ったサーブを打ってきた。相手のサーブを感知した瞬間、骨の髄までテニスを叩きこまれた身体が動く。リムをプッシュ、加速、ボールの間合いにすべりこみ、最適の打点を捉えた瞬間ラケットを振り抜く。

　リターンは決まったが、普段とのあまりの感覚の違いに愕然とした。

　コートを試しに走るのと、こうして実戦の中で動くのとではまるで違う。考えてみれば当たり前だが、腰を支えるシートの高さが上がったということは、手とハンドリムも今まで以上に離れたということだ。相手の動きに合わせて走り出す瞬発力と、加速するスピードが今までより落ちた。

　そんなことを考えている間にも小田切は球を返してくる。謙遜していたわりにはバック側ラインぎわのずいぶん嫌なコースだ。着弾点に急行して打ち返し、次の守備位置に向かうためターンした時、ぐんと遠心力に車体をゆさぶられて宝良は思わずリムを握りしめた。そんなことはないはずだが、宙に身体を放り出されそうな気がしたのだ。

軽いフットワークでボールに追いついた小田切は、バックハンドの上から斜め下へラケットを振り抜くフォームで返球した。弾道が低く、弾まないスライス。宝良は対応としていつもそうするように、上体を前に出しながら低く屈めてラケットを伸ばした。けれど目算を誤って、ボールはかろうじてラケット下部のフレームに当たった。

それからひとしきり打ち合いを続けたが、車いすの制御に気を取られるあまり渾身の力で返球してしまった。ベースラインぎわの球を取り損ねた小田切が、息を切らしながら手を上げ、こちら側に歩いてきた。

「どうですか、実際のプレーになるとさっきとはまた感覚が違うと思いますが」

「……はい、かなり。正直たった三センチと思っていたんですけど、これだとシートが高すぎるかもしれない。うまくスピードを出せない感じがします。すごく微妙な感覚ではあるんですけど」

「それなら最初は二・五センチに設定して、そこから調整を重ねていきましょう」

「……いつも、どんな選手にも、そんなふうに細かく調整を行うんですか？」

「もちろんです。選手に限らず、藤沢の車いすを使うユーザーならば誰にでも。障がいは本当に固有のものですから、その時その人の身体に合った最適の車いすを作ろうと思えば、やはり細かい調整を重ねることが必須です。とくに競技生活を送るアスリートの場合、とても微妙なことが大きくプレーに影響しますから、最終調整から一カ月経って

『やはりこれではプレーできない』とご連絡をいただくことも普通にあります。それと君島さん、話している間に気づいたんですが」

突然、小田切が求婚でもするように目の前にひざまずいたので少々動揺した。

「気を悪くされたらすみませんが、右脚と左脚で、かすかに高さが違いますね。左脚のほうがやや低い」

ああ、と宝良は呟いた。それは自覚があるので気を悪くすることはなかった。

「そうなんです。事故にあってから少しずつこうなって……利き腕と逆のほうだから、どうしても右半身よりも筋肉が落ちるのかなと思ってたんですけど」

「そうすると、わずかですが、常時身体が傾くことになりますね。もしそれが試合中のストレスになるようであれば、たとえばフットレストの一部に傾斜を相殺する高さをつけて調整することもできますし、逆にその傾きをそのまま抱き留めて車いすとフィットさせる設計もできます。たとえば七條さんは、体軸の傾きをそのまま車いすにフィットさせた設計を採用していますが」

「そう……なんですか。それは、どちらがいいかというのも、やっぱり選手それぞれで違うものなんですか?」

「その通りです。やはりそこも実際に試した上で調整していくことになりますし、もちろん『今のまま何もしない』という選択肢もありです。そこも含めて、中に戻って詳細を詰めましょう」

正直もう十分詳細を詰められた気持ちでいたので、まだやるのかとぎょっとしたが、小田切はてきぱきとラケットを片付ける。宝良も急いで日常用車いすに乗り換えた。

＊

小田切のヒアリングは詳細を極めた。現在の車いすに対して感じている問題点、不安はもちろん、現在抱えるプレーの課題点、これから何を向上させるためにどんな練習をするのかというところにまで話は及んだ。細かなニュアンスも逃がさず「それはこういうことですか？」と深く掘り下げようとする小田切の問いに答えるうちに、自分がこれから手に入れようとしているもののビジョンがよりクリアになっていった。

どんな過酷な局面、どんな強大な相手にも怖気（おじけ）づかず攻める闘志。その闘志を支える強い肉体と精度の高いショット。しかし車いすテニスはどれほど強靭（きょうじん）な肉体とすぐれた技術を持っていてもそれだけでは勝てない。車いすテニスの真髄、勝敗の鍵とも言えるチェアワーク。そのチェアワークをさらに磨きあげるための、理想の車いすの姿。

ヒアリングと採寸が終わった頃には、じつに二時間以上が経過していた。

「最後に、この車いすについてですが」

ノートパソコンを閉じた小田切は、まっすぐにこちらを見た。

「君島さんさえよろしければ、この車いすは弊社からの『貸与』という形で、無償提供させていただきたいと考えています」

「……スポンサーになってくださるということですか？」

「そうです。——もっとも君島さんには、何度か断られてしまっていますが」

小田切が微苦笑を浮かべ、宝良も気まずい心地で目をふせた。

あれはデビュー戦の時だから二〇一六年のことだ。真夏の八月に開催された仙台オープンの会場で、スカイブルーのポロシャツを着た小田切に突然声をかけられた。

『弊社とパートナー選手契約を結んで、藤沢の車いすに乗ってもらえませんか』

あの時点で藤沢製作所の名前はよく知っていたし、小田切の表情から至って真剣に申し出てくれているのだとはわかった。その時初めて公式戦に出たようなひよっこに対して、老舗車いすメーカーからのそれは破格のアプローチであったはずだ。

けれど、あの時、そしてその後も、小田切の申し出を断ってきた。

「——声をかけていただいた時は、うれしかったんです。それは自分の車いすテニスプレイヤーとしての力を認めてもらえたということで、本当にありがたかった。でも藤沢と関わることが、あの時は怖かったんです」

「それは、山路が関係しているんですか」

小田切の声はもうそれを察していたように静かだった。宝良は、小さく頷いた。

「私が車いすテニスをすると決めた時、モモは藤沢で競技用車いすを作るエンジニアになると言いました。モモはそうやっていつも私のそばにいてくれた。今もそうです。でも、だからこそ、モモに近づきすぎるのは嫌だった。覚悟が鈍るような気がして」

ノートパソコンの上に組まれた小田切の、すんなりと長い指が目に入る。きれいな手だ。宝良は自分の両の手のひらを見つめた。長時間のハンドリムとの摩擦で皮がめくれ、その状態で痛みを堪えながらさらにハンドリムを握り続け、それを何年もくり返して皮がガサガサに厚くなった、荒々しいプレイヤーの手。

「私が車いすテニスを始めたのは十八の時です。国内のトップ選手に比べたら経験は段違いに浅い。中途障がいだから、物心ついた頃から車いすに乗っているような人たちに比べるとチェアワークも話にならない。とにかくがむしゃらにやるしかなかったんです。モモは友達だけど、馴れ合いたくはない。どこまでもたったひとりになって一刻も早く強くなりたかった。だから、藤沢にも関わりたくなかった」

——けれど、今は違う。

百花は決然と自分の道を進んでいる。百花が今日この席に姿を現さなかったことで、自分の思い上がりを知った。馴れ合いなんて、もうなりようもない。むしろ気を抜けば置いていかれるのはこっちのほうだ。宝良は顔を上げ、正面から小田切を見つめた。

「今は、なりふり構っていられないんです。課題はエベレストぐらいに山積みで、でも時間はまったく足りない。だから——私でもいいのなら、力を貸してください」

「こちらこそ。パートナーとして、全力を尽くして君島さんをサポートします」

それから小田切は、肩から力を抜くように深く嘆息した。

「……受けていただけて安心しました。じつは社長から、君島さんにサポート選手の話を受けてもらうようかなり強烈に圧力をかけられていたもので」

「圧力」

「社長みずから登場して玉露をいれ始めた時には戦慄しました」

藤沢由利子の柔和なほほえみと驚くほどおいしい茶の味を思い出し、宝良はそういうことだったのかと苦笑した。

時刻はもう昼どきだ。午後はATCに戻って志摩と体力増強のためのトレーニングを行うことになっている。一月後半の現在から三月頭までは一年のうちでも貴重なオフ期間なので、今が身体を追いこむチャンスなのだ。宝良が帰り支度をしている間、小田切は「すみません」と断ってスマートフォンで短い操作をし、それから宝良を見送るために駐車場まで一緒に出てきた。

車いすから愛車の運転席に移乗して、折りたたんだ車いすを引き上げている時、冷たい風が吹きつけた。青くさい冬の匂いをかぐと、今でも生々しく思い出す。

リハビリのつらさにもらした息。自分のこの先を考えて一分も眠れない夜。動かない足をベッドに投げ出してながめた窓の外の冬枯れの景色。絶望しかなかった毎日。

けれど永遠に終わらないように思えたあの冬さえ、抜け出せたのだ。

だからきっと今度も這い上がってみせる。深い穴のようなこの場所から。

「――たーちゃん!!」

運転席のドアを閉めたところでものすごい声が響き渡り、宝良はぎょっとした。

窓から顔を出すと、スカイブルーの作業服を着た百花が走ってくる。顎を突き出した全力疾走だ。しかし、突然なぜか百花はすっ転んだ。とっさに宝良は運転席のドアを開けたが、車いすはもう後部座席にしまったあとだ。なんで何もないところで転ぶんだ、あのばかは。気を揉みながら宝良は窓枠を握りしめた。

さいわい、すばやく駆けよった小田切が「何をやってる」と叱りながら百花を引っぱり起こした。涙目で鼻を押さえた百花は、宝良を見ると足を肩幅に開いて仁王立ちになり、応援歌練習でもするように声を張り上げた。

「八年後を、お楽しみにー!」

八年後。――東京、パリに続く、ロサンゼルスパラリンピック。

ふは、と息がもれた。本当にばかだ、こいつは。

宝良は窓から親指を立てた手を突き出して、すぐにアクセルを踏みこんだ。バックミラーに百花が映っているのはわかっていたが、それも見ず、ただ前へ進む。

あいつに後れを取ってなるものか。

2

ＳＣＣの出社日や取材関係、車いすテニスのイベントに参加する時などのイレギュラーを除けば、国内にいる期間の練習は一日平均六時間、週に五日から六日行う。

まずは朝九時ごろにＡＴＣ入りし、入念なストレッチ。十時から本格的な練習を開始して、午後一時まで汗を流したら、一時間半の昼食と休息。そして二時半から五時半まで午後の練習。それがだいたいのスケジュールだ。

「これから俺たちが力を入れていく三本柱が、チェアワーク、新技、フィジカル強化。チェアワークは、新車が納入されるまでまだ一カ月以上あるけど、とにかくできることはやっておこう。メニュー考えてみたから、ちょっとやってみて」

志摩が提案したチェアワーク強化メニューの一例を挙げると、志摩がランダムに投げるテニスボールにひたすら素手でさわるというのがあった。言葉にすると単純だが、これがめっぽうつらい。右か、左か、正面か、上か、下か、いつどこに投げられるかわからない球を常に視神経を張りつめさせて追いつつ、試合中の何倍もの速度と細かさで車いすを縦横無尽に操作しなければならないのだ。ほかにもあきれるほど複雑に設置されたコーンの間を、志摩がそのつど指定するルートを通って全速力で走る、というのもあった。雪代もわりと容赦ない練習をさせる人だったが、志摩も負けず劣らず——というか、ともすると雪代よりきつい。内心、志摩のあまり物事に熱くならなさそうな外見からそこまでのことはさせないように思っていたのだが、甘かった。舐(な)めていた。

チェアワークは実戦でこそ生かせなければ意味がない。だからコートで志摩と打ち合いもする。志摩はおそらくこれまでの宝良の試合を分析して、こちらの苦手パターンを完全に把握しているのだろう。本当に嫌なところにばかり走らされるのだ。

「それ。まさに今の。コート外まで球追いかけてって何とか打ち返したのに結局アウトってパターン、あんた多いだろ。根性と闘争心はあるけど詰めが甘いっていうか」

「悪かったな」

「その球を入れる。追いかけた以上必ず入れる。けどかろうじて入れるくらいじゃ打ち返されて即やられるから意味ないぞ。ラインにのせてくぐらいのコントロールで」

それができれば苦労しない、と歯嚙みしつつ、志摩が際限なく打ちこんでくる球をひたすら拾って打ち返し続ける。志摩の言うことはまちがってないし、的確に今の自分に足りないものを言い当てているのだ。非常にくやしいが。

そして志摩は、新たな武器についても提案してきた。

「ドライブボレーってどうだろう」

「ドライブボレー……ってほぼ打ったことないし打ってる女子も見たことないけど」

「そう。まだ誰もやってないからこそ有効な武器になるはずだ。パターンの一つとしては、まず相手のバック側に深く跳ねるスピンボールを集めてコート外に追い出す。そうすると相手はコートに戻る時間を稼ぐために高いボールを上げてくるだろ？　そこですかさず前に出て、ドライブボレー。前に出れば後ろと横を抜かれる危険もあるから注意が必要だけど、決まれば威力は抜群だからウィナーになる確率も高いし、そこまでいかなくても相手から考える時間を奪うことができる。どうよ」

自前の小型ホワイトボードまで持ってきてボールの軌道を矢印で書きこみながら力説する志摩は、少しむくんだ睡眠不足の顔をしていた。志摩のアイディアに感じ入ったというよりは、その顔にほだされる形でドライブボレーの練習を開始した。

が、しかし。

「全然入んない……走りながらかつスイングしてボレーって難易度高い」

「難しいからやってる女子がほとんどいないんだって。だからこそ武器になるんだって。今はまだ成功率にこだわんなくていいから、とにかく打点の見極め、スイングはコンパクトに。テイクバックの時に腕を伸ばしきらないで肘を曲げとく、インパクトからフォロースルーにかけて肘を開く。ラケット面の角度は絶対死守」

相手からの球をバウンドさせてから打ち返すことをストロークというが、ボレーはノーバウンドで打ち返すショットをいう。

　ボレーはワンテンポ速い攻撃であり、速い攻撃を行うために大抵はただ構えたラケットに球を当てる。しかしドライブボレーは、ストロークと同様にスイングして球を打つのが最大の特徴だ。だから威力が大きく、成功すればウィナーになりやすい攻撃的ショットでもあるが、その反面コートの中間エリアに詰めながらスイングしてボールを捉えなければならないので打点がくるいやすい。

　それをものにする方法はただひとつ。何百球、何千球、何万球と、ひたすら実践し、分析し、修正する。その反復によって感覚を身体に刻み込む。

「あと新車が出来てくるまではオンコートの練習は抑えてフィットネスに力入れよう。スタミナ強化もだけど、筋肉の使い方。運動連鎖って知ってる?」

　またもや志摩が長いうんちくを語り出したので途中で面倒くさくなったが、要するに運動連鎖とは筋肉の連動のことだ。ラケットで球を打とうとする時、腕や肩だけではなく、腰から胸、胸から肩、肩から腕、手首へと力を連動させながら増幅させ、最大となった力でインパクトする。まひのある身体で実現できる最大のパワーを発揮するため、トレーナーの指導を受けながらのフィットネストレーニングの時間を増やした。自分ではまひして動かないと思い込んでいたへそから下の部分にも、まだわずかだが力の通う筋肉があるとわかったのは最大の発見だった。ただ、その筋肉に命令するための訓練は声がもれるほど苦しい。そして、コートを離れる時間が長くなればなるほど、試合への飢餓がつのっていく。

戦いたい。誰でもいいから今すぐ打ち合いたい。そして今自分がどこにいるのかを知りたい。ちゃんと進めているのかを確かめたい。

そんなふうに歯を食いしばるように過ごしていた二月の初旬。日本車いすテニス協会（JWTA）から連絡があった。二〇二〇年の五月、ポルトガルで開催されるワールドチームカップのナショナルチームメンバーに選出されたという報せ（しら）だった。

「七條玲と、最上涼子と、あんたの三人か。女子メンバーは去年と完全に同じだな」

報告を聞いた志摩は腕を組んで、静かに続けた。

「まだ最終選考まで確定とは言えないけど、東京パラの女子代表、たぶんこのメンバーで決まりだと思う」

東京パラリンピックの出場要件には、ワールドチームカップの出場回数が大きく関わる。『二〇一七年から二〇二〇年のパラリンピックサイクルで二回以上ワールドチームカップに出場していること』『そのうち一回は二〇一九年あるいは二〇二〇年の大会に出場していること』という条項だ。二〇一九年も、二〇二〇年も、ワールドチームカップの女子メンバーは同じ。ということは実質、東京パラリンピックに出場する要件を満たしたのは、この三名のみということになる。

コメントせずに黙っていると、志摩が小さく眉をよせた。

「うれしくないのか？」

「……まだ決まりじゃないし」

「まあ、そうだけど。それでも覚悟っていうか、心構えだけはしとこう。今シーズンで絶対外せないのがワールドチームカップ、そして東京パラリンピック。新しい車いすの調整と新技の会得、そういうの諸々（もろもろ）合わせて、そうだな――ジャパンオープンで成果を出すことを目標にしよう。ジャパンオープンはワールドチームカップ直前の一番デカい大会だし、あんたもなじみ深いだろ。力を出しやすいはずだ」

　確かにジャパンオープンは毎年参戦しているし、思い入れの強い大会だ。四月下旬のジャパンオープン開幕まであと三カ月。それまでに何としても調子を取り戻したい。

　そう前向きに思ったはずなのに、その夜はなかなか寝付けなかった。翌日の練習のためにも眠りたいのに、目を閉じても脳が点けっぱなしのハードディスクのように回転している。ようやく眠りに落ちても、今度は嫌な夢を見る。そんな日が何日も続いた。夢の内容はいろいろだ。試合中にサーブがまったく入らなくなる夢。相手の球にどうしても追いつけない夢。試合の途中でラケットを取り落としてそれきり見つからなくなる夢。

　そして決まって低くひそめた声が聞こえる。

『東京パラ、君島はやめておいたほうがいいんじゃないの？』

『まずいでしょう、こんな崩れ方するって』

目を覚ますのはいつも物音ひとつしない深夜で、冷たい汗が額を濡らしている。

自分はいったい何を恐れているのだろう。たかがテニスだ。勝てなければ逮捕されるわけでも処刑されるわけでもない。それなのにどうして、勝てなければ存在する資格を失うかのような気持ちになるのか。

以前はこんなことはなかった。テニスをするのに迷いやおびえなんてなかった。それなのに、どうして今は自分の心ひとつ制御できない？　それとも、気づいていなかっただけで、私は前からこんなに弱かったのか。

「宝良。あなた、大丈夫なの？」

また悪夢を見て眠れなくなり、リビングでぼんやりしていたある朝、母の紗栄子に声をかけられた。六時半ごろのことだったが、その時間でもまだ窓の外の空は暗かった。

何が大丈夫なのか、曖昧な問いかけがただでさえ過敏になっている神経に障った。

「何が？　別に何ともないけど」

「練習、大変なの？　無理してるんじゃないの」

――どうして今さら。

小さい頃から仕事ばかりで自分のことは自分でしなさいが口癖で少しもやさしくなくて、事故にあって足が動かなくなった時ですら慰めの言葉ひとつなくリハビリをしろと叱り飛ばすだけだったくせに、どうして何のつもりで今さら干渉してくるのか。

「大変じゃないプレイヤーなんていない。無理しないで勝てる試合なんかない。何なの、いきなり。こんなの話したって何もわからないでしょ。ほっといてよ」

静かな早朝に、自分の尖り切った声は嫌になるほど明瞭に響いた。

「……そうね。悪かったわ」

母は静かにそれだけ言い、いつも通りにてきぱきと朝食の準備を始めた。

怒りが去るといたたまれなくなって、エレベーターで二階に上がった。——母とこうして衝突するたびに、形容しがたい気分に襲われる。それはたぶん罪悪感とか後悔とか、そんな名前のついている感情だ。

こっちだって傷つけたいわけじゃない。だから頼むから急に思い出したように近づいてくるのはやめてほしい。どうやったって自分たちは、たとえば百花と母親のような仲のいい母娘にはなれない。共存する方法はただひとつ、暗黙の不可侵条約にのっとって、必要以上の会話と干渉を行わず互いの独立した生活を尊重することだ。それは母だってわかっているはずなのに。

ぐちゃぐちゃの気分をどうにかしたくて、シャワーを浴びようとバスルームに寄り、洗面台の大きな鏡の前を通った時、息を呑んだ。

病みやつれしたように両目の下に翳を落とし、ひどく暗い目をした自分。

どうして今さら干渉するのか、なんて。こんな顔をしているからだ。自分の脆弱さを恥ずかしげもなくぶら下げて、かまってほしいとばかりに目につく場所にいたからだ。

発作的に洗面台に顔をつっこんで蛇口をひねった。氷水のように冷たい水が頭皮を、首すじを、頬を、大雨のように打っていく。すぐに凍えるほどの寒気が身体を包んだがそれでも動かずに冷水を浴び続けた。冷たさが錐のように心臓に突き刺さった。

一分後か、二分後か、皮膚の感覚がなくなった頃に水滴をたらしながら顔を上げて、みっともない自分をにらみつけた。鏡の中の濡れそぼった自分も、獰猛な獣のように目を底光りさせてにらみ返してくる。

『イメージしてごらん。ここに大きな鏡がある。そこには思慮深くて、冷静で、思いやりを知っている本当の君が映ってる。その君の目から見て、今ここにいる君はどうだ？誇りに思えるか？』

誇りになんて思えない。醜くて厄介で情けなくて、まったく吐き気がするほどだ。だけど、これが今の私だ。

先は見えない。どこまで進めているのか、本当に進めているのかさえもわからない。けれどそれでも、這いずるように進むしか今できることはない。

『がんばれ宝良』

がんばれ、宝良。

＊

藤沢製作所の小田切から連絡があったのは三月初週の水曜日、昼近くのことだった。

『ご依頼いただいた車いすが仕上がりました。急で申し訳ありませんが、本日のご都合はいかがでしょうか』

納車は最短でオーダーから六週間後、予定日は三月の第二月曜日と聞いていたので、予定よりも早い納車に心底驚いたが、今すぐうかがいます、と返事をした。志摩に事の次第を話すと「よし、俺も行く」と力強く頷いた。と言いつつ志摩は免許を持っていないので、宝良は新米コーチを助手席に乗せて千葉の藤沢製作所まで向かった。

「お呼び立てしてすみません。本来ならお届けに上がるべきなんですが、こちらで試乗していただいたほうが、調整が必要になった場合すぐに工場へ回せますので」

玄関で宝良と志摩を出迎えた小田切は、二人をそのまま外へつれ出して前回サンプルの車いすに試乗させてもらった敷地内のテニスコートに案内した。そして「こちらで少し待ってください」とすぐに社屋に戻ると、一分もしないで、一台のテニス用車いすを慎重に押しながら戻ってきた。

きれいだ、とその車いすを見た瞬間に感動が全身を走った。

銀色のフレームはどこもかしこも新品のかがやきで、午後の陽を受けてきらめいている。メインパイプは、小田切と相談して決めたあの『ひょうたん型』パイプ、これまでパラリンピックでいくつものメダルを獲得してきた藤沢製レース用車いすと同じものだ。フットボードには左足部分にかすかな傾斜がつけてあり、それは完全に宝良の身体に合わせて作られたしるしでもある。そしてマイナス18度の角度で『ハ』の字型を描く二輪のタイヤは、私はアスリートの足だと誇るように堂々と美しい車体を支えている。

「乗ってみてください。あなたのマシンです」

小田切が移乗しやすいように斜め向きにして車いすを停めてくれた。宝良は頷いて、慎重に新しい車いすのハンドリムを握り、身体をすべりこませた。

まるで抱きとめられたように、車いすのシートと身体が一瞬でなじんだ。

「きつくはありませんか。かなり厳しく詰めたんですが」

「……いえ、ちょうどいいです。本当に、いいです」

「それはよかった。ベルトも締めてみてください。こちらがウエストベルト、こちらがニーベルト。そして君島さん専用の左足固定のためのベルト。ベルトは不要と感じたら取り外し可能です」

指示どおりにベルトを締めていくたび、車いすと自分の身体の間に神経がつながり、血が通うように思えた。ハンドリムを握ると、位置も手ざわりもしっくりとなじむ。

「どうぞ、走ってみてください」

促された通り、コートに向かって走り出す。肩甲骨を開閉させるイメージでハンドリムをプッシュした時、耳もとで小さな風が起きた。氷の上を滑っているみたいだ。軽くて、速い。ワンプッシュで距離がぐんぐん伸びて、どこまでも走っていけそうな気がする。コート一周では足りなくて、もう一周、もう一周、と結局五周もしてしまった。

「どう?」

待ちかねたように近づいてきた志摩に、思わず口もとをほころばせた。

「重力がないみたい」

志摩は目を剝くと、そのまま固まった。

「何ですか、口半分開いてますよ」

「……いや、かわいい顔もするんだなと」

「は? そういうふやけたこと言うの不快だからやめて」

「志摩コーチ、君島さんのアップが済んだらコートに。ラリーの間の安定感はどうか、座面を上げた影響はどうか、今わかる範囲でいいので確かめてください」

コートに入った志摩と軽く打ち合ったが、それだけでも自分のためだけに作られたこの車いすが極めて高性能であることはわかった。クイックターンや沈んだ球を打つために急停止する時、どんな無茶をしても車いすはひたりと地面をとらえて安定し、指先とテレパシーでつながっているみたいに次の動作へと移ってくれる。

何も文句などない、最高の出来栄えだと思ったが、小田切は表情をほどかなかった。

「自分の経験上、一発で車いすがベストの状態でフィットするということはまずありません。おそらくこれから試合を重ねる中で気になる点は出てくると思います。車いすを替えればプレーが変わり、それに合わせてまた車いすを調整する。車いすづくりというのはそのくり返しなんです。ですから、気にかかる点があればすぐにご連絡ください。我々は車いすだけを売ることはしません。その後の車いすとユーザーのケアまで含めて、藤沢の車いすです」

いっそこちらがひるむほど手を尽くそうとする小田切を見ていると、百花がなぜ彼のようになりたいとくり返すのか、わかる気がした。

「本当にありがとうございます。こんなにいい車いすを作っていただけただけでもうれしいのに、聞いていたより早く仕上げていただいて驚きました」

そこで小田切が、めずらしく微笑した。

「それは山路の手柄です」

「……モモの？」

「車いすの最終的な組立ては山路の担当なんです。ここ数日、山路は残業もして驚異的なスピードで組立て作業を行っていました。君島さんは、ジョージアオープンとケイジャンクラシックにエントリーされてますよね」

宝良は頷いた。小田切が挙げた二大会は、毎年三月の中旬から下旬にかけてアメリカで開催される伝統の大会だ。ジョージアオープンはITF1シリーズ、続くケイジャンクラシックはスーパーシリーズというハイグレードの大会で、国内の選手もその時期はこぞってアメリカに遠征する。ただ、今回は新しい車いすが間に合いそうになかったので、これまで使っていた車いすで試合に出るつもりでいた。

「新しい車いすに慣れるには実戦が一番です。実力者が集まるアメリカ二大会はその点で最適ですし、山路はどうしてもあなたの出発に間に合わせたかったんでしょう」

温かい液体をそそがれたように胸が詰まった。そっと、美しくかがやくハンドリムをなでる。百花の手もここにふれたに違いない。ばかめ、と小さく呟く。

「会社に戻ったら、モモに伝えてもらえますか」

「はい」

「『ありがとう。でも公私混同はもうするな』って」

小田切は目をまるくしてから「必ず」と笑って答えた。

志摩に手伝ってもらって新しい車いすを慎重にバックスペースに積みこむ時、風が頰をなでた。皮膚を切りつける冷たい風ではなく、春の気配を孕(はら)んだやわらかな風だ。

冬が終わる。

そして戦いの日々が始まる。

3

ジョージアオープンはその名の通りアメリカのジョージア州で開催される。開催地のローム市は、穏やかな丘陵に囲まれた、砂色の古い家並みが残るきれいな町だ。

ＩＴＦ1シリーズはグランドスラム、スーパーシリーズに次ぐ格付けで、勝ち進むごとに得られるＩＴＦポイントも多い。車いすテニス界は獲得ポイント数が多い順にランク付けされていく徹底した実力主義で、ランキングは一年を通してツアーを転戦する選手にとって非常に重要だ。大会のエントリー数が定員を越した場合は高ランクの選手から出場権が与えられるし、世界ランキング7位以内であれば、世界四大大会にも予選なしでダイレクトインできる。

「でも今の俺たちの目標は、ポイントとかランキングとかの目先のことよりもあんたが自分で納得いくテニスができるかどうかだ。今やれるだけのことはやった。あとは固くなって視野狭くなんないように。新しい相棒と一緒に思いきり暴れてこい」

わざわざ成田空港まで見送りにきてくれた志摩は、鷹揚(おうよう)にかまえてはいるのだがそれがいかにもこちらの緊張を取り除くために懸命な感じで、この新米コーチにもそろそろ結果を見せてやらなければ、と使命感に近い感じで思った。実際コンディションも悪くなかったし、意気は十分だったのだ。

けれど大会が始まってみれば、結果は初戦敗退。

今回初戦で当たった地元アメリカのベル・ブラウンは何度か対戦した相手だった。これまで敗けたことはなかったが、今回は惨敗と言ってよかった。とにかく思ったところに球を決められず、隙を突いてきた相手の勢いに押されてつい守りに入り、その弱腰が首を絞めて自滅。6－2、6－4のストレート敗けだった。

今回はケイジャンクラシックを控えているので帰国はせずにアメリカ滞在を続ける。その間のんきに観光しているわけにはいかないので、片っ端から選手に声をかけて練習相手をさせてもらった。初戦で敗けたブラウンも捕まえてもう一度打ってもらった。今度はいくらかマシな戦い方ができたが、やはり敗けた。

「お、練習？　いいよ、やろうやろう」

同じくジョージアオープンにエントリーしていた最上涼子にも声をかけた。低空飛行の自分とは反対に、彼女は今シーズンに入って絶好調で準々決勝に勝ち進んでいた。

先天性疾患で両下肢がまひしたという最上は女子校にいたら下級生に騒がれそうな凜々(りり)しい顔だちで、性格も面倒見のいい姐御肌(あねごはだ)だ。宝良は去年初めてワールドチームカップに出場したが、その旅の間も最上が「こら玲、アイス食べてないで早く並びなよ」とか「君島ちゃん、デーツ食べた？　本場の味すごいよ、食べてみな」などと女子チームの年下二人の世話を焼いてくれた。

しかし彼女はただの面倒見のいい先輩ではない。七條玲が表舞台に現れるまでは日本女子のトップを張っていた実力者であり、ロンドン、リオの二度のパラリンピックに出場したベテランだ。豊富な経験に裏打ちされた巧みな試合運びはさすがで、彼女のテニスには質実剛健な安定感がある。

絵具を塗ったようにまっ青な空の下で最上とネット越しの握手を交わし、公式試合と同等の覚悟で挑んだ。彼女に勝って全日本マスターズの記憶を払拭したかった。

けれど、結果は敗北。

自分でも反応が鈍いのがわかる。以前まではタイムラグゼロで直結していた思考と肉体の動きを、一瞬の躊躇(ちゅうちょ)が阻害するのだ。本当にこのコースでいいのか、また返り討ちにあうのではないか、という〇・一秒の迷いがスピードを殺し、ショットをくるわせる。そういう迷いを取り除くためにこそ志摩との練習があったはずなのに、いざコートに立つと、病気が再発するように全日本マスターズの時と同じ状態に戻ってしまう。

負けぐせ、という言葉が浮かんだ。負けが立て込むとずるずると勝てなくなる現象をそう呼ぶのだ。胃に鉛を流しこまれたような気分で最上と締めくくりの握手をしていると「あのさ」と最上が足もとに視線を送ってきた。

「君島ちゃん、なにげに車いす替えたよね？」

「……いえ、気のせいです」

「いや、そこでボケてどうする。今から車いす替えるってあいかわらず度胸あるな」

「逆です。そこまでするくらい余裕がないんです」

本心をそのまま口にしてから、そんなかっこ悪いことを正直に話さなくてもいいだろうと後悔した。目をしばたたかせた最上が、ちょっと間を置いて「ねえ」と言った。

「ちょっと休憩しない？」

高いフェンスに囲まれたテニスコートの外には、豊かな木々と草が茂るのどかな風景が広がっている。日常用車いすに乗り換えて、まだ試合中のコートをながめながら二人で並ぶと「まあこれでも食いなよ」と最上が車いすの荷物ネットから出したミニサイズの羊かんをくれた。紙を剝いて小さく齧ってみると、喉が焼けるほど甘かった。

「確かリオパラの年だったから、二〇一六年か、君島ちゃんが試合デビューしたの。けっこうな騒ぎになったよね。『彗星のように現れた新鋭』とか『スーパールーキー』とか『氷の王女』とかいろいろ言われて」

「……『氷の王女』って初耳ですが意味わからないです」

「だけどね、私にとってあなたは彗星じゃなくて隕石だったよ。ある日突然降ってきて私の頭をかち割った。玲が1位で私が2位っていうのがお決まりになってた全日本マスターズで、推薦枠で初出場したド新人にぼこぼこにやられて準優勝かっさらわれた時の屈辱は、一生忘れない」

最上の目に殺意とも取れる鋭い光を見て、宝良は息を呑んだ。彼女の唇が動いた時、罵倒されるのだと思った。けれど最上はくっきりとした声で言ったのだ。

「ありがとう」

と。

「あの時の私、『このへんでいいんじゃないか』って思ってたんだよ。リオで玲とダブルス組んだら銀メダル獲れたし、これで上々じゃんって。ばかだよね。何よ、上々って。シングルスは話にならなかったし、あとから車いすテニス始めた玲にあっという間に追い抜かれて、まだグランドスラムも世界マスターズも出たことないくせに。だから君島ちゃんにやられた時は寒気がした。玲が私を抜いてったみたいに、今度はこの子が私を抜いていくんだって。このままだと玲の次の2位にすらいられなくなる。――そんなのは嫌だ。絶対に認めない。それで、次の日から猛練習」

そう、そして翌年の全日本マスターズでは最上に下されたのだ。それから彼女はもっとも近しく競り合う相手となった。

「あの時の私より今の私は確実に強い。ありがとう。あなたがいなかったら私はここまで来れなかったと思う。だからあえて言う。いろいろあったのは知ってるよ、でもいつまでも足踏みしてるなんて君島宝良らしくないだろ。吐き出したいことがあればいつでも聞くし、練習相手が欲しかったらいつでも相手する。だから、しっかりしな」

そして最上は、ミニ羊かんをもう一つこちらに放って、口角を上げた。

「ケイジャンで待ってるよ。次の釜山でも、大邱でも、ジャパンオープンでも」

ジョージアオープン閉幕から数日後、ルイジアナ州の州都バトンルージュで開催されるケイジャンクラシックにのぞんだ。バトンルージュは穏やかなロームとは正反対の、ニューオリンズに次ぐ大都市で、会場も活気と熱気にあふれている。

最上のおかげだろう。一回戦は世界ランキング8位の格上の相手と当たったが、最後まで集中力を切らさず粘ることができ、フルセットまで持ちこんで勝利した。

しかし翌日、二回戦目で敗退。相手はローラ・ギーベル。ワールドチームカップ決勝のシングルス2で、気が遠くなるような長丁場の末に敗れた因縁の相手だ。その相手との再戦で完膚なきまでに叩きのめされた。試合時間一時間未満のストレート敗けで。

「You disappointed me.」

ギーベルが握手の時に低く呟いた。あなたにはがっかりした、と。相当きつい表現に頬を叩かれたような気がしたが、何も言い返すことができなかった。

敗退してホテルに戻ったその夜、志摩に報告の電話を入れた。電話は心底嫌いなのだが、こればかりは仕方ない。バトンルージュの夜十時は、約十四時間進んでいる日本ではちょうど昼休みの頃だ。志摩はATCのスタッフ室で電話を取ったようだった。

「……ドライブボレーも全然決まらなかった。あれだけ練習したのに」

『けど一回戦のディートリヒには効果ありだったんだろ？　彼女はグランドスラム出場をめざすには絶対倒してかないといけない相手だし、今回勝てたのは大きいよ。よくやった。ギーベルは、前あれだけやり合えたからくやしいだろうけど、仕方ない。帰ってきてから詳しい反省会しよう。あと、さっき言ってた低いスライスが拾いにくいっていうの、もう一回小田切さんに相談したほうがいいな。連絡しとくから』

うん、と小さく答える。――闘志は十分にあり、体調もよかった。それなのに以前は渡り合えた相手にここまで一方的に敗けるのは、弱くなったということじゃないのか。

暗い思考に落ちていることを読んだみたいに『キミー』と志摩が呼んだ。

「変なあだ名つけるのやめて」

『そんな変かな、いいと思うんだけど……このあとは四月に入って釜山オープン、大邱オープン、それからジャパンオープンだ。遠征前も確認したけど、ジャパンオープンを俺たちの直近の山にしよう。国内だから俺も同行できるし、やっぱりあんたが一番力を発揮できるとしたらジャパンオープンだと思う。それまで実戦を通して課題点の修正、車いすの調整を行いつつ、コンディションを整えていく。オーケー？』

「……オーケー」

『出発前にも言ったけど、今は武器を研いでる最中だ。目先の勝ち負けには必要以上にこだわらなくていい。今はまず、無事に帰ってくること。お土産は笑顔だけでいい』

「そういう寒い発言やめて」

『あのさ、あんたには悪いけど、俺ほんとに何も心配してないんだよ』

志摩の声は落ち着いている。コーチを引き継ぐ前はスッパリ切るような物言いをしていたのに、いつからだろう、こんな穏やかな声で語りかけてくるようになった。

『今思うように結果が出せないとしたら、それはあんたが力をつけてる途中だからだ。俺は一番あんたと長くコートにいるからわかる。あんたは確実に進んでる。手を抜かずに今を積み重ねていけば、必ず全部の歯車が嚙み合う時が来る。その時が来たら、あんたはもっと自由に自分のテニスができる。俺は、それが本当に楽しみなんだ』

それから志摩は『あ、なんか呼ばれてる、それじゃちゃんと寝ろよ』と早口になって電話を切った。宝良はしばらく通話の切れたスマートフォンをながめていたが、小さな機械を枕もとに置いてベッドに倒れこんだ。

日に焼けた両手を照明にかざしてみる。指の隙間からこぼれる明かりに目を細めながら、志摩の顔を、最上の顔を、小田切の顔を、百花の顔を、雪代の顔を思い浮かべる。

自分が受けた厚意と信頼に応えたい。そのためにも結果を出したい。

けれどこの両手は、勝ち方を忘れてしまったかのようだ。

勝ちたいという思いの強さは、誰にだって負けないのに。

＊

帰国した三月の第四週。藤沢製作所の小田切がＡＴＣまで出向いてくれた。

「弾道の低い球に対応しきれないということは、やはりまだ座面が高すぎるのかもしれませんね。現在の二・五センチから、さらに〇・五センチ戻してみましょう」

小田切はすぐに車いすを持ち帰り、翌週にまた車いすを持ってきてくれた。百花から聞いたことがあるが、現在藤沢製作所では競技用車いすの注文が増えてスタッフはかなり忙しいらしい。ただでさえ多忙な中、こんなに早く調整を行ってくれるということは、小田切や百花たちは相当の無理をしているのではないか。

そう思ってしまうと、志摩とその場で試し打ちをして気づいた小さな違和感を、口にするのがためらわれた。本当に微妙な感覚だし、もう少し時間を置けば慣れて気にならなくなるかもしれない。そう考えて、違和感のことは忘れることにした。

だがコートの外で様子を見ていた小田切は、心を透視したかのように近づいてきた。

「君島さん。何かあれば遠慮なくおっしゃってください」

「いえ――とてもいいです。今までで一番身体になじんでます」

それは本心だった。小田切に調整してもらったあとは、驚くほどプレーがしやすくなった。きっとこれで「十分」と満足したって何も問題ないほどに。

しかし小田切は、鋭い切れ長の目でひたりと見つめてきた。

「君島さん。選手の誇りは、やはり試合に勝つことですか？」

突然の問いかけに面食らったが、宝良は頷いた。

「そうです。やはり勝つことが大きな目的ではあります。でも、ただ勝つのではなく、これが自分のテニスだと胸を張れる戦い方で勝つことが誇りです」

小田切は頷くように顎を引いた。

「我々も同じです。ただ最高の素材と最新の技術を用いて車いすを作るだけではなく、自分たちの知識と技とひらめきを使ってどこまで選手に尽くすことができるか。それが常に車いすエンジニアに問われることであり、誇りです」

いっそ挑むような小田切のまなざしに、自分の思い上がりを悟った。

「――すみません。余計な遠慮は、かえって失礼なんですね」

宝良は腹を決めて、小田切を真っ向から見上げた。

「座面をもう少しだけ――本当に少しだけ下げたいと感じました。ただ、本当に微妙な感覚なので、それが正解かどうか自分でもわからないんです」

「今の段階でわからないのは当然です。試してみて初めてわかることですから。君島さんの感覚では『本当に少しだけ』ということですから――現在の二センチから、一・七センチにしてみましょう。すぐに持ち帰ります」

わずか三ミリの調整。けれどそのたった三ミリのために、エンジニアたちはどれほどの時間と神経を注ぐのだろう。

数日後、小田切が再び車いすをATCに届けてくれた。

コートの周囲を走りこみ、志摩に低く弾まないスライスを中心に球を出してもらってラリーをしばらく続けた。そしてコートを出ると、待機していたスカイブルーの作業服の小田切が簡潔に訊ねた。

「どうでしょうか」

宝良は言葉を探して、小田切と同じく、簡潔に答えることにした。

「自分の身体の一部になった気がします」

小田切は一拍おいて、今まで彼が見せた中で一番清々しい笑みを浮かべた。

「最高の言葉です」


車いすの調整後、息つく間もなく四月の頭から開幕する釜山オープン、および大邱オープン出場のために韓国に発った。釜山オープンはITF2、大邱オープンはITF1。出場者にはアメリカ二大会で顔を合わせたばかりのプレイヤーも少なくない。

結果は釜山オープン、大邱オープンともに二回戦敗退。

志摩は「確実によくなってる」と評した。確かに今までの敗けっぱなしの試合から見れば、内容的にもだいぶマシだったかもしれない。けれど、自分では今度こそもっと上まで行けると、いや行ってやると思っていた。それなのに、見えない壁に阻まれているみたいに、そこから先へ進めない。

以前の自分はもっと強かったはずだ。練習に励めば励むほど結果が返ってきて、ランキングも順調に上がり、世界マスターズやグランドスラム出場も夢ではなくいずれ実現できる目標としてすぐそこに見えていた。一ミリも迷いはなく、何も怖くなかった。

あの頃の自分がひどく遠い。あの自分に戻るためにはあとは何をすればいいのか。考えつくことはやっているし、志摩も根気強く付き合ってくれている。それなのに。

焦るばかりで出口を見つけられないまま、志摩と直近の目標として位置付けたアジア最高峰の大会、ジャパンオープンの開幕まで二週間を切った。

思わぬ客人がやって来たのは、そんな頃だった。

「あの、君島さんに会いたいという人が来てるんですが……」

金曜日の午後四時半ごろ。いつものように志摩とドライブボレーの練習をしていると、ATC事務局の女性スタッフがインドアコートにやって来た。

「佐山（さやま）みちるちゃんという子とお母さんなんですが……君島さん、ご存じですか？」

佐山みちる、という名前と記憶がつながるまでに数秒かかった。あ、と思い出して、宝良は志摩に断り、競技用車いすから普段使いの車いすに乗り換えて、二人が待っているという別棟のラウンジに向かった。

確か去年の七月のことだ。百花から『クライアントの女の子に練習を見学させてもらえないだろうか』という頼みごとをされた。運動の大好きなとても活発な女の子だったのに、脊髄炎を患って車いす生活となり、以前の生活とのギャップから元気をなくしている。だから身体を動かす楽しさを思い出してもらいたいのだ、と。

百花の頼みは何であろうと最大限実現すると決めているので、話を引き受け、見学ばかりじゃつまらないだろうと車いすテニスの体験もしてもらうことにした。あの時は話を聞いた雪代も「面白そうじゃないか」と乗り気で、青空の下で二対一のゲームをしたのだ。予想以上に呑みこみの早い子で、スマッシュを決められた。

その佐山みちるは、ATCスタッフのオフィスと隣接したラウンジで待っていた。

「お忙しいところ突然押しかけまして申し訳ありません。去年にこちらで車いすテニスを体験させていただいた、佐山と申します」

ラウンジに到着すると、まっ先にみちるの母親が立ち上がって深々と頭を下げた。こちらがたじろぐほど恐縮しきった様子だ。宝良は佳代子(かよこ)の前まで車いすを進めた。

「頭を下げられるのは苦手なのでやめてください。忙しいことは忙しいですが少し誰かと話すだけで支障が出たりはしませんし。それより、私に何かご用ですか」

「はい、じつは娘が――」

　顔を上げた佳代子が、沈痛な表情でかたわらに視線を移した。

「娘が、どうしても『車いすテニスのおねえさんに会いたい』と言うもので……」

　佐山みちるは、赤い車いすに乗っていた。スタンダードな日常用車いすと違い、その赤い車いすはタイヤが緩い『ハ』の字型になっている。百花の話ではこの車いすはスポーツが好きなみちるのためにフルオーダーで設計した、競技用車いすと日常用車いすを掛け合わせたライトスポーツ車なのだそうだ。

　その車いすに静かに座るみちるは、九カ月前に会った時よりも大人びて見えた。それは身体つきが以前よりしっかりしたこともあるだろうし、小学六年生には似つかわしくないほど、彼女の表情が悲哀に翳（かげ）っていたからかもしれない。

「ひさしぶりだね。今日はどうしたの？　私に何か用があるの？」

　声をかけると、うつむき加減だったみちるが顔を上げた。

　目が合った瞬間、みちるの瞳がすがるような悲痛な光をおびて、宝良は驚いた。

　何かを語ろうと唇を震わせたみちるは、苦しげに顔をゆがめると、そのまま声を殺して泣き出した。

　どうしたのか、何があったのか、なぜ泣いているのか、問いかけてもみちるは何も話さなかった。ただ言葉にならないほど何かが苦しいということだけが伝わってきた。

「ごめん、スケジュール組んでくれたのに」

「いや、それはいいんだけど——みちるちゃんって、あの子だよな？　前に雪代さんも一緒にテニスやった子。どうしたんだ？」

「わからない」

一度コートに戻って志摩に今日の練習は切り上げることを伝えた。志摩もみちるとは面識があるので、彼女の様子を聞くと心配そうにして「俺のことはいいから早く行ってやって。たぶんあんたじゃないとだめな話なんだ」と言ってくれた。

再びラウンジに戻ると、みちるの背中をさすっていた佳代子が立ち上がった。

「本当にすみません、お時間をとっていただいたのに、こんな状態で……」

「いえ、お気になさらないでください。それより、ここは一応会員制のテニスクラブなので、あまり長居ができないんです」

「はい、すみません……もうお暇(いとま)しようと娘とも話していたところで」

「いえ、そういう意味ではなく。もしよければ、私の自宅がここから車で数分のところなんですが、うちにいらっしゃいませんか」

え、と佳代子は目をみはった。

以前にみちるがATCを訪れた時は『体験』という形を取っていたので例外だが、今言ったようにＡＴＣには会員以外の人間は長居させられない。といってもほかに腰を据えて話を聞く場所と考えると、そのへんのカフェや飲食店では難儀だ。金曜日の夕方だから店はこれからどんどん混んでくるし、人ごみはそれだけで車いすにとっての障害になる。混雑した場所で車いすの人間二人が動きまわるのはひどく骨が折れるし、加えてトイレなどの問題もある。

「私の自宅でしたら、バリアフリー設計になっています。設備や道具もひと通りのものはそろってるので、みちるちゃんにも負担が少ないと思うんです」

「いえ、でもそこまでのご迷惑は――」

「確かに今の私は切羽詰まっているので、正直に言えば迷惑は迷惑です。ただ迷惑といっても、佐山さんが想像されているほどではないです。たぶんご想像の五分の一くらいなので、許容範囲です」

　佳代子は目をまるくしていた。正直に本音を言いすぎただろうか、と後悔しかけたが、その時、佳代子が息をこぼした。百年も笑顔を忘れていた人が笑うということをひさびさに思い出したような、かぼそい笑みだった。

「――厚かましいことはわかっているんです。でも、みちるは私には何も話してくれなくて、だからどうにもしてやれなくて……すみません。どうかお願いします」

首が折れてしまいそうなほど頭を下げる佳代子に頷き、駐車場に向かった。佳代子も

ATCまで車で来ていたので、みちるを乗せて後ろから追ってきてもらうことにする。

ただ、出発前に連絡しなければならない人間が二人いた。

　ひとりはメールでいいのですぐ済んだ。問題は二人目だ。電話は心底嫌いだが、文章だとうまく伝えられない気がするので電話をかける。コール音が始まると緊張を感じた。たまたま今日は仕事が休みだった人物は、三コール目で応答した。

『どうしたの』

「いろいろと事情があって今から小学六年生の車いすユーザーの女の子とその母親をつれて行くけど、なるべくそっちには迷惑をかけないようにするから気にしないで」

　息継ぎなしでいっきに用件を伝えると、三秒間、沈黙が流れた。

『その女の子とお母さんは、夕ご飯はすませたの？』

「え。……いや、まだだと思うけど。まだ五時だし」

『今ちょうどカレーを作ってたところだけど、作りすぎたから事情とやらが長引くようならあなたたちも食べてかまわないわよ』

「……それは、どうも」

『その女の子とお母さんは、もしかして車を使ってるの？　だったらうちには二台までしか停められないから、私の車をスーパーの駐車場に移すけど』

「……重ねがさね、どうも」

『安全運転で帰りなさい』

そこで素っ気なく通話は切れた。いっきに三日分くらい会話したな、とため息をつきながら、宝良は窓から顔を出して佳代子に合図を送り、青い愛車のエンジンをかけた。

五時をまわり、陽の沈んだ空はひんやりとした青に染まる。道路を走る車もライトを灯しはじめ、道路に赤いテールランプが珊瑚の首飾りのように連なっている。西の空には、そこにランプが置かれているみたいに、ひとつだけ金色に光る星が浮かんでいた。

数分後、自宅に到着した。屋根付きの駐車スペースにまず佳代子の車を停めてもらい、その隣にバックで愛車を停めていると、外から人影が門を通り抜けてきた。言ってしまえば近所のスーパーの駐車場に車を移してきた母の紗栄子なのだが、右手にスーパー内に店舗を置いている洋菓子店の袋を持っていた。

「君島さんのお母様でしょうか。本日は突然押しかけてしまい、本当にご迷惑を」

「別に迷惑でもないですから気にしないでください。――こんばんは、いらっしゃい」

恐縮しきって頭を下げる佳代子に素っ気なく応じたあと、紗栄子は赤い車いすのみちるに視線を移してほほえんだ。普段はめったに目にすることのない、やわらかな笑みだ。みちるは「こんばんは」とかぼそい声で挨拶を返した。

みちると佳代子をリビングに通したあと、事情を黙っておくわけにもいかないので、母に手短に説明した。みちるが自分に会いたいと言ってＡＴＣまで母親につれて来てもらったこと。しかし泣くばかりで何も話さないこと。それでこれからみちるに話を聞くつもりであること。紗栄子は、そう、とひと言だけ答えた。

「あの子、食物アレルギーとかあるの？　とくに問題ないならこれ、ケーキを買ってきたから持っていきなさい。あなたの部屋で話をするんでしょ」

「……再三、どうも」

　妙に親切だな、相手が子供だからなのか、と思いながら温かい紅茶を注いだ魔法瓶とケーキをセットしたトレーを膝にのせた。エレベーターは一人しか乗れないので、まず先にみちるを二階に行かせ、次に自分が二階に向かった。

　待っていたみちるを部屋に通すと、みちるは知らない家につれてこられた子猫みたいに、おずおずと室内を見回した。

「まあ、ケーキでも食べてちょっと力抜いてから……」

と言いかけて気づいたのだが、紅茶用の砂糖がない。忘れてきたもようだ。紅茶はいつもノンシュガーで飲むから自分は問題ないのだが、小学六年生にはやはりミルクや砂糖が必要かもしれない。「少し待ってて」とみちるに言い置いて、宝良は部屋を出た。

　エレベーターでまた一階に下りた途端、通りのいい声が耳に入った。

「どうして？　あなたもここで娘さんが戻ってくるのを待ったらいいじゃない」

母の声だ。声はリビングのほうから聞こえてくる。キッチンはリビング、ダイニングと続きになっており、そろりと近づいてリビングのドアから様子をうかがった。

「いえ、ご迷惑になりますので……」

「迷惑、迷惑って、そんなに神経を尖らせてしまうのはあなたがまいってる証拠ですよ。失礼だけどあなた、本当に疲れた顔をしてるわ」

リビングでは、入り口付近にいる佳代子の腕を紗栄子が諌めるように押さえていた。これまでどんなやり取りが二人の間にあったのかはわからないが、佳代子は母の言うとおり雨に打たれたように憔悴していた。そんな彼女に、母はそっと声をかけた。

「ただでさえ他の人よりも苦労して生きなければいけない娘が、目の前で苦しんでいて、でもそれを見てることしかできないのは、本当に苦しいものよね」

——彼女は単に、みちるのことを言ったのかもしれない。それでも、壁のかげで息を呑んだまま、動けなくなった。

立ちつくしていた佳代子の目から突然、涙があふれ出した。膝から力が抜けたようにソファに座りこんでしまった彼女の隣に、紗栄子も腰を下ろして、背中をさする。

「わからないんです……新しい車いすを作ってもらって、前のみちるみたいによく笑うようになってくれて、学校にだって毎日行ってたのに——急にあまりしゃべらなくなって、かなしそうな顔をすることも多くなって、どうしたのって訊いても何も話してくれない。どうして……？　私が頼りないから？　いい母親じゃないから？」

「あまり先回りして思いつめないで。娘さんには娘さんの気持ちと考えがあるのよ」

「私の足をあげたいって、ずっと思ってる。みちるを守れなかった日からずっと――でも、できない。もう、わからない。どうしたら、みちるをしあわせにできるのか……」

「そうね。本当に、親なんて何もできないものよね。でもまず、温かいお茶を飲んで、ケーキを食べましょう。みちるちゃんを支えるには、あなたが元気でいなくちゃ。聞くことくらいしかできないけど、話してみて」

そっと、音を立てないように車いすをバックさせた。――悪いがみちるには砂糖なしで紅茶を飲んでもらおう。どうしてもだめだというなら、二階にストックしてあるペットボトル飲料を出そう。

「大丈夫。私の娘は、もうだめかもしれないと思ったところから自力で立ち上がって、あっという間に遠くへ行ったわ。だから、みちるちゃんも、きっと大丈夫よ」

4

部屋に戻ると、所在なげに待っていたみちるが、小さく眉をよせた。

「宝良ちゃん、どうしたの……？」

自覚はなかったが、どうしたのと問わせるような顔をしていたのかもしれない。宝良は答えずに、壁ぎわに置いた椅子のないデスクに車いすをよせ、みちるを手招きした。

「砂糖なしでも紅茶飲める？　ちょっと切れてたの」

「……うん、大丈夫」

「チョコレートとショートケーキ、どっちがいい？」

チョコ、とみちるが小さな声で答えたので、チョコレートケーキにフォークを添えて渡した。それから温かい紅茶をカップに注ぎ、ケーキの皿の隣に置いてやる。

「ごめんなさい、困らせて……」

「別に困ってはいないから謝る必要もない。お母さんのいないところで話したがってるように見えたからこっちに来たけど、それでよかった？」

小さく、みちるは頷いた。――かなしい目だ。まだ小学六年生の子供なのに。

みちるが手を出しやすいように、先にショートケーキのイチゴにフォークを刺して口に放りこんだ。トレーニング後の空っぽの身体に酸味と甘みがしみこんでいく。みちるもチョコレートケーキに慎み深くフォークを刺し、ぽつりと言葉をこぼした。

「宝良ちゃんとモモちゃんは、いつから友達なの……？」

もしかして友達関係の悩みか？　と思いながら即答した。

「中学二年の時からだから、もう十年近い」

「十年って、すごい……親友なんだね」

親友。そういうものなんだろうか、としばらく考え込んでしまった。

「親友かどうかはわからないけど、もしモモが雪山で遭難したらヘリでもロボットでも使って捜しに行くし、モモが私を呼んでるなら、それが世界のどこでも助けに行く」

「……宝良ちゃん、車いすなのに？」

「車いすでも関係ないの。モモは一番だめな時の私を見捨てなかったから、私もモモを絶対に見捨てない。私に車いすテニスをさせてくれたのはモモだから、一生恩を返す」

でもそれはこっちが一方的に思っていることであってそれって親友なのか？　と考え込んでいたら、みちるが不意に細い肩を震わせた。

みちるのすべらかな頬を、あとからあとから、透明なしずくが伝い落ちていく。

「宝良ちゃんとモモちゃん、本物の友達なんだね。いいな……」

そしてみちるは声を殺して泣く。この子は、いつからこんな泣き方を身につけたのだろう。家族に悟られないよう、ひとりぼっちで息をひそめるさびしい泣き方だ。

いったい何があったのか。訊ねようとしたその時だった。

「たーちゃん！　みちるちゃん！」

ゴンゴンと猛烈にドアがノックされ、ぎょっとした宝良はドアまで車いすを走らせた。

そしてドアを開けるなり、息を切らした百花が踏みこんできた。

「ちょ——いくら何でも早すぎない？　五時定時でしょ。魔法の絨毯（じゅうたん）でも使ったのか」

「最近忙しかったからみんな持ち回りで半休取ることになって、今日わたしの番で、せっかくだから実家に帰りがてら墨田区でやってる車いすの展示会見に行こうって思って、そしたらたーちゃんからメールが……」

肩で息をしながらそこまでしゃべった百花は、すばやく宝良の脇をすり抜けて、涙で頬を濡らしたみちるのもとに一直線に向かった。

「みちるちゃん。何があったの？」

百花が車いすの前に膝を折ると、みちるは、くしゃっと顔を崩した。

「モモちゃ――」

みちるは今度こそ、声をあげて泣き出した。

みちるが言葉を話せるようになるまで、かなりの時間がかかった。百花にしがみつきながら、今まで我慢していたもの全部を吐き出すようにみちるは激しく泣いた。

長い時間がたってから、友達が、とみちるは涙でかすれた声で語った。

「友達が、いたの。ずっと一緒にミニバスやってた子。わたしが車いすになってからも、学校でいつも手伝ってくれたし、わたしが遠回りしてエレベーター使う時は、わたしが追いつくまで待っててくれた。友達はほかにもいるけど、わたし、その子のことが一番好きだった。その子も『みちるが一番好き』って言ってくれてた」

過去形で語られる『友達』の話を、ただ百花と一緒に黙って聞いた。

「親友だって思ってたし、ずっとこれからも親友だって思ってた。だってわたしは車いすになったけど、それ以外何も変わってないもん。前はよくしゃべってたのに変な感じになっちゃった子もいるけど、その子だけは大丈夫って思ってたの。――でも、四月になって、六年生になったら、だんだんその子、なんかいつもと違う感じに……わたしのこと、さけてるみたいになって。ふつうに話すし、どうしたの？　って訊くと『何でもないよ』って言うけど、ほかのつよい子たちのグループと一緒にいること多くなって、わたしといても、その子たちが来るとすぐそっちに行っちゃうようになった」

　このへんですでに嫌な気分になったが、みちるの車いすのかたわらに体育座りをした百花はちゃんと聞いてるよというように頷きながら、華奢（きゃしゃ）な少女の手に自分の手を重ねる。みちるの顔が苦しそうにゆがんだ。

「もやもやしてるの嫌だから、どうしたの、何か変じゃない？　ってその子に訊いた。そしたら『みちると一緒にいるのやめたい』って言われたの。わたしたち今六年生で、来年中学生だけど、中学はほかの小学校だった人も入ってきて人間関係とか大変になるから、今のうちにちゃんとしときたいって。『ちゃんと』ってよくわかんなかったけど、それがわたしと一緒にいるのやめて、つよい子たちのグループに入るってことみたい。みちるも前はバスケうまくて、足速くて、友達たくさんいて、クラスで一番つよかったたけど、今は違うから、って――歩けなくて、車いすで、それは明日も、来月も、来年になっても治んないから、みちると一緒にいて自分まで弱くなるのは嫌だ、って……」

「ばからしい。あんたに面と向かってそんなことを言う人間はこっちから願い下げだ。そんな金魚のフンみたいなやつのことなんか今すぐゴミ箱につっこんで忘れてしまえ」

「たーちゃん」

百花にこわい顔をされて、しぶしぶ口をつぐむ。うん、とみちるが呟いた。

「ばかみたい。わたしもそう思う。だからその子にも言った、ばかみたいって。その子はずっと泣いてて、『ごめん、みちる』って何回も言われたけど、口きかないで帰ってきた。それから目も合わせてない。その子は今は、つよい子たちのグループにいるよ。

こんなの平気って、思おうとしたの。こんなことで元気なくすの、ばかみたいだから。ほかにも友達いるし、その子がいなくてもちゃんと楽しくできるから。でもね、なんか、だめなの。ずっとあの子に言われたこと頭から離れなくて、笑いたくても笑えなくて、学校に行くのも嫌になってきて、もう消えたいって、思っちゃって――」

みちるが顔を覆って身体を折った。百花がすぐに、震える少女の頭を抱く。

「わたしが笑えないから、お母さん、ずっと心配してる。でも、こんなこと話したら、お母さんまでかなしくなるよね……？　だから、どうしたのって訊かれても、何も言えなくて――」

「うん。がんばったね。みちるちゃん、ひとりでよく我慢してたね」

みちるの頭に頬をよせ、百花がささやく。自分まで泣きそうな顔をして。

百花に抱きしめられながら、懸命に涙をぬぐったみちるが、こちらを見た。

「宝良ちゃん、わたし、あの子が言うみたいに、弱いのかな……？　これからまた友達ができても、その人も、またいなくなっちゃうのかな……？」

きっとみちるは、その答えを求めてすがるような思いで自分よりも年長の車いすユーザーに会いにきたのだろう。

けれど、この子に何を言える？

私も嫌気がさすほど弱者として扱われてきたと？　そして確かに時と場合によっては自分たちは弱者なのだと？　もともと友達が多いほうではなかったが遠巻きにされて消滅した関係がいくつもあると？　百花のような存在がむしろ稀なのだと？　すべての人がおまえから離れていくとは言わない、けれど離れていかないとも言えないと？

そんな寒々しい言葉しか浮かばないこんな自分が、打ちのめされながらもがこうとしているこの子に、何を言ってやれるのだろう。

「──宝良」

ドアが静かにノックされた。みちるから目をそらす理由ができて、ひそかに息を吐きながらドアを開けると、紗栄子が立っていた。後ろには佳代子もいる。

「佐山さん、下の弟さんもいるから、そろそろ帰らないとって——どう？」

「話は聞いたけど……」

低めた声を交わしながら後ろをふり向くと、みちるは濡れた悲痛な目で、お母さんには言わないで、と訴えてきた。みちるの気持ちはわかる。けれど何も聞かされないままでは佳代子もつらいのではないか。どうしたものか悩んでいると「失礼していいですか」と佳代子が進み出てきた。

佳代子は静かにみちるの前で膝を折ると、娘の手を握った。

「あのね。何があったのか、みちるが話しても大丈夫になったら、話してね。それが何でもお母さんは受け止めるから。何を言われたって、びくともしないから。お母さんは何があったって、みちるの味方だし、絶対にみちるをひとりにしないから」

みちるの目もとが、小さく震えた。うん、と答えた声には涙がまじっていた。

その後、帰っていくみちると佳代子を、三人で外まで見送った。「ありがとうございました」と帰りぎわに頭を下げた佳代子は、母とどんな話をしたのかわからないが、それまでの悲愴（ひそう）な雰囲気が幾分やわらいで、ぴんと芯が通ったような表情をしていた。

「百花ちゃん、おなか空（す）いてない？　カレーを作ったからよければ食べていって」

佐山親子が帰ったあと紗栄子が百花を誘い、百花も「いいんですか？　ありがとうございます」と喜んだので三人で食卓を囲んだ。正直、百花がいてくれて助かった。百花が会社の個性豊かな面々のことを面白おかしく話してくれるので、母と二人きりで気まずい沈黙に耐えながら食事をすることにならずに済んだ。

けれど、食事の間は明るくしゃべっていた百花も、本当は無理をしていたのだろう。

食後、二人で自室に戻ると、途端に百花は表情を暗くしてベッドに座りこんだ。

「……お気楽だな、わたし」

それがみちるのことを指しているのはわかったので、宝良は黙って続きを待った。

「新しいライトスポーツ車を納車した時、みちるちゃんすごく喜んでくれて、学校で楽しく友達と遊んでるって会社に手紙まで送ってきてくれたんだ。ああ、よかった、ってうれしくなって——そのあとはみちるちゃんのこと、ほとんど思い出さなかった。忙しかったし、自分のことばっかりで」

「自分のことばっかりで当たり前でしょ。自分のこともできない人間に、他人を助ける資格はない」

「ありがと、たーちゃん。でも……わたし、思い上がってた。車いす一コで全部うまくいくほど、簡単じゃないよね。そんな甘いもんじゃないんだよね」

家の前の道路を、遠吠えのような音を立てながらバイクが通りすぎていった。

確かに、たったひとつの希望で照らしきれるほど、人生は短くも簡単でもない。

退屈で平穏な毎日を送っていたある日、隕石のように降ってきた苦難に日常が砕け散る。歯を食いしばりながら散らばった破片を拾い集め、つなぎ直し、長い時間をかけてやっと平穏をとり戻す。それでもまた隕石は降ってくるのだ。必ず。誰の上にも。

　この頃何かを見つけたように大人びて充実した顔をしている百花も、いずれまた何かの壁にぶつかるだろう。自分自身も不安の種は尽きない。今の沼に足を取られたような状況。それを脱せられたとしても、いずれは必ずやって来るアスリートとしての衰え。車いすテニスができなくなった時に自分はどう生きるのか。生きられるのか。

　いい歳をした大人だってこうなのだ。これから子供と大人のはざまの多難な時期を、人より多く荷を背負って生きていくみちるは、いったい何度傷つくのだろう。

　つい湿っぽくなっていたが、百花がグスッと鼻を鳴らしたところで我に返った。何をやってる、二人そろって辛気臭くなっていたら目も当てられないじゃないか。

　こういう時の自分の役回りにのっとって宝良は車いすを進め、ベッドに腰かけた百花の背中を思いっきり平手で叩いた。「うぎゃっ」と百花が背を反らした。

「いったあ!?　たーちゃん、何ごとなの、その怪力!?」

「一月からずっとフィジカル強化してるから。今の私、ジャガーとも戦う自信ある」

「ほ、ほんとだ、二の腕ムキムキ……！」

　人の二の腕を揉む百花の、つるんとした額を今度は手のひらで叩いた。

「あんたが泣きベソかけば何かよくなるの？　子供が何か悩んでたら、ドンとかまえて

「受け止めてやるのが大人の務めだろうが。わかったらカラ元気でも顔上げて笑え」

額を押さえて目をまるくしていた百花は、締まりのない顔で笑みくずれた。

「たーちゃんは、あいかわらずかっこいいなぁ」

「嫌みか？　全然勝ててない私への」

「それは関係ない……や、たーちゃんには大問題なんだろうけど、わたしにとっては、何ていうか、たーちゃんは生き方がもうヒーローなの」

そんなことを大まじめな顔をして言うので、逆にこっちが閉口してしまった。百花は「んっ！」と掛け声とともに腿をパンと叩いて立ち上がった。

「そうだね。まず自分がしっかりしてないと、みちるちゃんに何もできないよね。ありがと、たーちゃん。私、家帰って寝る。よく寝て食べて身体鍛えて元気でいて、みちるちゃんに何ができるのか、考える」

そして百花は「じゃね！」と敬礼するなり部屋を出て行って「おばさん、カレーごちそうさまでした！」と玄関あたりで大声を響かせながら帰っていった。なんともうるさくてあわただしいやつだ。

と思っていたらすぐに階下で玄関のドアが開く音がして、母と誰かの話し声のあと、やかましい足音が再び階段を上ってきてドアを開けた。

「たーちゃん、そういえば！」

「声大きい、近所迷惑だ」

「う、ごめん。あの、ジャパンオープンって、もちろん出るよね？」

奇妙な訊ね方に眉をひそめつつ、答えた。

「出るよ。それが何？」

「えっと、たいしたことじゃないんだけど。わたし、今度のジャパンオープンから先輩にくっついて藤沢のオフィシャル修理班として国内大会に参加することになったんだ。私も大会中、飯塚の会場にいるから」

とっさに、うまく返事をすることができなかった。

百花は、はにかみながら純真な少女みたいに笑った。

「わたし本当にまだまだだから、見習いの見習いみたいな感じなんだけど——たーちゃんが車いすテニスプレイヤーになって、わたしが車いすのエンジニアになって、それがいつか重なったらいいなって思ってたから、それがずっと憧れだったから、すごくうれしい。あ、大会中はずっとリペアのテントに詰めることになるから試合は見れないんだけど、応援してるから。がんばってね」

じゃ！　今度こそ勢いよく敬礼した百花は、すばしっこく帰っていった。

——ヒーローとか、憧れとか。

出会った頃から、百花の目に映る『君島宝良』は、実物よりもずいぶんかっこいい。

その百花の目を通して見える『君島宝良』に追いつきたくて、百花の前では、いつもいささか背伸びをしてしまう。

これはもちろん、ヤツには一生の秘密だけど。

＊

みちるが再びATCを訪れたのは、翌日の昼だった。

その日の朝、前日の別れぎわに何かあったら連絡しろと交換したアドレスに『会いに行ってもいい？』とメールが届いた。昼休みだったらいい、と返事をしたら、午前の練習を切り上げた一時すぎに、神妙な面持ちのみちるがインドアコートに現れた。

「昨日、ごめんなさい。取り乱して」

それが第一声だったので、けっこう大きくふき出してしまった。

「取り乱すとか、子供が生意気な」

「子供じゃないもんっ。もう六年生だよ、わたし」

ふくれたみちるの顔を見て、そうだったかもしれない、と思い直した。確かに自分が小学六年生の頃は、もう自分を子供とは思っていなかったし、誰にも妨げられず、テニスを武器に、自分の意志だけで生き方を決められるようになりたいと思っていた。

「昨日、お母さんに、学校であったこと話した」

ぽつんと雨が降るような声で、みちるは報告した。

「それで？」

「……学校、しんどいなら休んでいいよって言われたから、休むことにした。いつまでかはわかんないけど」

それが悪いことであるかのように、みちるは表情を曇らせている。困ったものだ。

「別にいいんじゃないの。小学校なんて義務教育だからちょっと休みすぎたって最終的には卒業できるでしょ」

「ええー……」

「学校に行くことそのものが一番大事なわけじゃない。一番大事なのは、どうしたらあなたがしあわせに生きられるかってことで、学校はその手がかりを探しに行く場所だよ。でもその学校やそこにいる人間が苦しい原因になってるんじゃ本末転倒、だったら整理がつくまでしばらく休んだっていい。最終的にあなたがしっかり生きるっていう目的を果たせれば、過程がどうだっていいんだから。休むって決めたら、ぐちゃぐちゃ余計なこと考えるよりも、その休みをどう生かすかってことを考えなよ」

みちるが何やら、しみじみとした目を向けてきた。

「宝良ちゃん、同じクラスにいたら、わりと面倒くさそうだよね」

「うるさい」

「でも、宝良ちゃんとモモちゃんがもし一緒のクラスだったら、きっと車いすになっても毎日学校が楽しみだっただろうな。きっと、こんなに、こわくなかっただろうな」

——そんな、さびしい目をして笑うな。

「でも、それ、無理だし。だったらわたしが強くなんないとだめだよね。こんなことで悩んだり傷ついたりしてたら、これからやってけないもん。もっと強くなんないと」

自分を奮い立たせるようにみちるは笑う。どれほど心やさしい人たちがそばにいようと、一番肝心な時には自分しか頼みにできないのだとすでに知ってしまった笑い方だ。

言わなければ、と思った。

今、懸命に道をさがそうとしているこの子に、何も立派なことは言えなくても、これだけは伝えなければ。

「強いって何なのか、この頃ずっと考えてたの。私も強くなりたいから。自分がどんなに弱いのか、思い知ったから」

みちるが水をかけられたみたいに目をまるくした。

「……弱いの？　宝良ちゃんが？　うそだ」

「うそじゃない。だからずっともがいてる。でも全然出口が見つからない」

それでも、そんな自分だからこそ、言えることはある。

「強いって、悩まないことでも、傷つかないことでもないんだと思う。それは、何度でも自分の弱さから立ち上がるってことなんだと思う」

強くなければと自分を追いつめてしまいそうな彼女に、それだけは知ってほしかった。

こちらを見つめるみちるの、大きな瞳がゆっくりとうるんで、左目からひとすじだけ涙が頬に流れ落ちた。伝わったのだとわかった。ほとんどそういうことをされた経験がないし、今までやった経験もないからためらったが、そっとみちるの頭に手をおいて髪をなでてみた。以前に雪代がそうしてくれた時のことを思い出しながら。みちるの髪は細くてさらさらしていて、ほのかなぬくもりがあった。

ふっと、コップから水がこぼれるように言っていた。

「学校をしばらく休むなら、ジャパンオープンに来てみる？」

みちるが顔を上げて、まだ濡れている目をしばたたかせた。

「ジャパンオープン……？　それ何？」

「九州の福岡県で開かれる車いすテニスの大会。スーパーシリーズっていう、世界でも六つしかない大きな大会で、世界中から強いプレイヤーが集まってくる」

「……宝良ちゃん、その大会に出るの？　強い人たちと戦うの？」

「そう」

大会の名を口にするだけで、胸に緊張とも郷愁ともつかない波が起こる。それだけ、ジャパンオープンは特別な大会だ。

もし、百花があの大会へつれて行ってくれなければ、自分はあの人の姿をじかに目にすることはなかっただろう。あの人のテニスを自分の目で見なければ、今ここに車いすテニスプレイヤーである自分は存在しなかっただろう。

もう終わったと思った人生が、あの日、生まれなおすようにもう一度始まった。

「そこに行くことが、あなたにとって何の役に立つかはわからない。でも会場には大会に出場する選手も、出場しないけど車いすテニスをしてる人も、大会を運営しているスタッフや自衛隊員も、いろんな人がいる。そして障がい者だろうと、健常者だろうと、あの場所にいる人たちは、あなたが足が動かなくて車いすに乗ってることを、何ひとつ問題にはしない。問われるのはただ、あなたがどういう人間かってことだけ」

自分がかつてあの場所で光を得たからといって、みちるもそうなるとは思わない。

ただ、何が人生を照らす光となるか、それは誰にもわからない。

自分にできることがあるとすれば、手さぐりで歩もうとしている彼女に、ひとつでも多くの機会を手向けることだ。

「もし行きたいと思ったら、誘ったのは私だから、あなたの分の旅費と宿泊費は私が出す。ただあなた一人じゃ決められない話だろうから、家に帰ってお母さんやお父さんと話し合ってから……」

「行きたい」

何の迷いもない声だった。以前みちるが決めたスマッシュみたいに。

みちるは車いすを前に進めて、まっすぐにこちらを見つめた。

「行ってみたい。お父さんとお母さんに頼んでみる。それで『いい』って言ってもらえたら、宝良ちゃん、本当にいい？」

予想外の思いきりのよさとぐいぐい迫ってくる熱意に若干たじろいだが、すぐに負けじといかめしい顔を作った。

「車いすテニスプレイヤーに二言はない」

「宝良ちゃん、サムライだね」

「言っとくけど、私は試合のためにずっと練習してるから、あなたの相手はできないよ。会場にはモモもいるけど、モモも仕事してるからあなたの面倒を見るひまはない」

「うん、わかってる。自分のことは自分でする」

はっきりと返事をしたみちるの表情から、本当の意味で理解していることがわかった。まだ小学六年生だろ、と少しせつなくなるほど大人びた顔つきだ。

「福岡に行きたいってお父さんとお母さんに頼んでみる。わたし、もう行くね」

以前に会った時みたいな明るさがいくらか戻った声で言ったみちるは、ラメ入りの赤い車いすをくるんとターンさせた。キャンバー角をつけたタイヤのおかげで、なんとも動きが軽やかだ。走り出したみちるは、けれどまたすぐにくるんと車いすをターンさせて、少し距離の開いたその場から声を張った。

「宝良ちゃん、ジャパンオープン、がんばって優勝してね！」

——優勝なんて、ずいぶんあっさり言ってくれる。

返事の代わりに、二の腕を叩きながらこぶしを握ってみせると、みちるはいつか青空の下で一緒にテニスをした日のように、はじけるような笑顔になった。


二〇二〇年度飯塚国際車いすテニス大会、通称ジャパンオープンは、四月二十一日から二十六日の六日間にわたって開催される。

昭和六十年から続くこの大会は、二〇一八年に天皇杯、皇后杯が下賜され、さらに多くの観客を呼びこむようになった。選手にとってもホスピタリティあふれるこの大会は屈指の人気を誇り、開幕の二、三日前には世界中からぞくぞくと選手が集まってきて調整を始める。宝良も十八日に飯塚入りすることを決め、早朝に志摩とＡＴＣで落ち合うことにした。一緒に羽田(はねだ)空港から福岡空港まで飛び、昼過ぎには会場入りする。

出発の日は朝五時に起床した。顔を洗い、着がえをして、日焼け止めとリップの簡単なメイクをする。手荷物はバッグひとつ。ほかの荷物はあらかじめ宿泊所の『いいづかスポーツ・リゾート』に送ってある。この施設は、長らくジャパンオープンのオフィシャルホテルであった筑豊(ちくほう)ハイツが老朽化のために解体され、その跡地に新たに建て替えられたもので、つい先日に竣工したばかりだ。今回の二〇二〇年ジャパンオープンは、再オープン後の記念すべき大会ということになる。また今回は六日間の大会が終わったあと、ナショナルチームメンバーは引き続き現地に滞在し、ワールドチームカップに向けた強化合宿を行うことになっている。

ヨーグルトとスムージーだけの軽い朝食をとってから、六時十分前に玄関に向かった。玄関に常備してある外出用の車いすに乗り換えていた時だ。

「もう行くの？」

驚いてふり向くと、パジャマにカーディガンをはおった母が立っていた。

「……どうしたの？　まだ六時前だし、もう少し寝てれば」

「なんだか目が覚めたのよ」

そしてお互いの出方をさぐるような沈黙が流れる。こうして不意に顔を合わせた時、母に何を言えばいいのか本気でわからない。自分たちは合わないからと高をくって、合わないものを少しでもすり合わせる努力をしてこなかった。

間を稼ぐようにカーディガンを肩に掛け直した母が、口を開いた。

「ジャパンオープン、今年もトップ選手が集まって、熾烈な戦いになるんでしょうね」

母にはいつも、どこに行くとも、どの大会に出るとも話さない。海外遠征で一カ月以上家を空ける時ですらそうだ。だからもちろん今回も、何も話していないはずだった。

「体調とけがにだけは、くれぐれも気をつけなさい」

先日みちると佳代子がこの家に来た時、リビングで佳代子の腕を押さえて引きとめていた母の姿がよみがえった。いたわるように語りかけるその声も。

『ただでさえ他の人よりも苦労して生きなければいけない娘が、目の前で苦しんでいて、でもそれを見てることしかできないのは、本当に苦しいものよね』

苦しんでいるのも、傷ついているのも、ずっと自分だけだと思っていた。とても長い間、彼女が自分を理由に胸を痛めることなどあるわけがないと思っていた。

そうして愛されていないと頑なに思い込むことで、本当は逃げていたのではないか。傷つけられたと喚く自分も実は相手を傷つけてきたという事実から。自分の非を認め、わかり合うために負わねばならない痛みから。

「――事故にあって、入院して、命は助かったけど、いくらリハビリしても歩けるようにはならないって説明された時」

発する先から言葉が喉に引っかかり、ぎこちなくてかすれた声しか出せない。けれど、今をのがせば自分はきっと変われない。

「もうリハビリが嫌になって、ベッドにかじりついてストライキしてたら、モモをつれて来たよね。モモにだけは会いたくないって、私言ったのに」

「……そうね」

「あの時、ひどいことを言った。でも取り消さない」

玄関の曇りガラスから射しこむ朝の光が、自分を産んだ人の顔を照らす。昔のような苛烈さは鳴りをひそめて、静かな目の下に、うっすらと疲労の翳が落ちている。——そう、心底疲れたことだろう。こんなに偏屈で扱いにくい、しかも障がいを負った娘を、なんとか自分の力で生きていけるところまで育て上げるのは。

「言葉にして、誰かにぶつけて、何かを感じさせたことを、なかったことになんてできるわけがないから。だから取り消すなんて言わない。一生覚えて、ゆるさなくていい。私も自分が何を言ったか死ぬまで忘れない。一生覚えたまま生きていく」

世の中の仲のいい娘と母親を見て、うらやましいと思ったことが何度もある。けれど、そう、自分の母親が別の人間であればいいと思ったことは、一度もなかった。

「あの時、恨んだりもした。でも、毎日叱り飛ばされて、無理やりリハビリさせられたから、今これだけ身体が動く。車いすテニスができる。もう街でじろじろ見られても平気だし、障がい者だからって不幸扱いされても傷ついたりしない。いつも胸の真ん中にテニスがあるの。車いすテニスができるから、いつだって、どこにいたって、私は私でいられる。——ありがとう。感謝してる」

結局、最後の最後で直視したまま言うことができなくて、目をふせた。

母は黙っていた。頼むから何か言ってほしい。沈黙に窒息しそうになっていると、

「……すごいわね」

ぽつりと、雨のように、かすかな声が降った。

「人生って、こんなに突然、何もかも報われる時が来るのね」

顔を上げると、入れ違いに母が顔を伏せ、手の甲で押さえた鼻を小さく鳴らした。

息を整えるような数秒のあと、母がサイドボードに手を置き、宝良、と呼んだ。

「私、そろそろここに、皇后杯を飾ってみたいわ」

「……ここ？　こんなところに飾る気なの、皇后杯を？　花瓶じゃあるまいし」

「でも、目立つでしょう」

「目立つ目立たないじゃなくて、もっとふさわしい場所があるでしょ、何言ってんの」

ついいつもの調子で言い返すと、母もむっとした顔になり、少しばかり感動的になりかけた空気が一瞬で普段どおりに戻った。むすっとした顔を母娘で突き合わせたまま、

「行ってくる」

「行きなさい」

と愛想のかけらもない言葉を交わして、玄関の外に出た。

清潔な朝の光が、お気に入りの青い車を照らしている。むすっとしたまま車いすから運転席に移乗して、バッグと車いすを積み込み、エンジンをかける。

そこで遅れておかしさがやって来て、ハンドルを握りながら、宝良はふき出した。

きっと、玄関の内で彼女も同じようなことをやっていたに違いない。

ATCには約束の時間より早く到着したが、志摩はもう待ち合わせ場所にいた。

普段は車でいっぱいになるATCの駐車場も早朝の今は一台も停まっていない。朝陽が照らすアスファルトの一角に、カットソーにジャケットを重ねた志摩が立っていた。手荷物はボストンバッグと、パソコンが入っているとおぼしき薄型のケースだけだ。

「お、今日も美人だな」

「たわ言はいいから早く乗れ」

志摩を助手席に乗せてから、ATCの駐車場から昭島駅の北口方面に向かった。そこから八王子ICに入り、羽田空港をめざす。

発進してから気づいたが、志摩は何やらそわそわと車窓の外を気にしていた。トイレか？　と横目でうかがっていると、急に志摩に肩をつかまれた。

「ストップ、一瞬ストップ」

驚いて、ウィンカーを点滅させながら路肩に寄って車を停めた。

「ちょっと何――」

続きの言葉を、顔の前を通った志摩の腕にさえぎられた。志摩の人さし指は運転席の窓の向こうを指している。なんだ、と眉をひそめながらそちらを見て、声がこぼれた。

道路の向こうの、歩道の街路樹の下に立った長身の色男。こじゃれた七分袖のニットに、よく合うネイビーのニット帽を合わせている。

顔を見たのは、三カ月ぶりだった。あちらから連絡は一切なかったし、こちらからも一切連絡を絶っていた。これほどまでに慕わしく断ち切りがたい存在から離れるには、それくらいしなければならなかった。

でも今、その人は春の朝陽の下、笑顔で手を振ってくれている。

ボタンを押して窓を開ける。窓ガラスが下にスライドしていくまでのもどかしい時間の中、言葉をさがした。いくつもの言葉が浮かんでは消えて、消えては浮かんだ。

「――皇后杯を獲ってきます！」

それが口をついて出たのは、十中八九先ほどの母とのやり取りのせいだった。あまりに声を張り上げすぎて、少しだけ裏返った。

雪代は、ちょっと目をまるくしてから破顔した。

「おー！　がんばれ宝良！」

鼻の奥がツンと痛んで、それを断ち切るためにすぐ窓を閉めた。前を向いて、あとは脇目もふらず、ただ目的地だけをめざして走る。

がんばれ、宝良。

第三章

1

飯塚国際車いすテニス大会（ジャパンオープン）開幕前日の四月二十日。百花は、小田切とともに朝一番の便で成田（なりた）空港を発った。関東はあいにくの雨模様だったが、福岡空港に着いてみれば、さわやかな風の吹く快晴だった。

二〇二〇年ジャパンオープン会場、いいづかスポーツ・リゾートは、老朽化のために閉鎖された旧会場を大々的に再整備して建てられた。障がい者、高齢者、子供、外国人など、あらゆる利用者が快適に安全にすごすことができるよう施設全体がユニバーサルデザインになっており、ホテルやコテージのほか、キャンプ設備まである。

ただ、ジャパンオープン開催期間中の宿泊施設は選手たちのオフィシャルホテルとなるので関係者以外は利用できない。百花と小田切は飯塚市内のビジネスホテルに連泊し、レンタカーで会場に通うことにしていた。運転は百花が買って出た。修理班としてはまだ使えないに等しいので、せめてこういう時だけでも役に立ちたい。

「意外と堅実な運転をするんだな……」

『意外と』とはどういう意味でしょうか。事故を起こしたら腹を切る覚悟で運転しますから、到着するまで主任は少しでも休んで体力温存してください」

「そうさせてもらう」

信号待ちの時に助手席をうかがうと、腕を組んだ小田切はもう目を閉じて眠っていた。小田切はこういう小まめな休憩がうまい。だから多忙でも体調を維持して常によい仕事ができるのだろう。それにしても睫毛長い……、とつい凝視していると信号が青に変わって、あわてて百花は発進した。

国道二〇一号線をひたすら進んでいくと、やがて青々とした溜池をふもとに見下ろす小高い丘が見えてくる。その丘の頂上こそ、これから六日間のジャパンオープンが開催される、いいづかスポーツ・リゾートだ。

ウインカーを点滅させて左折し、丘の上へと続く長い坂道を上っていく。坂道の両側には漆黒の地に白字を抜いた『Japan Open』の幟がいくつも掲げられている。青い空の下で風にはためく黒い幟は、潔く、凜々しい。

「車はこのへんでいい。坂の上の駐車場はなるべく選手と関係者のために空けておく」

坂を上り始めたところで目を覚ました小田切がきびきびと指示を出した。指示どおり百花は、坂の中腹の駐車場にレンタカーを停めた。

「まずはリペアのテント設営。それが終わったらほかの会場設営を手伝う。確認だが、不要な荷物は持たない。くれぐれもけがをしない」

「はい！」

坂を上りきると、まず会場の入り口に建てられたテントが目に入る。これは、当日に運営スタッフが観戦客にパンフレットを配ったり募金をつのるためのものだ。

さらに敷地の奥に進むとまたテントがあり、そのテント内で立ち働いているのは迷彩服に黒い帽子の自衛隊員たちだ。彼らは飯塚駐屯地の隊員で、大会期間中は常にここに詰め、選手の輸送を行ってくれる。まだ大会前日なのに想像以上の数の人々が敷地内をせっせと行き来していて、車いすの修理に使う部品ボックスを抱えた百花は胸が熱くなった。前回この会場に来た時は決勝を観戦しただけで、こうして実際に大会を支える人たちの姿をちゃんとは見られなかったのだ。

修理班のテント設置場所は、大型体育館のようなインドアコートのすぐそばだ。運動会の本部席のようなテントは運営スタッフがすでに建てていてくれた。さっそくテント内部に、会議室で使うような長机を三台置く。一台は荷物置き場、もう二台は作業台の代わりだ。それから待機時間に使うための簡易テーブルとパイプ椅子。百花は汗を拭きつつ張り切ってテーブルを運んでいたが、

「そこだと選手が入ってきた時に通れない、もっと端に」

と工具バッグを運んできた小田切に注意され「はい！」とあわてて端に移動させた。

大会中の拠点をひと通り整備し終わるとすでに正午をすぎていて、百花は小田切とホテル内にあるレストランに向かった。ホテルにはスロープが完備されており、ロビーに入ると海外選手たちが日常用車いすでくつろぎながら談笑していた。

「お……ナショナルチームの滝沢監督だ。柳井コーチもいる」

「えっ、ナショナルチーム！」

昼どきのピークをすぎて少し空いたレストランの奥のテーブルで、赤いジャージ姿の男性二人が話をしていた。ジャージには確かに『JAPAN』の文字と日の丸が入っている。百花が感動して二人を食い入るように見ていると、さらに驚くべきことが起きた。

「あ、小田切くん。今日こっちに来たの？」

穏やかな低い声にふり向いた百花は、奇妙な声をもらしてしまった。日常用車いすに乗った、ウェア姿のたくましい男性が百花たちの席に近づいてきた。男子車いすテニスのナンバーワン王者、三國智司だ。

「三國さん。おひさしぶりです」

「そんなに会ってなかった？　なんかあっという間に時間が経つから、ひさしぶりって感じがしないけど。今回もよろしく。……で、こちらのかわいらしい人は？」

三國智司が笑顔で百花に手を向ける。その笑い方がいかにも部活の先輩が後輩を冷やかすような感じなのだが、小田切は完璧な無表情で応じた。

「藤沢の後輩の山路です。今回から修理班見習いとして同行しています。今後は車いすのことでも関わることが出てくると思いますのでよろしくお願いします」

「や、山路百花ですっ、よろしくお願いいたします！」

立ち上がって九十度に頭を下げると、三國智司は「こちらこそ」と笑って握手をしてくれた。筋肉のかたまりのように厚くて、大きな、そして熱い手だ。三國智司が監督たちのテーブルに向かってからも、百花は半分ぽうっとしていた。

「……お話だけじゃなく、あ、握手まで……藤沢に入ってよかったです……」

「山路、泣くかカツ丼食べるかどっちかにしろ」

肉体労働のあとのカツ丼は魂が震えるほどおいしく、夢中で食べてしまった（「初日だけだ」と小田切が奢（おご）ってくれて恐縮した）。さあ、残りもがんばるぞとこぶしを握りながら外に出ると、ラケットが球を打つ、胸のすくような音が聞こえてきた。

ホテルからほんの数メートル歩けば、緑色の背の高いフェンスに囲まれた三面のテニスコートがある。昼下がりのさわやかな青空の下、コートでは選手たちがコーチや別の選手を相手に練習をしている。

その中でも、中央のコートを駆ける女子選手に目を惹かれた。ラケットを振り抜く腕の力強さとしなやかさ、何より躍動感に満ちたチェアワークに心をつかまれた。それが宝良だと気づいたのは、惹かれて見つめたあとだった。

染めていない髪をポニーテールにし、ブルーのウェアを身につけた宝良は、対面コートから志摩が打ちこんだ球にまたたく間に迫って快音を響かせる。スイングから流れるように車いすをターンさせ、さらにもう一球、目の覚めるようなスピードで打ち返す。

パイプの一本一本に至るまで緻密な計算によって作られた美しいフォルムの車いすは、背もたれに『FUJISAWA』と刺繍が入っている。よかった——一月後半に宝良が車いすを替えると聞いた時には、正直東京パラリンピックまで半年余りなのにと驚き、心配してもいたのだが、宝良はもう新しい相棒を自在に乗りこなしているようだ。

「挨拶しなくていいのか？　参加することは話してあるんだろう」

百花の視線に気づいた小田切が、行ってこいというニュアンスで言った。けれど百花は、いいえ、と首を横に振った。

自分でもふしぎだ。

車いすテニスプレイヤーとして駆け出した宝良とつながっていたくて、競技用車いすを作る人間になりたいと望んだはずだった。その願いが強すぎて自分を見失ったことさえあった。そして今、願ったとおり、自分は宝良と同じ場所に立っている。

それなのに、きっと名を呼びさえすれば宝良は気づいてふり向くのに、声をかけない。かけられないのではなく、かけない。

恐ろしいほど真剣な目をしている宝良の、その戦いの一切を妨げたくない。

そして自分も思い違いをしたくない。ここには親友を応援しに来ているのではない。この戦いの場所に集うすべての選手たちの車いすを全力でケアするエンジニアの端くれとして、ここには立っている。

「車から残りの荷物取ってきます」

小田切に言い置いて、百花はコートに背を向けて駆け出した。

かけない声の代わりに、胸の中で強く念じる。

がんばれ、がんばれ、たーちゃん。


翌日、四月二十一日。いよいよジャパンオープンが開幕した。

百花は事前に公式ホームページで出場選手リストを確認していたが、やはり国際大会の中でも屈指の人気を誇るジャパンオープン、今年もそうそうたる顔ぶれだ。

男子は世界ランキング1位の三國智司を筆頭に、昨年から世界2位に急浮上した若手のクリス・エヴァンス、アルゼンチンの豪腕ハビエル・バンデラスなど、世界のトップランカーがほぼ勢ぞろいしている。

女子も『女王』の七條玲、世界2位で七條を猛追するオランダのフェナ・ヤンセン、同じくオランダのローラ・ギーベル、ドイツのベテラン、カリン・ファンケンベルクなど、世界ランキングトップテンが余すところなく集結した。

大会初日の今日は、男子シングルス、女子シングルスの一回戦および予選、クアードクラスの第一回戦が行われる。クアードは、下肢だけではなく手や腕などの上肢も含む三肢以上に障がいがある選手のクラスで、握力の弱い選手がラケットと手をテープで固定することや、障がい状況により電動車いすを使用することが認められている。

小田切と会場入りした百花は、まず会場の中心にある広場に出向いた。広場には総合受付のテントをはじめ、選手のアイシング用の氷を配るテント、練習用のボールを貸し出すテント、試合の前後の選手たちが一時的に車いすを停めるスペースなどがある。

そして広場の中でもひときわ目立つのが、大会中のドロー（対戦表）とオーダーオブプレー（どの試合を何時からどのコートで行うかの指示）を貼り出した巨大掲示板だ。百花は掲示板を見上げて今日のオーダーオブプレーを確認した。

Court1　Takara Kimijima（JPN）　VS　Sunaree Tawong（THA）

宝良の初戦の相手はタイのスナリー・タウォン。第1コートの第4試合、つまり第1コートで行われる一日の最後の試合で、おそらく終わるのは夕方になるはずだ。

タウォンのことはよく知らなかったので、百花はＩＴＦのホームページで調べてみた。スナリー・タウォンは大ベテランの四十九歳。現在の世界ランキングは18位。

宝良は二〇一九年の暮れまではまさに破竹の勢いで勝ち続け、一時は世界ランキング9位に上りつめたが、年明けから不調が続いて現在は13位になっている。

ランキングだけ見ればまだ宝良のほうが上だ。けれどテニスにおいてそういう数字はあまり当てにならない。下位の選手が上位の選手を破ることなどざらにあるし、世界のトップテン近辺でしのぎを削る選手たちに実力の差はそこまでないと言われる。

では何が勝敗を決するのか。精神力？　その日のコンディション？　あるいは運？

ひとつはっきりと言えるのは、今日の初戦を勝たなければ宝良のジャパンオープンはそこで終わるということ。そして自分にできるのは、自分の役目を果たしながら、宝良の勝利を祈ることだけだ。

リペアのテントに入った百花は、パーカーを脱いで『FUJISAWA』のロゴが胸もとに入ったスカイブルーのポロシャツになった。いよいよ念願のオフィシャル修理班、その記念すべき第一日目だ。未熟な自分だが、とにかく選手たちのために全力を尽くそう。決意を新たにしながら、テントを訪れる選手を待っていた百花であったが。

「……主任、誰も来ないです」

「まだ初日だからな。何事もないならそれに越したことはない」

すでに各コートでは今日の第1試合が開始され、打球音や審判のコールがテントにも届いてくる。確かに小田切の言うとおりトラブルは起きないに越したことはないわけで、百花は待機の間、小田切からもらったＣＡＤソフトのマニュアルを読むことにした。まだまだ時間はかかるだろうが、いずれ自分も小田切のように、営業設計として車いすを設計できるようになりたい。

やがて昼になり、小田切が休憩のためにテントを出て、しばらく経った頃のことだ。

「Excuse me.」

日常用車いすに乗ったウェア姿の青年がテントに入ってきた。右手で日常用車いすを操作しつつ、左手で競技用車いすを押している。栗色の巻き毛の彼は確か、オーストラリアの選手、ヒュー・モートンだ。

百花はすぐさま駆けよったが、モートンの英語が速すぎて何を言っているかさっぱり聞き取れない。しきりに競技用車いすのタイヤを指さすモートンも、まぬけな顔であたふたしている女が言葉を理解していないと察したのか、困った表情でさらに何かをまくしたてる。ど、どうしよう!? どうすれば!?

焦って狼狽していたところに、小田切が早足でテントに戻ってきた。

「Did something happen?（どうしました?）」

モートンは小田切を見るとほっと表情をなごませ、左右のタイヤを指した。小田切は頷きながらひざまずき、彼の車いすを観察すると「バッグ取ってくれ」と百花にリペアバッグを指した。百花は急いで荷物置きの机からバッグを取ってきて小田切に渡した。

モートンは試合を終えて移動している時に他選手の車いすと接触してしまったらしい。その後、うまくスピードが出せないような気がしてリペアに来たのだそうだ。小田切が丹念に調べた結果、破損などは見られなかったが、キャンバーブロックというホイールと直結した部品がずれていた。それで車いすの動作に影響が出ていたのだ。

「Thanks.」

小田切が調整した競技用車いすに乗り換えたモートンは笑顔になった。手を振りながら帰る彼を二人で見送ってから、百花は腕組みする小田切の前でうなだれた。

「まずおまえは、とにかく、何はなくとも落ち着くこと」

「……はい、面目ありません……」

「第二に来てもうまる一年で、おまえはおまえが思ってるよりもいろんなことができるようになってる。冷静に状況を把握して、落ち着いて最善の方法を考えれば、ちゃんと答えは出せるはずだ」

叱られてばかりだった小田切に思いがけずそんなことを言われ、胸が詰まった。

そうだ――さっきのことも、相手が何を伝えようとしているのか、ちゃんとくみ取ることができればたぶん自分だけでも対応できた。それができなかった原因は何か。小田切がいない時に選手が来てしまったことに動揺したのと、言葉が聞き取れなかったこと。つまりは経験不足と、それから言葉の壁だ。

経験不足はこれから時間をかけて解決していくしかないとして、言葉なら何とかできるかもしれない。百花はウエストポーチからスマートフォンをとり出した。

「あの……私、英語が全然なので、翻訳アプリを使いたいんですが問題ないですか」

「別にここはスマホ禁止の学校ではないんだし、使えるものは何でも使えばいい。俺もよく使ってる」

「えっ、でもさっきはあんなにペラペラと！」

「ペラペラってあれは中学レベルだろう……それに英語なら少しは対応できても、ほかの言語で来られたらアウトだ。俺たちの目的は、迅速に選手の車いすを問題のない状態に戻すこと。その目的が果たせればアプローチの方法にはこだわる必要はない」

なるほど、と感動して手帳に先輩エンジニアのお言葉を書き留めていた時だった。

「……モモちゃん」

そろりと呼びかける声に、え？　とふり返ると、赤い車いすに乗った女の子がテントの入り口から顔をのぞかせていた。

「みちるちゃん！　今着いたの？」

「ううん、着いたのは今日の朝。ずっと試合見てたの。すごく面白い」

みちるの笑顔は、前回会った時の打ちひしがれた印象が払拭されるほど明るかった。

母親の佳代子も「こんにちは」と笑う表情がやわらかくて、なんだか少し余裕のようなものが出たようだ。母親と娘の間で、何かいい変化があったのかもしれない。

しかも驚くことに、みちるは『友達』をつれていた。

「この子はね、エマ。スイスから来たの。試合にも出てるんだって」

みちるが紹介してくれたのは、日常用車いすに乗ったブルネットの少女だった。みちるより何歳か年上だろうか。笑顔がなんともかわいらしいが、引き締まった身体つきからアスリートだとひと目でわかる。

「エマ・フィッシャー。ジュニア世界ランキング3位の子だ」

車いすテニスに精通している小田切が教えてくれて、そんな実力者なのかと百花は仰天した。みちるも「そうなの？　すごーい」とびっくりした顔を向けると、日本語でもニュアンスは伝わったらしくエマはニヤリと不敵に笑った。

「さっき試合見てたら『あなたの車いすかっこいいね』ってエマに声かけられて」

「え、みちるちゃん、言葉わかるの？」

「ううん。でもそう言われてるのはわかったから」

けろっと言うみちるの、コミュニケーション能力の高さに百花はおののいた。小田切もめずらしくおかしそうに笑っており「それでね」とみちるが小田切に向き合った。

「この車いすを作ってくれた人がいるよって話したら、エマが『会いたい』って」

みちるの言葉のあとを引きとって、進み出たエマが流暢な英語で小田切に何かを話しかける。話の流れや彼女のジェスチャーから、わたしもこんな車いすがほしいのだ、という意味のことを言っているのは百花にもわかった。

けれど、みちるのライトスポーツ車はフルオーダー品で販売はしていない。商品化をめざして小田切と動いているところなのだが、まだ彼女に提供するには程遠い段階だ。百花が申し訳ない気持ちでいると、小田切が紳士的にエマの前にひざまずいた。

「この車いすは特別製で、今は君に作ってあげることができない。でも、来年また君がこの大会に出場する頃には、必ず君が手に入れられるようにしておくよ」

小田切がそんな返事をしたことは、ぱっとかがやいたエマの笑顔からわかった。それから彼女はみちるをふり向いて何かをペラペラと話し、みちるは「試合？　そっか、グッドラック！」と両手を高く上げた。エマもそれに応えて小気味いい音を立ててハイタッチ。そして二人の少女は張り合いながら車いすを走らせてテントの外にとび出した。すごい、完璧にコミュニケーションが成立している……。

「あの——山路さん」

みちるのグローバルな対人スキルに脱帽していると、佳代子が遠慮がちに話しかけてきた。以前の彼女は一秒でもみちるから離れまいとするような切羽詰まった雰囲気があったが、今はテントの外で友達と追いかけっこする娘を離れて見守っている。

「君島さんが、みちるの分の旅費と宿泊費を出してくださったこと、ご存じですか？」

「あ、はい。聞いてます」

その件は宝良が福岡に発つ前にメールで簡単に報告されていて『ひまな時だけでいいからみちるの様子を見てやって』とも頼まれていた。

「そんなにしてもらうわけにはいかないとご連絡したんですけど『私が自分でそうすると決めたんです』とおっしゃるばかりで、そうこうしているうちに飛行機のチケットが送られてくるし、ホテルも先払いで手配されていて……」

「彼女が一度こうって決めたら、それを変えさせられる人って世界で三人くらいしかいないです。だから、彼女がいいって言ったなら、本当にそれでいいんだと思います」

「でも……」

「たぶん、とても——みちるちゃんの気持ちがわかるんだと思います。だから、みちるちゃんのために、何かしたいんだと思います」

みちるに一番近い痛みを、実際に味わってきた宝良だからこそ。

佳代子はまだためらいを浮かべていたが、ありがたいです、と睫毛をふせた。

「私、たったひとりでみちるをしあわせにしなくちゃいけないように思っていたんです。でも——力を貸してくださる人もいるんですね。他人なのに、こんなふうに」

その時、軽やかにタイヤの回る音が近づいてきた。

「お母さん！　そろそろ宝良ちゃんの試合始まる、行こ」

散々友達と追いかけっこをしたみちるは、頬が健康的に上気している。エマはもう練習に向かったらしい。みちるは百花にも満面の笑みを向けた。

「モモちゃんも一緒に行こうよ」

ほろ苦い気持ちで、百花はみちるに笑みを返した。

「わたしは、いつ誰が車いすを修理しに来てもいいように、ここで待ってないといけないの。みちるちゃん、行ってきて」

「え――宝良ちゃんの応援、しないの？　だって今誰も来てないし、コートもすぐそこだよ。宝良ちゃんだってモモちゃんに応援してほしいよ、絶対」

信じられないという顔で言いつのるみちるに、百花はほほえんだ。

「それがわたしの仕事だから。たーちゃんも、応援より仕事しろって言うと思う」

みちるはまだ納得できない顔つきで唇を曲げていたが「困らせちゃだめよ」と佳代子も口添えすると、しぶしぶというように頷いた。

「……じゃあ宝良ちゃんの試合が終わったら、教えてあげるね」

「うん、ありがとう」

テントを出て行くみちると佳代子を見送って戻ってくると、部品ケースの整理をしていた小田切がこちらを見た。

「少し抜けて見るくらいならかまわないぞ。俺ひとりでも対応はできる」

「いえ、いいんです」

その後、韓国のクアード選手のキム・ジフンがテントにやって来て、タイヤのパンク修理を頼まれた。パンクや空気圧の調整なら小田切の手を借りなくてもできる。今回は翻訳アプリとジェスチャーを使いながら、落ち着いて対応できた。

テントから見えるのは丘の向こうの山並みと、敷地に豊かに茂る草木、往来する選手たちや運営スタッフの姿くらいだ。試合が行われているコートは見えず、ときおり主審のコールやナイスショットを讃える観客の拍手が断続的に届く。ワッと湧いた歓声を聞くと、つい手を止めて、あれはどこのコートから聞こえているんだろうと考えてしまう。そして腕時計に目を落とし、さっき確認してからほとんど針が進んでいないことに気づいて、だめだ、仕事しろ、と自分を戒める。

午後五時半をまわると、テントから見える景色も夕暮れの色彩をおびてきた。あたりを囲む緑の山が飴色の光に照らされ、ねぐらへ帰る鳥たちの声が響く。

この頃になると百花もさすがに落ち着かなくなってきた。みちるはまだ来ない。第1コートの第4試合はまだ終わらないんだろうか。接戦になっているのか？　それとも、まさか、みちるが知らせに来るのをためらう結果に終わったんじゃ——

「モモちゃん！」

突然の声に心臓をつかまれて、百花は片付けようとしていたナットを取り落とした。

あわてて拾いながらふり向くと、赤い車いすに乗ったみちるがテントに走りこんでくる。

「みちる速いよ……！」と遅れて佳代子も娘を追いかけてきた。

「宝良ちゃん、勝ったよ！」

はじけるような笑顔を見て二秒後、百花は膝から力が抜けてしゃがみこんだ。

*

「お疲れ、いい試合だった」

汗を拭き、荷物をまとめ、日常用車いすに乗り換えたあと、ラケットバッグをのせた競技用車いすを押しながらコートの外へ出ると、志摩が出入り口で待っていた。宝良はひとつ頷き、夕暮れの空を仰いだ。朱色と金の粉をまぜて、刷毛(はけ)でサッと薄く広げたような色合いの空を、影絵のような鳥たちが渡っていく。

「いい試合だったと私も思う。あの人、かなり前に当たったきりだったんだけど、その時よりずっとすばらしいプレイヤーなんだってわかった」

「タウォンが？」

「うん。やっぱり年齢があるからパワーやスピードはこっちが上だけど、コントロールと読みが正確で、経験豊富だから仕掛け所とかもうまいの。変な言い方かもしれないけど、打ち合いながら尊敬しちゃって。こういう人たちが車いすテニスを進化させてきたからこそ、七條さんとかヤンセンみたいな逸材が誕生したんだろうなって」

　タイ出身のスナリー・タウォンは四十九歳。現役選手としては相当の長寿だ。しかし肉体の力は衰えても、長い時間と経験によって磨かれてきた技は鋭い剣のように光っていた。闘争心よりもそんな彼女に対する尊敬によって力を引き出された、ふしぎな感覚の試合だった。彼女の歳になってもこんなにすばらしいプレイヤーでいられるのだと、勇気を与えられた。

「すばらしい試合でした。ありがとうございます」

　試合後の握手の時に思わずそう話しかけると、タウォンは目をまるくしたあと、よく日に焼けた顔に映える白い歯を見せて笑った。

「明日もベストを尽くしなさい。私を負かした娘を応援しにいってあげる」

　そんなやり取りを思い出して少し笑っていると、志摩が隣で穏やかに言った。

「安心した」

「……何が？」

「今のあんた、力は行き渡ってるけど力んでないっていうか――『整ってる』って感じだ。すごくいい。その調子で、明日の最上戦もいこう」

　最上、と聞いてゆるんでいた心にピリッと細い電流が走った。そう、二回戦の相手は最上涼子。年明けから好成績をあげてきた最上は、ついに宝良を抜いて国内2位、世界ランキング9位に上がり、今回のジャパンオープンでは第8シードとして初戦を免除されていた。明日はジョージアオープンでの練習以来の再戦となる。

総合窓口のテントや巨大なドローが貼り出されている広場でアイシングのための氷をもらってから、ホテルに向かった。敷地内なので移動も楽だし、ホテルに行けば栄養バランスを考えて用意された食事があり、温泉があり、理学療法士などのメディカルスタッフも駐在している。これほど練習環境と安全な滞在地が整った大会はそうそうなく、それが世界中から選手の集まるゆえんともなっている。

まだ完成してから間もない真新しいホテルが見えてきたところで、宝良は車いすを停めた。インドアコートのそばに建てられた、運動会の本部のような簡素なテント。

そのテントの下で、百花が競技用車いすの前にひざまずいて何か作業をしていた。

「百花ちゃんだ。勝ったこと伝えてきたら？」

かたわらで志摩が言ったが、答えずに百花の姿をながめる。スカイブルーのポロシャツを着た百花は立ち上がると、日常用車いすに座って待っていた男子選手にスマートフォンを見せながら、乗ってみて、というようなジェスチャーをした。ひょいと身軽に車いすを乗り換えた男子選手は、しばらく具合を確かめるように身体をひねると、百花に親指を立てて見せた。百花もうれしそうな笑顔で親指を立て返す。

なんだ。「見習いの見習い」とか言いながら、ちゃんと働いてるじゃないか。

そっと笑って行きすぎようとすると、男子選手を見送っていた百花がこっちに気づいた。会話するには遠すぎるし、駆けよっていくのも気恥ずかしい微妙な距離だ。どうしたもんか、と思っていると、いきなり百花が大きく両手をふり上げた。

はちきれんばかりの笑顔でブンブン両手を振る百花は、それでも足りなくなったみたいにピョンピョン飛び跳ねた。おめでとう、おめでとう、と聞こえてくるような姿だ。

まだ一回戦を勝ったくらいで、なんだその喜びようは。わざと仏頂面を作ってひとつだけ頷き、宝良はホテルに向かって走り出した。

そして玄関のスロープを上ったところで、こらえきれなくなってふき出した。

2

ジャパンオープン二日目。

女子シングルスでは、前日の一回戦を勝ち抜いた者たちが、今度は初戦を免除されていたシード勢とぶつかる。今回シード権が付与されたのはいずれも世界ランキング一桁台の猛者(もさ)ばかり。この先へ進むには、この猛者たちを倒していかなければならない。

「おはよ。今日はよろしくね」

朝、食堂で食事をしていた宝良に、最上涼子が声をかけてきた。ウェアに着がえた彼女も膝にサラダやスクランブルエッグの皿をのせたトレーを置いている。ミニトマトを食べているところだった宝良は、飲みこんでから軽い咳をひとつした。

「おはようございます。よろしくお願いします」

「昨日の試合見たよ。君島ちゃん、調子戻ってきたね」

そう言いつつ最上は片側の口角を上げ、まあそれでも敗けないけどねと言わんばかりの不敵な笑みを浮かべる。宝良は、宣戦布告の笑みを真っ向から受け止めた。

「今回は最上さんを退屈させずに済むと思います」

「お、言ったな？　口の調子も戻ってきたな」

「涼子ちゃーん、そのチョコのパンどこにあった？　見つかんないよ？」

子猫が鈴をチリンチリン鳴らして歩いている、そんなイメージが浮かぶ軽やかな声がした。最上の後ろから車いすを寄せてきた人物を見て、宝良は一瞬息を止めた。

七條玲。まだくつろいだ部屋着姿で、試合中はいつも頭の後ろでおだんごにしている髪は肩に垂らしている。そのせいか、コートで見るよりずっとあどけない印象だ。

「パンのこと私に言われたって困るんですけど。係の人に聞いてみなよ」

「んー……でも忙しそうで悪いし。涼子ちゃんの半分もらうからいいや」

「いや、あげるなんてひと言も言ってないし。人の貴重なエネルギー源をとるなよ」

「あ、君島さんだ、おはよ。準備早いね、もうそのままコート行けそうだね」

　極悪人の心もまっ白に洗ってしまいそうな笑顔の七條玲が、ナチュラルにテーブルの向かい側に車いすを停めたので、え、と宝良は固まった。

「なぜそこに座るんですか」

「え？　朝ごはん食べるからだよ？」

「私、食事はひとりでしたいんですが」

「そうなんだ？　あ、君島さん、そのチーズのつけた鶏肉おいしい？　チーズってさ、気の合うチーズと気の合わないチーズがあるよね。そのひと、気の合うチーズ？」

「チーズは人じゃないので気が合うも合わないもないですね」

「あー、なんか朝からごめんね、君島ちゃん。でも混んできたから悪いけど一緒させてもらっていい？」

　最上にそう言われたら嫌とは言えない。しぶしぶ頷くと「悪いね」と苦笑しながら最上は七條玲の隣に車いすを停めた。テーブルに置かれたトレーには各人の性格が如実に表れている。最上は炭水化物を中心に卵、肉、野菜と果物をまんべんなく取り分けてバランスがいい。一方の七條玲のトレーは、肉、卵、野菜はちょっとずつで、あとは甘そうなパン各種とヨーグルトと山盛りのフルーツ。この人は、あれだ。いつでもどこでも自分の好きなものを好きなだけ食べる人種だ。

「そうだ。ね、みんなで朝の記念写真撮ろうよ」

フルーツを食べていた七條玲が、急に明るい紅茶色の瞳を向けてきた。朝の記念写真って何だ？　とまどう間にも七條玲は最新型のスマートフォンをとり出して、無邪気に最上と腕を絡める。

「ほら涼子ちゃん、もっとくっついて」

「えー、ごはん中なのに、もう……」

「あれ君島さん、何してるの？　ほら早く早く、もっと近づいて」

最上と頬をくっつけんばかりに接近した七條玲が、目をまるくしながらさも当たり前のように手招きする。早くと急かされて、たじろぎながらテーブル越しに二人と顔を寄せると「もっともっと」と七條玲に肩を引かれた。すごくいい香りが鼻先をかすめた。

カシャ、とのんきなシャッター音が響いた。

「うん、いい写真。涼子ちゃんらしさと君島さんらしさがよく出てるね」

スマートフォンの画面を確認した七條玲は満足げな笑顔だ。宝良も見せてもらったが、確かに七條玲は非の打ちどころのないチャーミングさだし、最上も仕方なさそうに苦笑した顔がなんとも貫禄があっていい。しかし七條玲と頭をよせ合った自分は、眉間に線を刻んでまったく愛想がない。まあ愛想なんて生まれた時からあった例しはないが。

「君島さん、この写真ツイッターにアップしてもいい？」

「はあ……」

「ごめんね。この子、SNS大好きだから」

最上がため息まじりにパンをちぎる間にも、七條玲は軽やかな指さばきでスイスイと作業を行う。しばらくすると、ぱっと瞳をかがやかせた。

「見て見て、君島さん。すごい反響。どんどん『いいね』とリツイート増えてくよ」

はあ……、と呟きながら、向けられた液晶画面をのぞいてみた。

『頼れる姐御の涼子ちゃんと、オオカミ美人の君島さん。今日は三人ともこれから試合です。がんばるぞ（力こぶの絵文字）』

こんなコメントの下に先ほど撮った三人の写真が載っている。そして写真の下の矢印マークやハートマークの数字が、くるくると増えていく。あっという間に百を超えた。

「というかオオカミ美人って何ですか」

「あ、一匹オオカミって書こうとして一匹抜かしちゃった。それより、ほら。もうメッセージも来てるよ」

人をオオカミにしておいて悪びれることもなく、七條玲が指先で画面を叩く。リアルタイムで彼女のツイートを見ている人々のコメントが表示された。

『レイちゃん、今日もかわいい！』『レイちゃんなら優勝まちがいなし』『君島さん顔が険しいぞ』『最上さん宝塚っぽくてかっこいいな』『この三人で表彰台独占してほしい』『レイちゃん、自分を信じてファイトです！』『オオカミてw』

　そんなコメントを読んでいる間にも、ぽこぽこと新しいコメントが増えていくのだ。ちらっとフォロワー数を見ると、軽く五万人を超えていた。……芸能人か。

「涼子ちゃんも、写真送るからインスタにのせてね」

「あー、まあね。試合が終わったらね」

「君島さんもメールで送っておくから使ってね」

「いえ、いいです。私、ＳＮＳは一切やってないので」

　スマートフォンを手にしたまま、七條玲はきょとんとした。

「やってないの？　ひとつも？　ほんとに全然？」

「興味ないので、そういうの」

「へー……君島さん、カブトガニみたいだね？」

「それは生きた化石って意味ですか？　オオカミの次はカブトガニですか」

「ツイッターくらいやったらいいのに。登録も簡単だよ？　君島さんって美人でキャラが立ってるからすぐに人気出るだろうし、マスコミ受けもいいと思うんだけどな」

　美しく澄んだ瞳をした彼女の口から「キャラが立ってる」とか「人気」とか「マスコミ受け」などという生臭い言葉の数々がとび出したので激しい衝撃を受けた。宝良が絶句しているのを見て取って、最上がため息まじりに七條玲の頭を小突いた。

「なんか、ほんとごめんね君島ちゃん。玲、そのへんにして、もう朝ごはん食べなよ。

練習遅れるよ」

「うん。そのチョコのパン、そろそろもらえる？」

「あんたさっきは半分って……いや、いいよもう……」

いかにも甘そうなマーブル模様のパンをもらってうれしそうにちぎる七條玲を、宝良は野菜ジュースを飲む仕草にまぎれながら盗み見た。――世界の頂点に君臨する女王は、コートの外では少女のようにあどけない。

　去年のワールドチームカップのイスラエル遠征の時にも、彼女と一週間余りの時間をすごした。ホテルは同じだし、一緒に練習もするし、食事の時に同じテーブルで会話をすることもよくあった。けれど結局は必要以上のことは話さなかったし、必要のない時には彼女には近づかなかった。マイペースな彼女がすぐにどこかへ姿をくらましてしまう（それで日本勢があわてるシーンがままあった）のもあるが、宝良も彼女に近づくことをしなかった。近づけなかった、というべきか。

　自覚はあるのだ。遠目にでも、彼女の姿を見ると心が勝手に温度を上げる。彼女への畏怖もそこにはあるが、ほのかな幸福感をおびた熱のほうがもっと強い。憧れ、と人はきっとその感情を呼ぶのだろう。

　別に女王がＳＮＳ好きだって、わりと気ままでわがままだって、人の話を聞かなくて思考回路が少々俗っぽくたって、それは彼女の自由だ。何も悪くない。わかってる。

わかっているのだが——宝良は、肺の底からため息をついた。
けっこう、ショックだ。

朝食のあと、志摩と合流してウォームアップを行った。念入りに身体をほぐしたら、競技用車いすに乗り換え、オンコートトレーニングに移る。

テニスの試合はほかの競技と比べるとやや特殊で、各コートの第1試合の開始時間だけは決まっているが、あとに続く試合は前試合が終わり次第ということで正確な時間が決まっていない。だから前の試合が一時間くらいで決着がついてしまうこともあるし、力の拮抗(きっこう)する選手たちの試合だと三時間に及ぶことさえあり、その間、次の試合に出る選手たちはひたすら待機だ。

いつやって来るか知れない自分の出番を、身体を温めながら待ち続ける。じれったい待ち時間が、試合への飢餓をつのらせていく。戦いたい、戦いたい、戦いたい。そうして今にも暴れ出しそうなエネルギーを抑えこんで、身体を温め続ける。押し込めた力を、コートで相手と対峙(たいじ)した時にいっきに解放できるように。

「第1試合、そろそろ終わりそうだ」

十一時近くなった頃、コートをのぞいてきた志摩の合図に宝良は頷いた。日常用車いすに乗り換え、座面のアンダーネットに入れておいたバナナを一本食べて、自分専用のドリンクで水分を補給する。しっかりと深く呼吸して、身体のコンディションを確かめてから、競技用車いすにラケットバッグをのせて出発した。

「宝良ちゃん！」

指定の第8コートに到着し、スタッフに通用口を開けてもらっている時、横合いから声がかかった。選手やスタッフを遠巻きにするようにぱらぱらと集まっている観戦客の中に、赤い車いすに乗ったみちるがいた。その後ろには母親の佳代子もいて、深々とおじぎされた。

みちるをジャパンオープンに招待したものの、自分のことで手いっぱいで、ちゃんと顔を合わせたのは今日が初めてだ。けれど、みちるの明るい表情を見れば、何かしらのいい刺激は受けているとわかった。

「宝良ちゃん、がんばって！」

両手をメガホンのように口に当てたみちるに、宝良は顎を引いて応えた。

コート内には選手以外にもさまざまなスタッフが駐在する。まずは梯子（はしご）つきの高い椅子に座ってゲームを統括する主審。それからフォルトやアウト、インの判定を担当するラインアンパイア。試合中のボール拾いや受け渡しを行うボールパーソン。

コートの調整が終わると、最上と一緒にネット前に集まって、主審からルールや試合の形式についての説明を受けた。ひと通りの説明が終わったあと「質問はありますか？」という問いに最上とそろって「ありません」と答え、コイントスに移る。

主審が投げて手の甲に伏せたコインを、表か裏か二人で賭ける。最上は表、宝良は裏を選んだ。主審がコインを隠していた手のひらを上げると、結果は表。

「サービスを」

サーブ、レシーブ、コート選択権の中から最上はサーブを選び、宝良はコートを選んだ。もう太陽はほとんど真上に昇ったのでどちら側のコートを選んでもまぶしさは関係ないが、かすかに風が出てきていたので、最上にとって向かい風になるほうのコートを選んだ。といっても風向きはすぐに変わるものなので、気休め程度だが。

肩慣らしのショートラリー、サーブ練習を終えたあと、主審のコールが響いた。

「ザ・ベスト・オブ・3タイブレークセット　最上トゥー・サーブ・プレー」

右コート（デュース）のセンター寄りにポジションをとった最上が、感覚を確かめるように黄色のボールを数回バウンドさせる。宝良はハンドリムを握って神経を研ぎ澄ましながら、志摩の言葉を思い返した。

『最上は最初にサービスを獲った場合、ファーストゲームの初っ端（しょっぱな）は最速の直球（フラット）でセンター寄りに打ちこんでくることが多い。で、何が何でも最初のポイントをもぎ取って、いっきにギアを上げげつつ相手の出鼻をくじく。そういうパターンがかなり多いんだ』

だからこの第1セット、第1ゲームの、第一球で、逆に彼女を叩く。

最上が高々とトスを上げた瞬間、宝良はハンドリムをプッシュして走り出した。まっすぐで迷いのない美しいトスから、最高のサーブを叩きこんでくることはもうわかっていた。全視神経を球に集中させながら、意識の半分をサービスコートのセンターに、残りの意識を分割して左右サイドに向ける。

パァン、と響きわたった美しい打球音。火花が散るような速さで飛来する黄色の球。データと理論を重んじる志摩の予言が的中した。

センター。

渾身の力でリムを押す。繊細な調整を重ねて身体の一部になった車いすは意識を共有しているように望んだポジションに運んでくれた。肉薄する球。ラケットを振る。

——どんぴしゃ。

インパクトの瞬間、確かな手ごたえがあった。球は狙いどおり最上がいるのとは真逆の左サイド奥深くへ。

だが最上もこちらの狙いを読んで、すでに球の軌道上へ走っていた。瞬時に球に追いつき、バックハンドで強打。標的はこちらのがら空きの左サイド、しかもベースラインぎりぎりのコーナーを狙った超攻撃的ショット。

だがこんな球を取るために、来る日も来る日も志摩と車いすを走らせてきた。

猛然とリムを押して球を追い、間合いに入ると同時にラケットを振る。ダウン・ザ・

ラインを抜くつもりだった。だが視界のぎりぎり端で最上がストレートを察知して動くのが見えた。とっさに左のリムをもう半プッシュし、手首をひねりながら力ずくで球の軌道を変える。

最上の左サイド前方に刺さった球は、大きく弾んでコート外に転がった。

「０－15（ラブ・フィフティーン）」

フェンス外に並ぶ観戦者たちから拍手が起きた。息を吐いて肩から力を抜きながら、今度は左サイドのレシーブポジションに戻る。

ネットを挟んで向こうにいる、最上と目が合った。三十メートル近い距離を置いても刺すような気迫が伝わってくる、鋭い視線。

ナショナルチーム入りした時は何かと面倒を見てもらい、どん底にいる気分だった時には背中を叩いてもらった。今朝は一緒に食事をし、他愛のない話で笑いもした。

それらのことと、目の前に立ちはだかるこの相手を倒したいという殺気立った闘志は矛盾しない。

親愛と尊敬と敵意と勝利への渇望を、同時に胸に飼うのがテニスプレイヤーだ。

＊

「山路、休憩入っていいぞ」

十二時を十分ほどすぎた頃、腕時計を見た小田切が言った。

「でも昨日も先に休憩とらせていただいたので、今日は主任がお先に——」

「俺はまだいい。ちなみに休憩中は、試合を見ようが何をしようが文句はない」

小田切が付け足した言葉を、百花は二秒かけて理解して「はいっ、ありがとうございます！」と感激しながら頭を下げた。

宝良の試合が今まさに第8コートで行われているはずだった。ゲームがどこまで進んでいるかはわからないが、一時間の休憩の間だけでも応援したかった。

だが百花がテントを出ようとしたまさにその時だ。

「リペアお願いします！　第1コートです！」

若い男性が、ものすごい勢いでテントに駆けこんできた。大会スタッフ共通のTシャツとハーフパンツと帽子。試合中にボール拾いや受け渡しをするボールパーソンだ。

小田切が即座に駆けよった。

「どうしました」

「三國選手と対戦中のデクレール選手の車いすが故障しました。すみません、僕も詳しくわかってないんですが、デクレール選手は『ベルトが切れた』と言ってるそうです」

ベルト、と聞いた小田切が瞬時に眉間に険しい線を刻み、百花も息を詰めた。

車いすの『ベルト』と言った場合さまざまなものがある。たとえばバックレストのイ

ンナーベルトはサーブの時に選手の体重がかかり、その負荷で切れることもある。また
は選手が座るクッション部の下、シートレザーのベルトも稀に切れることがある。
何にせよひとつ言えるのは、そういった車いす内部のベルトが切れた場合、その場で
の修理は難しいということだ。しかも今回は、試合中の故障。
テニスは試合中、選手の自由が厳しく制限される。第三者が選手にアドバイスをする
ことはもちろんメディカルスタッフ以外はふれることもゆるされず、選手がトイレへ行
く場合にも途中で休憩をとったり助言を受けたりしないよう監視が付く。車いすテニス
でもそれは同じだ。試合中に車いすが故障し、その故障がその場で対応できないものだ
ったら——その選手は故障した車いすで戦い続けるか、棄権するしかない。
にわかに緊迫した空気の中でも小田切はすぐさま動いた。リペアバッグを引っつかみ、
駆け出しながらボールパーソンの青年を促した。
「とにかく状況を確認します。案内お願いします」
「はい！」
「おまえはここで待機。すぐに連絡がつくようにしておけ」
「わかりました！」
小田切と男性が風のようにテントを出ていったあと、百花はうろうろしてから、腹筋
に力を込めた。焦って右往左往してもだめだ。何か。自分にもできることを何か。

とりあえず修理の道具や部品が必要になった場合でもすぐに対応できるように、各ボックスの中身を確かめて取りやすい位置に整頓しておくことにした。その間にも小田切の連絡にすぐさま出られるようにスマートフォンは手放さない。

あとは──スマートフォンを握りしめたままテント内を徘徊（はいかい）していると、手の中の機械が激しく震えながら高い電子音を響かせた。

「山路ですっ！」

『ネジボックス持ってきてくれ。第1コート、大至急』

はい！　と応じながらネジボックスを引っつかんで百花はテントをとび出した。


世界王者にして第1シード三國智司の試合とあって、第1コートにはほかのコートよりも多く観客が集まっていた。

テニスコートの出入り口には常にスタッフが待機し、扉の開閉を制限している。プレー中の選手たちを邪魔しないよう、観客がコート内に入場、あるいは退場できるのは、選手のコートチェンジの九十秒間と、セット終了後の百二十秒間だけと決められているのだ。けれど今は例外中の例外だった。ボックスを抱えた百花は、一般客ではなく大会スタッフ用の通用口からコートに入れてもらった。

「主任」

「そこ置いてくれ」

小田切はコート脇に設置された選手のためのベンチのそばで、競技用車いすの前にひざまずいていた。藤沢製車いすとはパイプの太さも角度も佇（たたず）まいもだいぶ違う、海外製の車いすだ。持ち主であるベルギー出身のヴィンセント・デクレールは、日常用車いすに乗り換えて、小田切の後ろで険しい表情のまま作業を見守っている。

「どうですか」

「試合中、座面に衝撃を感じて『ベルトが切れた』と思ったらしい。だがクッションを上げてみたがシートレザーに異常はない。代わりにシート留めのネジが外れていた」

ネジ、と百花は驚いた。そういうトラブルは初めて聞いた。

けれど、それならば修理が可能だ。実際ドライバーを握った小田切はすさまじい速さで摩耗したネジを取り外し、ボックスから選び出した同型のネジを嵌めこんでいく。百花はまばたきも惜しい気持ちでその作業を見つめた。いつか自分がその場で唯一のエンジニアとして同じ事態に遭遇した時、どうすればいいかを学ぶために。

コート内は静まり返っていた。誰も言葉を発する者はない。隣のコートや、もっと遠いコートから聞こえてくる打球音、審判のコール、選手の気合いの声。そんなものが壁一枚を隔てたように遠く聞こえてくる。

締め作業を終えた小田切がドライバーを置いた。ここから車いすを復元する。外していたクッションをもう一度座面部へ。「押さえてくれ」と言われて百花も小田切の腕の間から手を入れ、クッション部を支えた。すばらしい速さと正確さでクッションをベルトで固定した小田切が、デクレールをふり向いた。

「Please check.」

車いすを近づけたデクレールがクッション部をすみから丹念に手のひらで圧して調べ、次に移乗して感覚を確かめる。やがて彼は淡い茶の瞳で小田切を見た。

無言でひとつ頷いた彼の、その目。感謝と敬意と燃える闘志のこもった目だった。

デクレールはすぐに腹部ベルトとまひした足を固定するレッグベルトを締め始める。

荷物をまとめた百花に、小田切はごく短く言った。

「行くぞ」

小田切はもうふり返りもせず駆け足で出口をめざす。このコートに小田切と百花がとどまっている限り試合は再開されないからだ。百花も小田切のあとを追ったが、どうしても気になって、一度デクレールのほうをふり返った。しかし彼はすでに戦士のような顔つきでラケットを握り、再びコートへ走り出したところだった。そう。これからこの若き選手は、世界王者に挑むのだ。

コートを出て、背中のすぐ後ろで扉が閉まった途端、へなへなと力が抜けた。

「べ、ベルトじゃなくてよかったです……」

「まったくだ。それにしても試合中の呼び出しは初めてだな。さすがに驚いた」

「えっ、初めてだったんですか？」

「俺が修理班になって七年だが、少なくともその間はなかった」

それにしては冷静沈着にして迅速果断な小田切の対応だった。すごい人だ、本当に。

百花は今回の事例を忘れないよう、苦労してネジボックスを脇に抱えながら肌身離さず持ち歩いている手帳にメモを取った。

と、いきなり小田切にネジボックスを取り上げられた。びっくりする百花に、小田切は細い道の向こうを指してみせた。

「遅くなったが昼休憩だ。行ってこい」

なんだか犬に「取ってこい」と言うような調子だったが、百花は感謝の気持ちを九十度の礼で表して駆け出した。道の脇にはフェンスに車いすをよせて観戦している選手たちや、車いすで輪を作るように集まって談笑している選手たち、忙しそうに走りまわる大会スタッフなど、いろんな人たちがいる。

「あ、モモちゃん！」

第8コートに到着すると、フェンスの外で試合を見ていたみちるが大きく手を振って居場所を知らせてくれた。百花は息を切らしながらみちるの隣に立った。

「あれ？　みちるちゃん、お母さんは……」

「今ちょっとトイレ。それよりモモちゃん——」

何かを言いかけたみちるの声をさえぎるように、主審のコールが響きわたった。

「ゲームセット・アンド・マッチ君島　7－5（セブン・トゥー・ファイブ）　7－5（セブン・トゥー・ファイブ）」

えっ、とカエルのようにフェンスに張りついた百花の目の前で、たった今戦いを終えた二人の選手がネットに車いすをよせ、握手を交わした。

宝良よりも少し年上の凛々しいショートヘアの選手は、東京パラリンピック代表候補の一人、最上涼子だ。彼女は額や頬からしたたる汗を陽光に光らせながら、くやしさと何かをやり切った清々しさのまざる笑顔で宝良と短く言葉を交わす。それに応える宝良の表情は、こちらに背中を向けているから見えなかった。けれど、会話のあとに二人がひときわしっかりと手を握り合ったことは遠目にもわかった。

二人は交互に主審とも握手を交わし、先に荷物をまとめた最上が、それから宝良がコートの外に出てきた。

「宝良ちゃん、やったね！」

ラケットバッグをのせた競技用車いすを押しながら宝良が出てくるなり、みちるが車いすを寄せて声をかけた。それに小さく頷く宝良は無言で、最上と同じように汗みずくだ。それはそうだ。7－5、7－5のスコアからでも、二人が長時間に及ぶ接戦をくり広げたことはありありとうかがえる。相当疲労したはずだ。

「たーちゃん……」

おめでとう、と言いかけた百花は、途中で声がしぼんでしまった。宝良はアスリート社員として所属する東京の企業をはじめ、スポンサーのロゴマークの入った深いブルーのウェアを着ている。戦いを終えたばかりの宝良はまだ目つきが鋭く、猛々しい空気をまとっている。けれどその姿が、気圧されるほど美しかった。

まごつく旧友を宝良は一瞥すると、左手を掲げた。テニス部時代の習性で百花がほぼ脊髄反射で両手を出すと、宝良は思いっきり百花の手に自分の左手を叩きつけた。バッチン、と音が響くほど。

そして宝良は無表情のままリムを操作してホテルの方角へ戻っていく。百花はじんじんする両方の手のひらを見つめてから、ふき出した。

宝良がすげないのはいつものことだ。うれしくてもそれを言葉や顔に出さない、素直じゃないところも。

百花はみちると顔を見合わせてまた笑ってから、今度は二人でハイタッチした。

3

トーナメントは、上位に進むほど戦いの過酷さを増していく。

「いつものことだけど、見事にシードばっかり残ったな」

二日目の全試合が終了した夜。志摩が発表になった翌日のオーダーオブプレーを部屋まで届けてくれた。宝良は、Ａ４用紙に印刷されたオーダーオブプレーを吟味した。

ジャパンオープン開幕時点で予選上がりも含め二十四名いた女子シングルス選手は、二日目終了時点で八名となった。勝ち残った者のうちノーシードは第８シードの最上を破った宝良のみ。あとは第１～第７のシード勢がそろって準々決勝に進む形だ。

Court9　Takara Kimijima（JPN）　VS　Laura Giebel（NED）

準々決勝の相手は、因縁のローラ・ギーベル。車いすテニス大国オランダのギーベルは、宝良と同い年だがすでに世界ランキング3位、グランドスラムの常連でもある。それでも二〇一九年のワールドチームカップではいい勝負ができたが、今年三月のケイジャンクラシックで再戦した時には、反撃らしい反撃もできないまますり潰された。

「今日のギーベルの試合を見たけど、ワールドチームカップの時に比べてかなりミスが減った印象だな。前まではストローク勝負になると先にアウトを出すことが多かったけど、今はラリーが続いても安定して粘る。かなり訓練を積んだんだと思う」

ソファに座った志摩は、ローテーブルに置いたタブレットを操作しながら説明した。

液晶画面の中には志摩が収集したギーベルの情報が整理して表示されている。志摩はいつもこうして対戦相手の情報を可能な限り集め、対策を練る材料にしてくれていた。

「あとスライス。今回はかなりスライスを多用してる。とくにバックハンドは、ほぼスライスと思っていい。ギーベルのスライスは低い弾道で飛んできて、目視感覚よりもずっと球が滑る。しかもいったん沈んだら、えげつないほど跳ねないから要注意。要注意っていえば、ギーベルはレフティだから定番だけどワイドへのスライスサーブもだな。今日もギュンギュン曲がってた。左サイド(アド)のサービスはとくに強烈だから警戒して」

「留意する」

「あと、メンタル面も向上した印象だな。ギーベルって、これまでは試合中にいったん気持ちが乱れると感情を制御しきれなくて自分から崩れてくケースがわりとあっただろ。ワールドチームカップもあんたに追いつめられてミスを連発してた。ただ今回はかなり落ち着いて打ってる。とはいえ、やっぱり今日もセットポイントがかかった局面でフォルトを続けて出してたから、波はまだある。ギーベルがフォルトを出し始めたら畳みかける合図だ。一気呵成(かせい)に攻め込んで、ゆさぶって、ポイントもぎとる」

「わかった」

頷いてから、ワールドチームカップの決勝を思い出した。あの時は格上の相手と対等に渡り合えたと思ったが、確かにこちらが押していた第2セットは途中でギーベルが苛立ちを見せ始め、自ら崩れた部分がある。あれは自分の実力というよりギーベルの不調によって取れたセットだったのだ。実際、最終的には敗けた。

　そしてギーベルが自分の弱点を克服してきたのなら明日は命がけで挑まなければ一瞬でやられてしまうだろう。ギーベルは本当に強い。直感的なひらめきがすぐれていて、波に乗った時は爆発的な集中力を発揮する。ケイジャンクラシックの時もそうで、勝てるビジョンがひとつも見えないギーベルのプレーに最後は戦意を喪失した。

　けれど今はあの時とは違う。闘志が静かに燃えている。たとえ血みどろになっても、高みにいる相手に全身で挑みたい。そして自分の力がどれほどなのか試したい。

　宝良はローテーブルからオーダーオブプレーを取り上げた。準々決勝でギーベルを破った場合、明日同時刻から行われる次の試合の勝者が、準決勝の対戦相手となる。

Court2　Karin Falckenberg（GER）　VS　Rei Shichijo（JPN）

　戦うのは世界ランキング5位のドイツ出身カリン・ファンケンベルクと、世界ランキング1位の『女王』七條玲。

　これまで七條玲がジャパンオープンの決勝に進まなかったことは一度たりともない。

「ギーベルに勝ちたい。そして七條さんと戦いたい」

胸の中の思いを、ただそのまま言葉にした。

「明日の試合も見に来なくていい。代わりに、七條さんの試合を見て。それで何か気づいたことがあったら教えてほしい。私が七條さんと少しでも対等に戦えるように」

志摩は、ギーベルに勝つ気なのかと笑うことも、七條玲と対等にやり合う気なのかとあきれる顔をすることもなかった。ただ、ひと言だけ応じた。

「まかせとけ」

さし出された志摩の右手に、宝良も自分の右手を、パンと打ちつけた。


翌朝は、神経が高ぶっているせいか予定の四時半よりも早く目が覚めた。

宝良は起床後、まず熱めのシャワーを浴びた。こうして寝起きの頭と身体をしっかり覚醒させる。それからウェアに着がえて、時間をかけて軽いストレッチをしてから食堂へ。毎日第1試合は朝九時半からの開始で、選手はその四、五時間前には起床してコンディションを整えていくので、早朝でも食事はできる。

今日は第1試合に出場するので、エネルギーに変わりやすい炭水化物を中心に食事をする。ただし満腹にするとこれからのウォームアップに差し障るので、控えめに腹六分目くらいだ。サラダとスクランブルエッグ、それからオレンジジュースとバターの香りがいいピラフをトレーにとって、宝良は窓際の席に着いた。食事、とくに試合の前の食事は、集中力を乱さないためにもひとりでとるのが好きだ。

しかし突然、テーブルの向こう側に誰かが車いすを乗り付けた。

パーソナルスペースを侵された瞬間的な苛立ちと一緒に顔を向け、ぎょっとした。

いかにも頑固そうに引き結ばれた唇と、ヘーゼルの瞳と、蜂蜜色のブロンド。今日の対戦相手ローラ・ギーベルが、にらむような目つきで座っていた。

「……Do you need something?（何か用？）」

とりあえず問いかけてはみたが、ギーベルの表情がすでに喧嘩腰なせいで、こちらも声が尖ってしまう。なんというか、ギーベルとは似た者同士なのだ。気性が荒く、喧嘩っ早くて負けず嫌い。しかも同い年。だからギーベルのいかにも我の強そうな顔を見ていると、こちらまでつい喧嘩腰になってしまう。

何か用かという質問に対して、ギーベルは黙して答えなかった。イラッとした。

「食事はひとりでしたいの。用がないなら別の席に行って。たくさん空いてるでしょ」

「ケイジャンクラシックのあなたのプレーはひどかった」

やっと口を開いたと思ったら、ギーベルはややハスキーな声でそんなことを言った。

面食らっていると、ますますギーベルは唇を不機嫌に曲げる。

「迷ってばかりで集中してない。ためらってばかりで球を自分で殺してる。守ってるつもりで何も守れてない。まるで車いすテニスを始めたばかりのジュニアみたい」

「……そのおかげであなたは準決勝に進めたでしょ。感謝してよ」

「ばか言わないで。あなたがワールドチームカップの決勝くらい好調だって私は確実に勝った。あの決勝の時のあなたはそれなりに強かったのに。初めて同じ歳で私を追いつめるほどのプレイヤーに会ったのに。それを何？　ケイジャンのあなたは――」

coward、とギーベルが続けたのが耳慣れない単語で、宝良は眉をひそめながらスマートフォンで検索した。「腰抜け」とか「臆病者」とかそういうニュアンスの言葉だとわかって絶句した。何なんだ――新手の心理戦か？　とにかくむかっ腹が立った。

「あなたにそんなことを言われる筋合いはない。私がcowardならあなたはdownward（落ち目）でしょ。だって今日私に敗れるんだから」

「何それ？　寝言はベッドで言いなさいよ」

「あんたこそ今すぐベッドに逃げ帰れば」

「……口は好調みたいね。テニスのほうもそのくらいできればいいんだけど。せいぜいベーグルを二つ作ったりしないように気をつけなさいよ」

テニスでは6－0のスコアを「ベーグル」と呼んだりするのだ。言わずもがな、まん中に穴の開いた例のパンと形がそっくりだからである。そしてベーグル二つは6－0、6－0の究極のストレート敗けだ。

そんな憎まれ口を残して去っていくギーベルを、宝良はわけがわからず見送った。

……結局、何の用だったんだ？

朝食後、敷地内のフィットネス施設で志摩と合流した。まずは十分程度の軽い動きで身体を温め、それから二十分程度かけてストレッチ。その後はコートに出てもっとダイナミックな動きのストレッチを行い、筋肉をほぐしつつチェアと身体をなじませていく。身体を傷めないよう、じっくりと入念に筋肉に刺激を与えていき、それが完了したら、ラケットを持ってウォームアップを行っていく。

そして、朝九時半。春の陽射しが降りそそぐ第９コート。

「ザ・ベスト・オブ・３タイブレークセット　君島トゥー・サーブ・プレー」

主審のコールが響き、宝良はいつも通り、黄色のボールを三度バウンドさせた。

ネットの向こうではブロンドをきつく結い上げたギーベルが、車いすのハンドリムに手をかけたまま、猛禽のような目つきでこちらをにらんでいる。

朝食の時は最大に癪にさわったが、確かにギーベルの言うとおりだった。

ケイジャンクラシックの時は、ギーベルという強敵を前にして、こうして球をついている間にも心がゆれていた。トスはうまく上がるか。サーブはちゃんと入るか。この試合には勝てるか。迷ってはならない時に迷い、確かに自分で自分の球を殺していたのだ。

今だってそうだ。わずかでも気を抜けば、またすぐに真っ逆さまに落ちていく。

それでも、今は結果を気にする以外の思いがあるのだ。テニスがしたい。ただ全力で、どこまで自分が戦えるのか見つめたい。

球を握り、頭上を仰ぐと、まっ青な空が目を染めた。その空へあざやかな黄色の球を放つ。青空に舞った球が上昇から下降に転じ、ベストポジションに達した瞬間、腰から胸、胸から肩、肩から腕の筋肉をひと連なりにしならせるイメージで、叩く。

球はギーベルの右サービスコートのセンターライン上を打った。フォルトのコールはない。ギーベルが力強いチェアワークで走りこむ。フォアハンド。来る。

ギーベルのインパクト寸前に予想したコースへ走る。そして〇・五秒前に予想した通り、球は左サイドのサイドラインぎりぎりに飛来した。ギーベルのトップスピンがかかった球は恐ろしく跳ねる。だから跳ね上がる前の上がり鼻を思いっきり叩く。

バックハンドで叩き返した球は、ギーベル側右サイドのベースラインぎわを打った。

「15(フイフテイーン・ラブ)－0」

主審のコールが響くと、昨日よりも大きな拍手が起きた。トーナメントも準々決勝を迎えて、観戦する客の姿も増えている。宝良は大きく息を吐いて肩から力を抜いた。

次は左サイドからのサーブになる。ポジションにつき、ジンクスみたいな三度のバウンド。それから青い空に黄色の球を放り投げ、渾身の力で、叩く。

今度は左サイドで待ちかまえるギーベルの、さらに左へ逃げるスライスサーブを打った。決まった、と思った。手ごたえがあったのだ。

だがギーベルは目の覚めるようなチェアワークでボールに肉薄すると、コート外に跳ねようとしたボールを逆クロスに打ち込んできた。

ボールの着地点がこちらの車いすの真ん前で、とっさに車いすを後ろへ下げながら打ち返したが、球威が落ちて体勢も崩れた。

すかさず走りこんだギーベルが強烈なバックハンドでこちらの右サイドを打ち抜いた。

「15―15（フィフティーン・オール）」

間に合わなかった。あの車いすの真ん前に来た球。あれをもっとタイミングを合わせて打ち返せたら——頭をめぐる後悔を奥歯を嚙みしめて停止させ、深い呼吸で身体の外へ追い出す。考え、反省するのは試合のあとだ。今じゃない。

再び右サイドへ戻ってサーブ。今度は直球で打ちこんだ。自分の最速に近いサーブ。ギーベル側のサービスコートを打ち抜いた球は、そのままコート外へ逃げる。そう思った。少なくともそう見えた。

だが瞬時にギーベルが回りこみ、バックハンドでこちらの左サイドを急襲。

即座に車いすを走らせて球の間合いに入りこんだが、インパクトの一瞬前、球が意志を持ったように低空飛行のまま飛距離を伸ばしてラケットをすり抜けた。

『ギーベルのスライスは低い弾道で飛んできて、目視感覚よりもずっと球が滑る』

「15（フィフティーン）―30（サーティ）」

主審がコールした刹那、リターンエースを決めたギーベルが挑発的に手を振った。

「Come on!」

ボールパーソンからボールを受けとりながら、宝良は深く息を吐いた。三度ボールをバウンドさせ、リズムを整えるためにラケットとボールをふれ合わせる。そしてネットの向こうで待ちかまえるギーベルをにらみ返した。

『かかってこい』だと？

上等だ、へし折ってやる。

＊

十時半をすぎた。

百花は腕時計で時間を確認し、落ち着かない気分でため息をついた。テントを訪れる選手がいなくなると、どうしても時計を見ては宝良のことを考えてしまう。

なんといっても今日の宝良の相手は、ローラ・ギーベルなのだ。世界ランキング3位の強敵。試合はどうなっているのだろう。

「山路、檻（おり）の中のクマのようにうろうろするな」

「うっ、すみません！」

気持ちを静めようとテント内を歩きまわっていたら、タブレットと携帯用のキーボードで仕事をしていた小田切にため息まじりに咎められた。平謝りしていると、小田切が腕時計を見た。

「休憩を取ってもいいぞ。この時間ならまだ試合も中盤だろう」

「いえっ！　そういうわけには」

「こんにちはー」

きれいな声がして、百花は「はいっ、こんにちは！」と反射的に笑顔でふり向いた。

「キャスターがちょっと調子悪いみたいで。見てもらえますか？」

テントに入ってきたのは小柄な選手だった。試合前後の選手がよくそうしているように、片手で日常用車いすのリムをプッシュしながら、ラケットバッグをのせた競技用車いすを押している。大きなラケットバッグのかげに隠れていた小さな顔が見えた時、百花は驚愕した。

「レイちゃん……！」

女子車いすテニスのトップに君臨する七條玲、その人だったのだ。思わず愛称で呼んでしまってから、はっと青ざめた。

「すみません、馴れ馴れしく……！　い、いつもツイッター拝見してて、みんな『レイちゃん』って呼んでるので、つい……！」

「ううん、謝らないで。そう呼ばれるとうれしいから。いつも見てくれてありがとう」

どんなへそ曲がりの心もとろかしてしまいそうな笑顔に、百花はぽうっと見とれた。愛らしい、というのはまさにこの人のためにある言葉だ。

「七條さん、おひさしぶりです」

「あ、小田切さん。こわイケメンだね、あいかわらず」

テントの奥から出てきた小田切に、七條玲は友達に対するように手を振った。彼女が現在使っている競技用車いすは、三年前に小田切が設計したものだ。また彼女は藤沢のサポート選手でもあるので、小田切とは長い付き合いらしい。

「キャスターですか？」

「うん、右側かな？　試合の後半から走る時に少しコツコツいい始めて」

「わかりました、見せてください。——ちなみに結果は？」

「明日も戦えることになりました。まだ相手が誰になるかはわからないけど」

二人の会話を聞いて、百花はやっと七條玲が試合帰りにこのテントに寄ったということを理解した。あわてて腕時計を見る。——第1試合が始まってから一時間ちょっと。ジャパンオープンは一試合3セットマッチで、試合が二時間を超えることもザラだ。こんなに速く試合を終えたということはストレート勝ちだったのだろう。「おめでとうございます」と声をかけると「ありがとう」と七條玲は笑った。

スカイブルーのポロシャツを着た小田切が、車いすの前にひざまずいて相談された前輪の右側キャスターを調べる。百花もかたわらに膝をついて、小田切がこんな時に何をどうするのか、ひとつも見逃さないように注視した。

ひと通り点検して顔を上げた小田切が、促すような視線を向けてきた。

「山路、まかせる」

「え!? いえ、ここは主任が！」

「何を言ってる、こういう経験を積むためにここに来てるんだろう」

小田切の言うことは至極もっともだ。でも手を出すのが怖かった。これは明日、準決勝を戦う人の車いすだ。ましてやこの人は優勝まちがいなしと見られている世界女王、パラリンピックでも金メダル最有力候補と言われる車いすテニス界のスターなのだ。それを未熟な自分が車いすに手を出して、もし手違いを起こしたら——そう考えると恐ろしかった。それに彼女だって、見るからに頼りない自分よりも、長年の付き合いで腕も確かな小田切に修理してほしいと思うだろう。

完全に怖気(おじけ)づいていると、七條玲がほがらかに笑いかけた。

「そんなに固くならないで、いつも通りにやってくれたらいいよ。あなた小田切さんの弟子なんでしょ？ だったらちゃんと叩きこまれてるだろうし」

「弟子ではなく後輩です」

「そんなに意味変わんないじゃん、あいかわらず小田切さんお堅いなー。——ねえ。チャンスはまた来てくれるとは限らないから、来た時につかまえないと、だめだよ」

彼女の声はどこまでもやわらかく、人を魅了する笑顔もそのままだったが、澄んだ瞳に一瞬底知れない深度を感じて百花は小さく息を呑んだ。

そうだ——おびえる自分を叱咤(しった)し、手を握りしめる。

ここには仕事で来ている。自分でも散々口にしたことだ。そして自分の仕事は、誰の車いすであろうと、最善を尽くし、最大限ベストの状態に近づけることだ。圧倒的に経験不足の自分には予告なく起こる出来事のひとつひとつが何にも代えがたい糧になる。そのチャンスをつかまないでどうする。

腹をくくって「失礼します」と車いすの前に膝を折った。キャスターはテニス用車いすの前方に二輪、後方に一輪とり付けられた小さな車輪だ。まずは外観から点検していく。車輪外側のゴム部分やホイール部分に損傷は見られない。ただ若干糸くずのようなゴミが絡まっている。屋外で試合をする以上、こういう汚れは避けられないのだ。そして、そういった小さなゴミがキャスターの中心部に入りこむと不調の原因にもなる。

「ベアリングの点検をしますので、キャスターを分解します。少しお時間ください」

「はい、お願いします」

七条玲に断って整備工具ボックスを持ってきたあと、前方右キャスターを取り外す。

小さなタイヤは外側のゴム部分、その内側のホイール部からできているが、ホイールの中心に嵌めこまれたお菓子のラムネみたいに小さな輪状の部品、これがベアリングだ。小さいけれどキャスターの回転性に関わる重要部品でもある。

　ベアリングをとり出し、指先で外輪をつまみつつ、内輪をつついて動きを確認する。かすかに、みそ汁のあさりを食べて砂を噛んだ時のようなジャリッとする感触がある。百花は腕組みして監督している小田切を見上げた。

「……ベアリングの動作に違和感がありますし、若干ですが変色も見られます。ベアリングを交換するべきと思うのですが」

「ではそのように」

「はいっ」

　百花が備品置き場に駆け出すと、七條玲が堪(こら)えきれないというようにふき出した。

「……三國さんが言ってたとおりだ。小田切さんが先輩してるの面白すぎる」

「何をどうして面白がられるのか理解不能です」

「女の人のエンジニアってめずらしいね。国内の大会で会ったの初めてかも。……あ、タメ口しちゃってたけど大丈夫かな？　もしかしてわたしより年上？」

「七條さんのほうが一つ上です。山路は君島選手と同い年なので。君島選手とは、中学時代からの友人なんだそうです」

「え、そうなの？」

百花が部品ボックスを抱えて戻ってくると、七條玲がすーっと車いすで寄ってきた。澄んだ紅茶色の、ふしぎと人を惹きつける瞳に見つめられ、百花は動揺してボックスを抱きしめた。だめだ、あと一センチ近づかれたら恋に落ちる……！

「そっか君島さん、友達いたんだ。なんか絶滅危惧種のオオカミの最後の一頭みたいな雰囲気だから、勝手に友達いないのかもって心配しちゃってた。よかったー」

「オ、オオカミ……あの、君島さんとは、お親しいんですか？」

「何度か試合したり話したことはあるけど、親しいってほどじゃないかなあ。わたしは興味あるんだけど、わたしが近づくと君島さん、引いちゃうんだよね」

それは照れているのでは……、と思ったが宝良の名誉のために百花は黙ってベアリングの交換作業に移った。――でも、宝良はそうと口には出さないけれど、知っている。宝良が車いすテニスを始めた時から、ずっとこの人に憧れていることは。

「あの……右のキャスターのベアリングが傷んでいたということは、ほかのキャスターもまだ気になるほどの症状が出てないというだけで、同じ状態になってる可能性があります。それも点検させていただきたいのですが、お時間は大丈夫ですか？」

「うん、大丈夫。お願いします」

七條玲に確認してから、念のために小田切のほうをうかがうと、腕組みした小田切は無言でひとつだけ頷いてくれた。ほっとして、今度は左のキャスターを分解していく。今は小田切に頼っているが、こういう判断も自分ひとりで自信を持ってできるようにならなければいけないのだ。今はとにかく、どんな経験も糧にしなければ。

「車いすの仕事に就いたのって、もしかして、君島さんのことがあるから？」

外したベアリングをつついて調子を見ていると、すごく近いところから声が降った。七條玲が顔をよせてこちらの手もとをのぞきこんでおり、百花は作業しながらドギマギした。どうしよう、すごくいい匂いがする……！

「車いすに興味を持った本当に最初のきっかけは、確かに彼女のことがあったと思います。でもそのあと車いすそのものが、とくに競技用車いすが好きになって、それを作る仕事がしたいと思うようになりました。車いす、すごくかっこいいので」

「うん。わたしも、会場でかっこいい車いすに乗ってる人見るとつい声かけちゃう」

屈託のない笑顔を間近で見て、百花は胸がきゅっとした。彼女は「あなたといると本当に楽しい」というように笑うので、笑顔を見た者を幸福な気持ちにさせるのだ。

「でも、君島さんの試合見に行かなくていいの？　応援してあげたら？」

「いえ。応援じゃなくて、仕事のために、ここには来てるので。それにたーちゃんも、そういうの全然喜ばない人なんです。うっかり応援に行って見つかったら『仕事はどうした、それでも社会人か』って怒られると思います」

同じ要領で後輪キャスターも確認し、結局すべてのベアリングを取り換えた。明日には準決勝を戦う車いすだ。万全にしておきたい。

「お待たせしてすみません。終わりました。確認をお願い——」

します、という言葉が、七條玲を見上げた時に尻すぼみになって消えた。

七條玲はほほえんでいた。この上なくやさしい、痛みをたたえた微笑だった。

「素敵だね、山路さんと君島さん」

ささやくように言ってから、七條玲はひょいと身軽に競技用車いすに移乗し、小さく円を描くように車いすを走らせた。それから小田切と百花を見てにっこりと笑った時には、いつもの少女めいて愛らしい彼女に戻っていた。

「パーフェクト。どうもありがとう」

七條玲はまた日常用車いすに乗り換えると、百花と小田切にスマートフォンを見せた。

「二人の写真撮ってもいい？　できたらツイッターにアップしたいんだけど」

「え、わ、わたしなぞを……!?」

「自分はけっこうです、山路だけ撮ってください」

「二日目の試合中にヴィンスの車いすが故障した時、二人がコートに入って修理したでしょ？　あの写真も撮ってあるの。並べてのせたいんだ。車いすを作ったり直したりしてくれるエンジニアのこと、まだ知らない人たちに知ってほしくて」

こう言われては小田切も断れなかったらしい。無表情の小田切の隣に、百花も緊張のあまり笑顔を引きつらせながら並んで、それを七條玲は「いいよー、二人ともキャラがにじみ出てる、はい撮りまーす」とおだてながら撮影した。

『大会中、車いすの修理をしてくれる藤沢製作所のエンジニアさんたち。車いすはわたしたち選手の「足」なので、二人がいてくれて心強いです』

そんな文章と一緒に投稿された写真を、百花は七條玲のスマートフォンで見せてもらった。小田切と二人で並んだ写真は両方とも表情が硬すぎて微妙だったが、試合中に故障したデクレールの車いすを修理している一瞬を捉えた写真は、自分でも新鮮だった。スカイブルーのポロシャツを着た小田切が真剣そのものの目つきでドライバーを握り、そのかたわらでやはり真剣な横顔の自分が車いすのクッション部を支えている。

告白すると百花も七條玲のフォロワーで、彼女のこんな写真付きの投稿は毎日のように見ていた。ジャパンオープンが始まるとツイートはいつもより頻繁になり、その中には確かに彼女自身を写したものもあるのだが、じつはそれよりも、ほかの選手や大会の様子をとらえた写真のほうがずっと多い。

ラウンジでお茶をしながら何やら大笑いしている女子選手たち。バナナを食べているところに声をかけられて目をまるくした男子選手。にわか雨に見舞われた試合で、自分は濡れながらも選手に傘をさしかけるボールパーソン。真剣な顔で何かを話し合う運営スタッフ。三國智司に握手をしてもらえて、大はしゃぎの車いすのちびっこたち。

試合結果を見るだけでは知ることのできない選手たちの飾らない素顔や、大会を運営するスタッフたちの献身的な姿、そんなものが生き生きと写し出されていて、彼女の撮った写真を見ると、自然と笑みがこぼれるのだ。

「じゃあ、ありがとう。戻ります」

ラケットバッグを競技用車いすに積み直した七條玲は、小田切とナチュラルに握手をした。さすがは世界を飛びまわるトッププレイヤーだ。と思っていると七條玲はにっこり笑って百花にも手をさし出し、百花はあわてて作業服の裾で手のひらをごしごし拭った。女王陛下の手をとるような畏れ多い気持ちで握手をして、あ、と思った。

ガサつき、厚くなった手のひらの皮。宝良の手もこんなふうに硬い。一日に何時間もラケットを握り、ハンドリムをプッシュし続け、その摩擦で手の皮が傷ついてまた再生する。そのくり返しによって、手の皮膚が鎧を作るように厚く硬化するのだ。

けれど七條玲の手は、宝良の手よりも猛々しく、硬かった。まるで松の幹みたいだ。いったい、どれほどの時間を車いすテニスについやせば、こんな手に——

あのね、と七條玲が言った。

「ここに来る前、第9コートのぞいてきたんだけど、第1セットはローラが取ってた。ローラはワールドチームカップの決勝で戦ってから、ずっと君島さんのこと気にしてたから気合いがすごいの。君島さん、第1セットはそれで押し切られたみたい」

「……そう、ですか」

「でも、第2セットは君島さんらしくなってきたから、大丈夫だと思う」

え、と声をこぼす百花に、七條玲は艶(あで)やかに微笑した。

「明日はね、君島さんと戦うことになるんじゃないかなって、楽しみなんだ」


覚悟はしていたが、ギーベルとの準々決勝は恐ろしい持久戦になった。

前半はそれぞれサービスゲームをキープし続け膠着(こうちゃく)状態だったが、第9ゲームにきて集中力の高まってきたギーベルがこちらのサービスをブレーク。これはいかんと必死でブレークバックし、その後はまた両者キープで、なんとか粘ってタイブレークに持ちこんだ。しかし競って、競って、競り合った末に「12−10」でギーベルにセットを取られた。これにはくやしさのあまり吐き気がした。

プレイヤーとしてのセンスと力量は断然あちらのほうが勝っていて、こちらの対抗策は「とにかく粘って食らいつく」ということしかない。

第2セットは、第1セットをとって心理的に余裕ができたギーベルが、志摩にも警告されたスライスを中心にして、低リスクのベースライン後方からじわじわと攻める戦法に出た。こっちは右に左に振られながら、歯を食いしばって何とか球を拾い、隙あらば前に打って出た。これが功を奏した。ドライブボレーが続けて決まり、4−4のタイになった時、ギーベルも風向きが悪いと見たらしい。再び攻勢に出てきた。そして二人で嫌になるほどデュースをくり返しながらブレークし合い、再び6−6でタイブレーク。今度はこっちが死ぬ気で攻めて「9−7」でセットを取った。むしり取った、と表現したほうがいいかもしれない。

そして勝負の第3セット(ファイナル)。

「フォルト！　0−30(ラブ・サーティ)」

セットの頭のサービスゲームで、ギーベルはダブルフォルトを出した。しかも二回続けてだ。前日の作戦会議の時に、志摩が言った言葉がよみがえった。

『ギーベルがフォルトを出し始めたら畳みかける合図だ。一気呵成に攻め込んで、ゆさぶって、ポイントもぎとる』

第3セットが始まった時点で宝良もリムをプッシュする手が痺(しび)れるほど疲労していたが、ギーベルもそれは同じだったのだろう。いや、優勢をくつがえされて第2セットを取られた分だけ、精神的消耗は彼女のほうが大きかったのかもしれない。

何にせよ、今が攻め時。

再びギーベルが右サイドのサービスポジションについた時、宝良はリムに手をかけながら全視神経を集中させてギーベルのトス、フォームを凝視した。ギーベルも今はサーブが決まらないことに内心焦っているはずだ。もうこれ以上は外せない。それならどうする？　――自分のもっとも信頼できる球を選ぶだろう。

スライスサーブ。そして右サイドのサーブならおそらくはセンター狙い。

リムを押してとび出すと同時に、ギーベルがうなるような気合いの声とともにサーブを打ち下ろし、予測どおりの位置に球が飛来した。

低い弾道で空中を滑るように飛んだ球は、着弾してから軌道を変える。だがタイミングが完全にかち合い、どんぴしゃの打点を捉えた。だがこれはただ返しては意味がない。一撃必殺。ギーベルがさわることすら叶(かな)わない最高のショットでなければ。

サーブに追いつかれたのを見て、ギーベルがより守備範囲が広くとれるベースラインの中央へ動くのが視界の端に見えた。それでコースは決まった。

たった今ギーベルがいた右サイド、それもコーナーをつくバックハンドの最速直球。

「0―40(ラブ・フォーティ)」

リターンエースが決まり、思わず小さくこぶしを握った。ネットの向こうのギーベルは明らかに表情が硬化していた。結局その後のサーブもフォルトになり、第1ゲームは宝良がブレークした。

続く第2ゲームから第4ゲームはそれぞれがサービスゲームをキープした。第3ゲームでサーブを立て直したかに見えたギーベルは、第5ゲームで再びフォルトを続けた。

まだ完全に立ち直ってはいない。それなら今のうちに徹底的に叩く。

「ゲーム君島　君島リード　4－1（フォー・トゥー・ワン）」

ギーベルのサービスに強気のリターンでプレッシャーを与え続ける作戦が功を奏した。2ゲーム連取、そして二度目のブレーク。このままセットを取るまで攻め立てる。奮い立ちながらコートチェンジにともなう九十秒間のインターバルに入ろうとした時、ギーベルが低い唸（うな）りをもらしてラケットをコートに打ち下ろそうとするのが目に入った。

ワールドチームカップ決勝の時にも、ギーベルはラケットでコートを叩くことを何度かやっていた。とくに自分が劣勢に立たされた時はミスをするたびに何度も。

けれど、今のギーベルはラケットの先がコートにふれる寸前で止め、まるでラケットに謝るように、そっとガットの乱れを直した。

去年の全日本マスターズで完全に打ちのめされ、そこからまったく勝てない泥沼に嵌まってから、必死に自分と戦ってきた。

焦る自分。恐れる自分。感情を制御できない自分。逃げようとする自分。そんな自分と今この時も戦っている。そしてきっと、それはギーベルも同じなのだ。弱い自分から目をそらさず、乗りこえるために、歯を食いしばりながら戦っている。

そして同い年にして世界ランキング3位を誇るブロンドの頑固者は、やはりただ者ではなかった。

「ゲーム・ギーベル　君島リード　4―3（フォー・トゥー・スリー）」

3ゲーム差をつけたはずが、あれよあれよと2ゲームを連取されて一瞬で差を詰められた。コートチェンジの前の休憩でベンチに戻り、宝良はドリンクを流しこんだあと、痺れて小さく震える両手をペットボトルを握って冷やした。毎日、何時間もハンドリムで摩擦されて厚く丈夫になったはずの手のひらが、赤く擦れて熱を持っている。試合が終わる頃には皮が剝けるかもしれない。

けれどそれはギーベルも同じだ。ここで終わるわけにはいかない。もっと先へ進むのだと、ただその一心で、同じ痛みに耐えながら走っている。

だから先にくじけるわけにはいかないのだ。

「ゲーム君島　君島リード　5―3（ファイブ・トゥー・スリー）」

次のサービスゲームはかろうじてキープできた。ギーベルはもう完全にメンタル面は持ち直したようで、反応速度が上がってきている。ここで何とか食い止めたい。

「ゲーム・ギーベル　君島リード　5―4（ファイブ・トゥー・フォー）」

だが食い止めたいという気持ちが却（かえ）って身体を固くさせたのか、続くギーベルのサービスはまったく歯が立たなかった。ギーベルのサービスゲームこそを叩かなければならないのに。それだけではない。

「ゲーム・ギーベル　5―5（ファイブ・オール）」

ここに来てまさかのブレークをゆるしてしまった。一時は3ゲームもリードしていたのに、ここに来てタイ。互いのゲームスコアが「5」になったここからは、たったひとつのミスが命取りになる。

第11ゲームはギーベルのサービス。勝負が差し迫ってきて緊張が出たのか、またギーベルがフォルトを出すようになった。それでもギーベルは持ちこたえ、セカンドサーブは確実に入れに来たが、どうしても思い切れずに球は甘くなる。その球を全力で叩いた。その甲斐(かい)あって、散々デュースをくり返した末にブレーク。これで1ゲームリード。

続く第12ゲーム。このゲームをキープできればこちらの勝ちになる。反対にギーベルに取られたら、体力が残り少ないこちらはいっきに不利になる。

「デュース」

「アドバンテージ君島」

「デュース」

「アドバンテージ・ギーベル」

「デュース」

何度も主審のコールがくり返される。ラリーをどちらが先に落とすか競り合っていた時、汗が目に入った。痛みに思わず目を閉じた瞬間コントロールがくるい、アンパイアが「アウト!」と鋭い声を響かせた。

「アドバンテージ・ギーベル」

歯を食いしばり、手の甲で汗をぬぐう。苦しい。暑い。手が痛い。早く決着をつけたい。脳みその周りに小さな羽虫のように飛び交う雑念を、自分の頬を叩いて追い出す。そして、ネットの向こうのギーベルをにらむ。

そこをどけ。

ここで終わるわけにはいかない。勝ち進めば、次の相手は彼女だ。

私をあの人と戦わせろ。

フォルトになるならなれという覚悟で渾身のサーブを打ち込んだ。エース。しかし次はギーベルが小憎らしいほどのリターンを返してきた。それをさらに打ち返す。相手も強打してくると思ったら、ふわりとドロップショットを落とされて膝をこぶしで叩く。してやられた腹立ちを球にこめてサービスエース。さらに続けてドロップショット返しをお見舞いする。走って走ってぎりぎりで間に合わなかったギーベルが、ものすごい目でにらみつけてきた。癪にさわるのはお互いさまだ、このブロンドヤンキーめ。

次の会心のサーブを、疾風のように走りこんだギーベルがすさまじい鋭角ショットで叩き返してきた。かろうじて追いつき打ち返したが、コート外に追い出された。ギーベルはさらにスピードを上げてコートを前進し、がら空きのこちら右サイドに照準を定めてラケットを振り上げる。決められる、間に合わない。

すさまじい速さで飛んでいるはずなのにスローモーションのように目に焼きついた黄色の球が、ネットに引っ掛かり、一瞬静止したあと、ギーベル側コートに落ちた。

「ゲームセット・アンド・マッチ君島　ツーセッツ・トゥー・ワン　6－7（シックス・トゥー・セブン）　7－6（セブン・トゥー・シックス）　7－5（セブン・トゥー・ファイブ）」

主審のコールと歓声が響くなか、うれしさよりも、もうこれで走らなくていいという安堵から宝良は脱力した。本当に、冗談抜きでしんどかった。

握手のためにネットの中央に車いすを走らせると、ギーベルも肩で息をしながらやって来た。こちらも相当に疲れた様子だ。手をさし出すと、ギーベルもヘーゼルの瞳をこちらにまっすぐ据えて、固く手を握り返した。

しかし、一秒がたっても、二秒がたっても、手が離れない。

「あの、痛いんだけど」

「連絡先を教えてもらってない」

「……は？」

「レイやリョウコはとっくに教えてくれたのに、あなたは連絡先を教えてくれてない。連絡できれば遠征先でも練習しやすいのに。ワールドチームカップの時も声をかける前にさっさとどこかに行ってしまった」

それはギーベルに敗けたのが吐くほどくやしかったからだ。——まさか、朝食の時にいきなり喧嘩を吹っかけてきたのはそういう理由だったのか？

「……わかった。あとで教える」

「来月のワールドチームカップでは絶対に敗けない」

宣言して手を放したギーベルは「Good luck.」と小さな声で祝福を贈ってくれた。

4

『車いすテニスジャパンオープン3日目　日本勢3名が4強入り
福岡県飯塚市にて行われている車いすテニスジャパンオープン3日目、男子シングルス準々決勝では世界ランク1位の三國智司（35歳＝東洋自動車）が同6位のハビエル・バンデラス（アルゼンチン）を6－4、6－3で下し、ベスト4に進出した。同9位の笹本優（32歳＝ＭＩ航空電子）は同3位のクリス・エヴァンス（英国）に6－7、6－7で敗れた。十五日準決勝では三國とエヴァンスが対戦する。
女子準々決勝では世界ランク1位の七條玲（24歳＝ＪＡＮエアラインズ）が同5位のカリン・ファンケンベルク（ドイツ）に6－0、6－0で圧勝。女王の貫禄を見せつけ大会6連覇へ向けて前進した。
また世界ランク13位の君島宝良（23歳＝ＳＣＣトレーディング）が同3位のローラ・

ギーベル（オランダ）を6−7、7−6、7−5の激闘の末に下し、ノーシードながら自身初のベスト4入りを果たした。君島は二回戦で破った同9位の最上涼子（26歳＝グリーンワークス）とともに東京パラリンピック出場が期待されているが、昨年末から不調が続いていた。

十五日の準決勝では七條と君島が対戦。常勝の《女王》と復活した《新鋭》の日本勢対決に注目が集まる』

スマートフォンでニュース記事を読み終えた百花は、疲れた目を揉みながら枕もとに小さな機械を置いた。最初はうまく眠れなかったビジネスホテルのシングルベッドも、連泊四日目ともなると寝心地がすっかり身体になじんだ。

三日目の全試合が終了し、小田切と夕食をとってホテルに戻ったあと、歯みがきとシャワーをすませてからジャパンオープン関連のネット記事を探した。オリパライヤーの今年はパラスポーツにも注目が集まっている。それならアジア最高峰のジャパンオープン、ひいては宝良の記事も出ているのではないかと思ったのだ。

結果は予想以上だった。ジャパンオープンについては、パラ関係の媒体はもちろん、一般紙の電子版でも詳細にとり上げられていた。中でも注目されているのが準決勝進出を決めた宝良だ。ノーシードから世界3位の強敵を破って4強入りしたこと、さらに準決勝の『日本勢対決』『女王への挑戦』という要素が大きくとり上げられている。

『明日はね、君島さんと戦うことになるんじゃないかなって、楽しみなんだ』

あの人が言ったとおりになった。

明日、宝良は戦うのだ。これまで幾人ものプレイヤーを薙ぎ払ってきた女王と。

百花はまたスマートフォンをとり上げた。時刻は夜九時をまわったところ。明日の準決勝は第1コートの第1試合、朝九時半からプレーとなる。宝良は試合の五時間前には起床してコンディションを整えると言っていたので、もう明日に備えて休んでいるかもしれない。今から連絡するのは迷惑だろうか。

それでも、明日は応援に駆けつけることができない分、エールを送りたい。

もう十分がんばっている相手にがんばれというのはおかしいだろうかといろいろと迷った末に、百花はメールアプリでひと言だけ言葉を送った。

『ご武運を』

宝良はメールをスルーすることもよくあるので、こちらの気持ちが届けば十分という気持ちでスマートフォンを枕もとに置いた。しかし一分もせずに「ピロリン」と受信音が鳴ったので、百花は意表をつかれてスマートフォンをまたとり上げた。

『早く寝ろ』

宝良らしい、素っ気ないひと言。百花は笑ってスマートフォンを置いた。まだちょっと早いが、言われたとおり休むことにする。布団を引き上げ、ベッドサイドの明かりを消しながら、大丈夫、と自分に言い聞かせるように唱えた。

たーちゃんは、絶対に大丈夫。


『ご武運を』

というメッセージを見た時、時代劇か、と横になったまま呟いた。どうせ「もうがんばってる相手にがんばれと言うのはよくない」とか悩んだ末の奇妙な激励なのだろう。自分も仕事があるのだから自分のことだけ考えていればいいものを。

『早く寝ろ』

そして宝良はスマートフォンを置いて目を閉じたが、百花は枕をどうしているんだろう、とまた目を開けた。中学三年の修学旅行で「この枕じゃないと寝れないの」と百花が荷物にマイ枕を入れていたのが強烈な思い出なのだが、百花も今はホテルに連泊しているはずで、すると百花は今回もマイ枕持参で来ているのだろうか。いや。さすがにもういい歳だし、まさかそんなことは——って、そんなことはどうでもよくて。

眠れない。

今日のギーベルとの一戦で身体は疲れ切っているのに、脳がずっと点滅をくり返す信号機のように動き続けている。こういう時、眠ろう、眠らなければと思うほど逆効果になることを経験的に知っているので、宝良はため息をつきながら上体をひねり、時間をかけて身体を起こした。ギーベルとの一戦で酷使した肩や腕の筋肉は志摩がアイシングと低周波治療器で念入りにケアしてくれたので、だいぶ楽になった。

非常時でもすぐに動けるようベッドサイドに停めていた日常用車いすに、スエットのまま乗り移ってパーカーをはおる。黒のスエットはトレーニングウェアに見えないこともないので大丈夫だろう。宝良は靴下と靴をはいてから、部屋の外へ出た。

エレベーターで一階まで下り、フロントに詰めているスタッフと軽く会釈を交わしてから自動ドアの外に出た。ゆるいスロープを下る途中、涼しい夜風が肩にたらした髪をゆらした。――風に水っぽい匂いがまじっている。そういえば天気予報でも明日は雨が降るかもしれないと言っていた。

街灯がぽつぽつと灯るばかりの、ひと気がない夜道を車いすで進む。昼間の試合も、拍手や声援や喧騒(けんそう)も、全部が夢だったような気がしてくるほど何の音もない。

巨大な掲示板や審判の本部席、総合受付のテントなどが並んだ広場まで来た宝良は、ぎくりとして車いすを停めた。

人影があった。メインコートのフェンス前に車いすを停めて、夜空を仰いでいるシルエット。じょじょに目が慣れてきて、それが誰なのか気づいた時、相手のほうもこちらに気づいたようだった。

「……あれ？　君島さん？」

目をまるくする七條玲は、パーカーに髪をたらして、こちらと似たり寄ったりの恰好をしていた。そういう服装のせいか、それとも夜の暗さのせいか、今の彼女は見ていてどこか心もとない気持ちにさせた。名だたる大企業のスポンサーロゴをつけたウェアを身に着け、コートに立った彼女は、あれほどの存在感を放つのに。

「こんな時間にどうしたの？　あ、ひとり肝試し？」

「どうして試合の前の晩にわざわざ肝を試さなきゃいけないんですか」

「わたしはね、アイスが食べたくなったから一階の自販機まで来たんだけど、食べたいアイスが売り切れでやりきれない気持ちになったから星を見てた」

星？　空を仰ぐと、確かにやや雲の多い夜空に、ぽつぽつと銀色の光の粒が見えた。

そういえば星なんてしばらく見てなかったな、とぼんやり思っていると、ふわりといい匂いが鼻をかすめた。隣を見ると、七條玲がこちらの肩に頭をのせるくらいに接近して自撮りの位置にスマートフォンをかまえていた。

「近いんですが！　そしてなに勝手に撮ろうとしてるんですか！」

「あっ、その怒った顔、ストーリーがあってすごくいい。はい、そのままそのままー」

「舐めてるんですか……！」

カシャ、と呑気なシャッター音が響き、怒る気力も根こそぎ失せた。「ねえこの写真、ツイッターに」「もうどうにでもしてください」と投げやりに答えると、七條玲はご機嫌でスマートフォンを操作し、作業が終わると液晶画面をこちらに向けてきた。

『夜の散歩をしていたら、ひとり肝試し中の君島さんと遭遇！』

そんな一文の下に無邪気な笑顔の彼女と、彼女に噛みつかんばかりの顔を向けている自分の写真がくっつけられている。そして投稿直後から矢印マークやハートマークの横の数字がくるくるとものすごい勢いで増え出した。

『ひとり肝試しってw』『君島さん、めっちゃ怒ってるけど何があったの』『対決前夜でも仲のいい二人が尊い』『お二人とも夜はまだ冷えますから風邪など召されませんよう』『明日どっちも勝ってほしいけど、やっぱレイちゃんが好きだ、がんば！』

こんなコメントもひっきりなしに通知される。中には外国語のコメントもあった。こんなにも多くの人々がリアルタイムで彼女が発信するメッセージを受けとっているのか。本当に愛されてるんだな、とぼんやり思っていると、

「やっぱり君島さん、ちゃんと広報活動したらいいのに。そうしたらみんな君島さんのこと好きになると思うよ」

と七條玲が言った。冗談かと思いきや、相手は大まじめな顔をして続けた。

「やり方がわかんないなら今ここでアカウント作ってあげようか？　ちょうど『日本勢対決！』って騒がれてるところだし『君島宝良です。明日は七條をぶっ倒します』って

ツイートしたら話題になると思うよ。君島さんならすぐに人気出るだろうし」
──また「話題」とか「人気」とか。
喉にじわりと苦いものがこみあげる。まるで清廉潔白と信じていた人間が金勘定して
いるところを目撃してしまったような、ひどく嫌な気分。
何より、こちらは彼女と再び戦うために死ぬほど苦しいギーベルとの一戦を勝ち抜い
たのに、彼女にとって明日の準決勝は話題になる何かのひとつにすぎない。互いの温度
のあまりの違いを見せつけられて、心臓に穴があいた気がした。
「そんなに人気者になりたいんですか？　ずっとスマホいじって写真ばっかり撮って、
いいねだかリツイートだか知りませんけど、他人からチヤホヤされるのがそんなに好き
なんですか。私たちはテニスプレイヤーじゃないんですか。プレイヤーはテニスでこそ
存在を示すものじゃないですか」
自分でも思ってもみないほど声が荒くなった。何を好こうが、何をしようが、彼女の
自由だ。わかってる。わかってるのに。
七條玲は、きょとんとまばたきをした。
「わたし、もうわりと人気者だと思うし、テニスもがんばってるけどな？」
「──そうですね、あなたはみんなに愛されてるし誰もあなたには敵いませんねっ」
「チヤホヤっていうかね、見てほしいんだ、わたしたちを。世界中の人たちにこっちを

向いて知ってほしい。ひとりでも多く、一秒でも長く、わたしたちがどんな人間で、どんなふうにテニスをして、どんなふうに生きてるかを」

雲が流れ、星が隠れる。彼女の横顔は、昼の印象を裏切ってひどく静謐だった。

「東京パラリンピックの開催が決まってから、取材の依頼とか、講演の依頼とか、そういうのすごく増えたの。CMとかテレビ番組もけっこう出たよ。いつもならパラリンピックなんてオリンピックに比べてほんのちょっとしかテレビで放送されないし、チケットだってそんなに売れないのに、パラリンピックのほうにもこんなに注目が集まるってすごいよね。自国開催っていうだけでここまで違うんだって驚いた。それでいよいよオリパライヤーになって、最高潮っていうくらいみんな熱心になってる。ほら、文化祭の前、みんなで力を合わせて盛り上げようってワイワイがんばってるあんな感じ。それはいいことだと思う。すごくね。でも、お祭りはいつか終わるから」

彼女の小さな横顔に、すべて悟っているような微笑が浮かんだ。

「東京パラリンピックが終わったら、このワイワイやってるのもしぼんで、小さくなって、いつかは消えちゃうだろうから。だからその前に、大きな流れが起こってる今のうちに、たくさんの人にわたしたちのことを知ってほしい。今は車いすテニスっていうスポーツがあることすら知らない人も多いだろうけど、わたしたちが『おーい』って手をふったら、わたしたちのことを知って、手をふり返してくれる人も、その手を貸してくれる人もいるかもしれないでしょ。だってね、わたしほんとに大好きなんだよ。みんな障がいとかそっちのけで、一年じゅうテニスのことばっか考えてるテニスばか。試合に敗けてギャン泣きしたり、『俺のマシン超クールだろ?』って車いす自慢大会したり、表彰式の撮影であられもなく変顔したり、みんな最高に面白くてチャーミング。そういうわたしたちを、障がい者じゃなくて人間のわたしたちの姿を発信したら、お祭りが終わったあとでも、応援してくれる人が残るかもしれない。自分も車いすテニスがしたいって思う子たちが増えるかもしれない。そういうのがひとつひとつ集まって積み重なったら、変えられるかもしれない」

「……変えるって、何をですか?」

水の匂いのする風が吹く。その風に髪を遊ばれながら、七條玲はしばらく華奢な顎を引いて沈黙した。

「君島さんは、車いすテニスを始めたきっかけって何?」

「……友達が勧めてくれて、それから本格的な試合を見て、やろうと決めました」

「そっか。わたしはね、生まれてからしばらくは何とか歩けてたんだけど、小学四年生の時にとうとう自力歩行ができなくなって、車いすになったの」

七條玲の公表されている障がいは、先天性二分脊椎症(にぶんせきつい)という。胎内で育つ間に何らかの理由で背骨の形成が不完全になり、本来骨のトンネルの中で守られているはずの脊髄神経が外に出てしまう。それによって神経の癒着や損傷が起こり、その障がいの形態や程度は人によって本当にさまざまだが、彼女の場合は成長とともに歩行機能を失った。

「昔のわたし、かなり泣き虫で引っ込み思案でね。ただでさえみんなみたいに歩けないって泣いてばかりだったのに、車いすになってからは完全に引きこもっちゃって」

「……一マイクロメートルも想像できないです」

「でしょ。それが変わったのは、リハビリセンターで知り合った三コ上のおねえさんが車いすテニスに誘ってくれてから。最初はテニスが好きっていうより、友達ができたことがうれしかったの。彼女はすごく上手だったから、置いてかれないようにしなくちゃって必死に練習した。その人、ちょっと君島さんに似てたんだ。キリッとした美人で、強くてやさしくて、わたしのヒーローだった。女子だけど」

彼女の横顔がほころぶのを、流れ星を目撃したような心地で見ていた。高みに君臨する存在として見上げるばかりだった彼女に、初めて同じ人間の温度を感じた。

「でも、その人は中学二年になった時、親の転勤で地方に引っ越すことになった。別れる時に『玲、テニスがんばってね。私もがんばるから』って言われて、わたし、本当にがんばったよ。車いすテニスを続けていれば、いつかどこかの大会で彼女と会えるかもしれないって思ったから。それからだんだん試合で勝てるようになって、ランキングも上がって、そのたび彼女には報告の手紙を送ってた。最初は彼女も『すごいね』『私もがんばってるよ』って返事をくれてたけど、だんだん途切れがちになって、一年が経つ頃に『もう手紙はいらない。これからもがんばって。さようなら』って手紙が届いた。彼女とはそれきり。――本当はね、彼女は引っ越したあと、もう車いすテニスをしてなかったんだ。してなかったって、別にサボってたわけじゃないいんだけど」

「わかってます。テニスに心底入れ込んだ人間が、簡単に離れられるわけがない」

当たり前のことを言ったつもりだったのだが、七條玲は目をまるくすると淡く笑った。見ているこちらの胸が小さく痛むような笑顔だった。

「そうなんだよね。彼女は続けたくても続けられなかった。当時はまだ三國さんが北京パラリンピックで金メダルを獲る前で、車いすテニスなんて知ってる人はほとんどいなかった。テニスクラブは日本全国にたくさんあっても、車いすテニスを教えてくれるところはアイスにのってるミントの葉っぱくらい少ないし、地方ならもっと状況は厳しい。あとで彼女の親御さんから聞いたけどね、それでも彼女は近所のテニスクラブとかサークルをまわって、車いすテニスをさせてもらえないかって頼んだらしいんだ。でも『うちはそういう特殊なテニスはやってないから』とか『何かあった時に責任をとれないから障がい者は受け入れられない』って断られて、断られるばっかりで、彼女は動けなくなった。そこに『ランキングまた上がったよ』とか『アメリカに行くことになったよ』とか無神経な手紙送りつけられたら、それは嫌にもなるよね。これ、もし時間が戻せたらやり直したいことベスト1なんだけど」

七條玲の声は普段どおり軽やかだったが、胸中までそうではないのはわかった。

その彼女の話は決して他人事ではない。自分の場合は雪代という心から尊敬する師がいたから、車いすテニスをすると決めた時も何の迷いもなく彼のもとへ行き、雪代もそれを受け入れてくれた。それが極めて幸運なことだったと知ったのは、雪代と山中にこもって荒行するような一年をすごし、公式戦デビューを果たしたあとだ。

七條玲が言うように、車いすテニスができる環境は全国どこにでもあるわけではない。指導者について車いすテニスをするために私財を投げ打って都市部に引っ越したという選手も知っている。日本人プレイヤーが歴史に刻印される偉業を成し遂げ、車いすテニスへの認知が広まり始めた現在ですらそんな状況だ。十数年前の日本ならもっと環境は困難だっただろう。ましてや、十代前半の少女では、それに抗(あらが)うのはあまりに酷だ。

「——ねぇ、君島さん」

秘密を打ち明けるようなひそやかな声が、そっと夜の静けさをゆらした。

「わたしの夢はね、全国にたくさんあるテニスクラブのどこでも、車いすテニスができるようになること。ちょっとうまく歩けないだけの子が、たとえばテレビで見たウィンブルドンに憧れたり、めっちゃ面白いテニス漫画を読んだりして『テニスがしたい！』って思ったら、家から一番近くのテニスクラブで、普通に車いすテニスができるようになること。どのクラブの人たちも『あ、君は車いすなんだね。オーケー、おいで』って普通に受け入れてくれること。その子がめきめき上達して、パラリンピックに出たいっていう夢を持ったら、その子がぴったりの競技用車いすを作るために、少しでいいから援助してくれる人たちがいること」

　雲に覆われた夜空を、そこに小さな光を見出そうとするように見つめる彼女の一心なまなざしに胸をつかれた。夜風がまた、彼女の髪を梳いていく。

「ほとんど誰にも知られてない原っぱみたいだったところを、三國さんがずっと住みやすい小さな街にしてくれた。でもね、わたしは欲張りだから、まだ足りないの。もっともっとわたしたちの街を大きくして、足りないものを『普通』にしたい。そのためにも日本中、世界中の人に見てもらいたい。車いすテニスとわたしたちに興味を持ってほしい。手を貸してほしい。みんな強い人が好きなのは知ってる。勝てば勝つほど協力してくれる人が増えるのはわかってる。だから、わたしは勝つ。勝ち続けられるだけ勝ち続けて、東京パラリンピックでも、必ず金メダルを獲る」

　——この人は、本物の女王だ。

　車いすテニスというまだ小さな王国を愛し、そこに暮らす民を愛し、これから生まれるまだ見ぬ子供たちを愛し、彼らのために自身の責務を果たそうとしている。

　そして女王がこちらを向く。もういつも通りの、人を魅了する明るい笑顔で。

「明日の準決勝、けっこうネットとか新聞で騒がれてるみたい。君島さん、見た？」

「……いえ、外野が何を言おうと興味ないので」

「ふは、ほんとに君島さんブレないね。でも『日本勢対決』とかそういうのは好きな人が多いから、明日は試合を見に来てくれる人がたくさんいると思う。だからね、見てる人が『車いすテニスって面白いな』って夢中になれる、いい試合にしたいんだ。全日本マスターズの時みたいに、あっという間に勝負がついちゃうのは嫌だよ」

微笑する瞳の奥にぞくりとするような凄みが見えて、小さく息を呑んだ。

だが息を呑んだままではいられない。たった今、いきなり頬を叩かれるように、宣戦布告を受けたのだ。

「約束はできません。あなたが、あっという間に敗けることだってあるかもしれない」

虚勢ではあっても目だけはそらさず、投げられた手袋を投げ返した。

風に髪をなびかせながら、なぜか女王は、とても満足そうにほほえんだ。

「おやすみ。明日、楽しみにしてるね」

車いすを方向転換させた彼女は、身軽に脇をすり抜けて、闇の向こうに消えた。

第四章

1

ジャパンオープン四日目。

スマートフォンのアラームで朝四時半に目を覚ました宝良は、いつもの手順で身体を起こしてから、まずバスルームに向かうために車いすに乗り移った。そして移動の途中閉め切っていた窓の遮光カーテンを開いて、息を呑んだ。

空一面の朝焼け。

日の出にはまだ時間があり、このホテルが建つ丘を囲む山々の輪郭も、木々の枝葉も、影絵のようなシルエットにしか見えない。しかしそんな色彩に乏しい地上とは真逆に、天空はむせ返るように強烈なオレンジ色に染まっていた。とくに、じきに太陽が姿を現す東の方角は、活火山の火口をのぞいたように紅い。

闘争し合うこの世の生物の血なまぐささを暴き立てるような、まがまがしい、しかし美しい朝焼けだった。

身体をすくませて紅の空に見入っていた宝良は、笑みをもらした。血みどろになるに違いない戦いの日の朝に、これ以上ふさわしい空はない。

熱いシャワーで身体を覚醒させたあと、水分補給をし、軽いストレッチをした。いつも通りの力が出せるよう、いつも通りのことを淡々と行う。食堂に移動し、炭水化物を中心とした腹六分目程度の朝食。その後、ラケットやウェアの着がえ、ドリンクやエネルギー補給のための携帯食などの荷物を整え、忘れ物がないことを確かめてから、競技用車いすにバッグを積んで一階のロビーに向かった。

志摩はもう先に来ており、宝良に気づくと「おはよ」と手を上げて合図した。

「……志摩さん、顔やつれてるんですけど。ちゃんと寝たの？」

「え、寝たよ？　もう爆睡。大爆睡」

やたらとはきはきした志摩は顔色もあまりよくなく、明らかに睡眠不足だ。宝良はため息が出た。コーチが選手より緊張してどうする。

敷地内にあるフィットネス施設に向かい、まずは身体を温める軽い運動。さらに二十分程度かけて十全に身体の筋を伸ばしていくストレッチ。その後はコートでチェアに乗り、走りこみ。ハンドリムを使わない手放しの走りこみも行う。身体を傷めないようにじっくりと筋肉を刺激していき、それが完了したら、志摩と軽いラリー、サーブの練習、その他もろもろの最終確認。

そうして時間をかけてウォームアップを行っていると、あっという間に数時間が経過し、試合開始の刻限が迫った。

　今日の準決勝は第1コート。メインコートの中でも、各クラスの決勝が執り行われるコートだ。そこで朝九時半から試合が開始される。

　インドアコートを出て、第1コートへ向かう時、志摩が嚙みしめるように言った。

「ここまできたら、勝ちたいな」

　宝良は、志摩をちらりと見てため息をついた。――何をぬるいことを。

　車いすを停めると、志摩も「どうした？」と目をまるくして立ち止まる。その志摩に、宝良はリムを操作して真正面から向かい合った。

「勝て。そう言って。それだけでいい」

　コーチと選手の関係になるなんて考えられもしなかった一月の後半。そこから自分は志摩を信頼すると決め、志摩は自分の最大の力を引き出すと約束し、その後の三カ月間を自分たちはこの世の誰よりも近く濃密に共有してきた。本当に宝石になるかもわからない原石を、少しずつ懸命に磨くようにすごしたその時間は、勝利を誓うに値するものであったはずだ。

　目をみはっていた志摩は、表情を引き締め、強く声を張った。

「勝ってこい、君島宝良。あんたはいずれ世界を獲る女だ」

　――最後のひと言は予想外で、でもなかなか気に入った。

唇をほころばせながら、志摩がまっすぐ伸ばした右手に、宝良は思いきり自分の右手を叩きつけた。

ジャパンオープン四日目早朝、百花は小田切と朝食を終えたあと、レンタカーに乗りこんで飯塚市内のホテルを発った。いいづかスポーツ・リゾートまでの道のりはもう慣れたものだが、藤沢製作所第二工場のエースと大切な備品にもしものことがあってはならない。今日も事故を起こしたら切腹する覚悟で安全運転に努めた。

会場に到着したら、インドアコート横のリペアテントに持ち帰っていた備品を運びこむ。これも慣れた作業なので、これまでで一番早く荷物の搬入は完了した。

「これで全部か」

「はい、全部です」

「そうか。なら、行ってこい」

長い指をテントの外へ向けた小田切がどこへ行けと言っているのか、説明されなくてもわかった。わかったからこそ、百花は唇を引き結び、両足を踏ん張った。

「わたしは、友達を応援するためにここに来たんじゃありません。藤沢のエンジニアとして経験を積むために来ました。そういう甘やかしは無用に願います。そんな気持ちで仕事をしてはいません」

「仕事はこれからいくらでも教える。リペアの経験もこれから何度でも積むことはできる。けど彼女の今日の試合は、たった一度きりだ」

　小田切はひたりとこちらを見て続けた。

「これは決しておまえを甘やかすつもりで言ってるんじゃない。新しい車いすを作るために面談した時、彼女は『変わらなければならない』と言っていた。ここ三カ月の試合を見れば、本当に必死で一から自分のテニスを積み直してきたんだと思う。このジャパンオープン、とくに今日の準決勝は、彼女にとって今後のプレイヤーとしてのあり方を決定づけるような意味を持ってるはずだ。だからおまえが見ていてやれ。——勝てないと言うつもりはない。ただ七條玲は、やはり別格なんだ。誰も何もしてやれない。それでも、声援が苦しい時の力になることはある」

　胸がつまって、しばらく言葉が出なかった。

　本当は、朝からずっと駆けつけたかった。何もできなくてもせめて声援を送れたらと思っていた。宝良が本当はずっと必死だったこと、苦しんで苦しんでもがくようにここまで来たことを知っていたから。でもそんな考えは友人と仕事を切り分けられない自分の甘さだと思い、気持ちを押し殺していた。けれど今、小田切は、それはまちがっていないと言ってくれた。

「——ありがとうございます。本当に、ありがとうございます」

九十度よりも深く、膝に額が当たるくらい頭を下げて、顔を上げると、小田切はいつもの怒ると恐ろしい先輩エンジニアの顔で指を振った。

「早く行け。そして試合終了次第戻ること」

「はい！」

気をつけの姿勢で返事して百花はテントの外に駆けだした。が、はたと気づいてテントに駆け戻り、待機用の椅子にかけていたパーカーをはおった。藤沢のスカイブルーのポロシャツは社名も入っているし、人目も惹く。リペアの人間がそれとわかる恰好で観戦席で試合を見ていたらよくない印象を与えかねない。パーカーのジッパーもしっかり締めてから「いってきます！」と百花はまた駆け出した。

「……あっ、モモちゃん！」

第1コートへ到着し、スタッフに出入り口を開けてもらって観戦席に入ると、車いすユーザー用の席にいたみちるが手を振った。みちるのかたわらには佳代子もいる。そちらへ向かいながら、百花は驚いていた。

例年、ジャパンオープンの各クラス決勝が行われる最終二日間は観戦席が人で埋め尽くされ、コートを囲むフェンスにも何重もの人だかりができる。ただ、その前の試合は平日開催ということもあり、そこまでの来場者はない。

けれど今、平日のまだ朝九時になるかならないかの時間だというのに、第1コートの観戦席は八割がたが埋まっていた。試合開始まではまだ時間があるから、もっと人は増えるかもしれない。それにマスメディア用に用意された席にも、すでに大きなカメラや機材を準備した人々が待機している。コートを俯瞰(ふかん)できる形で組まれた撮影用のやぐらにも何台ものテレビカメラが置かれ、なんとも物々しいながめだ。

宝良と七條玲の準決勝は、これほどまでに衆目を集めているのか。

「モモちゃん、宝良ちゃんの試合見れるの？」

「うん、今日は特別に……」

みちるを佳代子と一緒にはさむような形で腰を下ろそうとした百花は、あ、と気づいた。観戦席の突き当たりはまっ平らなコンクリート敷きの空間になっており、そこには『コーチ用席』と貼り紙された椅子が置かれている。

その椅子に、ジャージ姿の志摩が座っていた。最上と宝良の試合を少しだけ見た時には志摩の姿はなかったが、今日は宝良の試合を見守るのだろう。

志摩もこちらに気づいて、薄く笑みを浮かべながら会釈をしてくれた。百花も同じように会釈を返したが、笑みを浮かべても隠しきれないほど志摩の表情は硬い。きっと、それは自分も同じだ。さっきから胸が苦しくて仕方ないのだ。

突然、大きな歓声があがった。選手と大会スタッフ用の出入り口が開かれ、まさに今、選手が入場してきたのだ。

さわやかなビタミンカラーの襟付きウェアを着て、ラケットバッグをのせたテニス用車いすを押してくる七條玲。レイちゃん、と誰かが呼びかけると、彼女は少女のような笑顔でそれに応え、コート奥のベンチに向かう。

続いて入場してきた宝良は、あらゆる意味で七條玲とは対照的だった。

北国の海のような深いブルーのノースリーブウェアを着た宝良は、笑顔を見せるどころか、観客を一瞥さえしない。迂闊(うかつ)にふれれば指先を切り裂かれそうな気迫をまとって、手前のベンチに荷物を下ろしていく。

「……モモちゃん。宝良ちゃん、大丈夫だよね？」

緊張が感染したように、みちるが細い声でささやきながらパーカーの袖をきゅっと握ってくる。百花は小さく頷き、祈る心地で両手を組み合わせた。

どうか、あなたがあなたのテニスをできるように。

今日が、悔いのない戦いとなるように。

*

「ザ・ベスト・オブ・3タイブレークセット　七條トゥー・サーブ・プレー」

ショートラリーとサーブ練習を済ませ、両者がポジションにつくと、主審が試合開始のコールをした。リターナーとなった宝良は、右サイド(デュース)のベースライン後方に車いすを停め、やや前傾姿勢をとりながらハンドリムを握った。サーブがいつ、どこへ打ちこまれようと、即座に応戦できるように。

『七條のサーブは、きっちりコントロールして入れてくるけど、たとえばギーベルみたいにすごい球威があるわけじゃない。だからあっちのサービスゲームはリターンで攻める。あわよくばリターンエース決めるくらいの球で最初から攻め立てる。そうして次のサーブにもプレッシャーをかけていく』

昨夜の作戦会議の志摩の言葉を思い出した刹那、七條玲が数回バウンドさせた球を宙に放り投げた。高くまっすぐな美しいトス。そしてパァンと胸がすくような打球音を響かせて、球がこちらへ放たれる。

きれいにサービスコートのセンターラインを突くコース。

強く意識を向けていた範囲だったので即座に打点を捉えた。下腹部から胸、胸から肩、肩から腕、腕から手。力を連動させながら汲み上げ、その力の最高到達点であるラケットで球を迎え入れる。

狙うは左サイドコーナー、一撃でとどめを。

インパクトした瞬間手ごたえがあった。球が飛ぶ前からその軌跡も着弾点も手に取るようにわかった。

だが〇・一秒後に球が突き刺さる地点に目をやり、息を呑む。

球が向かったその場所で、すでにテイクバックに入っている七條玲がいた。

　球は吸いこまれるように七條玲のラケットに飛びこむ。こちらが対応する隙もなく、七條玲がコンパクトなスイングでラケットを振り抜いた。

「15―0（フィフティーン・ラブ）」

　ダウン・ザ・ラインが決まると同時に主審のコールが響いた。ワッと歓声があがり、観客がナイスショットを讃える拍手を降らせる。

　宝良は深く息を吐いた。――読まれていた。完全に。脳内を透視されたかのように。だが、今はよそ見をしたら一瞬でやられる。取られたポイントのことは考えない。

　次は左サイド（アド）からのサーブだ。迎え撃つポジションにつき、宝良は再びリムを握って前傾姿勢を取った。神経はいつになく研ぎ澄まされている。どんな球も取ってみせる。

　次はワイドへのサーブだった。

　それでも志摩が言うとおり球威はそれほどではなく、追いついてスイートスポットに球を捉えた。視界の端でコート中央へ移動する彼女が見える。その彼女の車いすめがけてバックハンドを打ちこんだ。生身の身体のように膝を折ったりしゃがんだりできない車いすは、ボディへの当たりを避けにくい。

　しかし、またもや七條玲は読んでいたようなスムーズさでスッと車いすを下がらせると、腕をしならせてフォアハンドを放った。こちらが動く間もなく黄色の球が右のオープンコートを打ち抜いた。

「30（サーティ）―0（ラブ）」

先ほどよりも大きな拍手が聞こえる。宝良は汗をぬぐい、右サイドへ移動した。あんな芸当を見せられたら、諦めるよりほかない。それより次だ。

だが、次はほとんど間を置かずに主審のコールを聞くことになった。

「40（フォーティ）―0（ラブ）」

あわよくばリターンエースと思って狙ったダウン・ザ・ラインを、まさかのドロップショットで返された。ネットぎわに落とされた球に歯を食いしばりながらリムをプッシュして急行したが、結局間に合わなかった。

呼吸が浅くなる。意識するまいと思っても、記憶がよみがえってくる。

二〇一九年冬の全日本マスターズ。どこへどんな球を打とうと、必ずそこで待ち受ける彼女にことごとく打ち返され、彼女のポイントを告げるコールだけが響く。絶望的な無力感に支配され、次第に身体が動かなくなり、6―0、6―0で敗けた。

――いいや。あの時の自分と今の自分は違う。もうあんな無様な試合はしない。

次はリターン後、ラリーが続いた。七條玲はとにかく精密なショットを打つ。深い球はベースライン上を叩くようなきわどいコースもざらで気が抜けない。しかしこちらもストロークは志摩と強化してきた。打ち負けることはない。

だが。

スパン、と音を立てていきなり球が右サイド前方のサイドラインぎわに落とされた。

深いショットの応酬に意識を縛られて、突如として変わったコースに反応できなかった。

ぼうぜんとしていると、主審のコールが響いた。

「ゲーム七條　ファーストゲーム」

大きな拍手が起こる。けれどそれはネットの向こうの相手に贈られたものだ。ラブゲーム。相手のサービスゲームとはいえ、ただの1ポイントも取れないなんて。

宝良はコートチェンジのために動きながら、大きく息を吸い、吐いた。取られたゲームは仕方ない。気持ちを切り替えて次を取るだけだ。これくらいで打ちのめされていては、今日の試合を最後まで戦い抜くことはできない。

次のサービスゲームは絶対にキープしなければならなかった。鉄壁の女王に勝つためには、自分のサービスゲームを守り抜くことが絶対条件だ。

サーブにはそれなりの自負がある。ATCに入って雪代にテニスを習い始めてから、何万球と打ちこんできた。インターハイでもサーブで何ポイントもさらってきた。

だから七條玲相手にもサーブは通用する。そう、確かに通用してはいるのだ。リターンする彼女に体勢を崩させることだってある。

それなのに、その次か、その次の次、ポイントを決めるのは七條玲のほうだった。決めたと思った球が、じつは次の彼女のウィナーの伏線のようになっていて、自分が彼女の書いたシナリオどおりに動かされているような心地がして肌が粟立った。

「ゲーム七條　七條リード　2―0」

最後の最後、アドバンテージを握られた状態でのラリーで、加減がくるってアウトを出した。絶対にキープしなければならなかった頭のサービスゲームでブレークをゆるした。全身の血が沸騰するかと思うくらいくやしかった。こういう時、ああいう球を決めろと志摩にも何度も言われたのに。その練習も嫌というほどしてきたのに。

それでも気持ちを切り替えて、すぐにブレークバックしてやるという意気で第3ゲームにのぞんだ。悪くない内容だったと思う。一方的にやられるわけではなく、こちらから展開を作った場面もあったし、今度はほぼ互角にポイントを重ねた。

「ゲーム七條　七條リード　3―0」

それなのに、最後の最後、勝者になるのはやはり彼女だった。

ブレークされた上に、3ゲーム連取。じわりと焦燥に襲われる。

次のサービスゲームはほぼ意地でキープした。身体中を雑巾のように絞って絞って、やっと取った1ゲームだった。しかし次の七條玲のサービスゲームは、再びあっさりとキープされた。すでに七條玲は4ゲームを先取している、これ以上離されたらもうあとがない。文字どおり決死の思いで渾身のサーブを打ちこみ、最後は七條玲のめったにないミスに救われる形でもう一度サービスゲームをキープした。

けれど。

取ってもあっという間に取り返されてしまう。しかもこっちは満身創痍（まんしんそうい）になってやっと1ゲーム取るところを、相手はラブゲームに近い形で軽々とさらっていってしまう。

「ゲーム七條　七條リード　5－2（ファイブ・トゥー・ツー）」

あと1ゲーム取られれば、第1セットは彼女のものだ。

こんな相手に勝てるのか——そんな思いが一瞬よぎった時、耳の奥に声が響いた。

『東京パラ、君島はやめておいたほうがいいんじゃないの？』

『まずいでしょう、こんな崩れ方するって』

もう忘れ、聞こえることもなくなっていたはずのささやき声。額や背中に浮かんだ汗が冷えて寒気がする。——落ち着け。今は試合に集中しろ。余計なことを考えるな。

それなのに考えまいとすればするほど、低いささやきは、敗北の記憶は、小さな羽虫のように脳のまわりを飛び交って神経を乱す。自分の心なのに自分の思いどおりにならない。呼吸が浅くなる。筋肉がこわばる。身体が固くなるから反応が遅れる。力加減がくるって、必ず入れなければならない球がアウトになる。

全日本マスターズの時と同じだ。悪い夢の中にいるように、相手のポイントばかりがコールされる。早く立て直さなければ、もうあとがないのに。

そして主審のコールが響きわたった。

「ゲーム・アンド・ファーストセット七條　6―2（シックス・トゥー・ツー）」

試合開始からわずか二十分。またたく間に第1セットを奪われた。

2

宝良の動きが固い――

再び七條玲のサービスから始まった第2セット。第1ゲームは七條玲が軽々とキープした。「軽々と」と形容したくなるような圧巻のゲームだった。

続く宝良のサービスゲーム。百花はよく知っているが、十歳からテニスを始めてインターハイ出場経験もある宝良はサーブ巧者だ。パワフルな高速サーブを打ちこむことも、球の軌道を自在に変える技巧的なサーブも打ち分けられる。

しかし本来ならそんな宝良にとって有利なはずの第2ゲームも、百花には宝良が押されているように――ある意味追いつめられているように見えた。

「40―30（フォーティ・サーティ）」

七條玲は選手の中では小柄なほうで、体格にめぐまれた海外勢のようにパワーでもって一発で決めにくるタイプではない。繊細なボールタッチと緻密なコントロール、俊敏なチェアワーク、抜きんでた「読み」の能力を使って、打ち合いながらじょじょに相手を崩していく。

「デュース」

サービスゲームの始まりのほうでは、確かに宝良が優勢だったのだ。エースも一度さらった。それなのに、ゲームが進行するにつれてじわりじわりと七條玲がポイントを取り始め、打ち合いが続くとなぜか必ず先に宝良が崩れる。そして七條玲はその隙を決して逃さず、目の覚めるような鋭いショットでポイントを奪う。

「アドバンテージ七條」

ゲームポイントを握られた。あと1ポイント取られればブレークされる。百花は両手を握りしめて息を殺した。

次に宝良が放ったサーブは強烈だった。センターを打ち抜く高速サーブでエース。

「デュース」

しかし力が入ったのか、右サイドに移っての次のサーブは「フォルト！」とラインアンパイアから厳しい声があがった。次のセカンドサーブは、威力よりも精度を重視するのが普通だ。ダブルフォルトになれば相手にポイントを渡すことになり、とくにゲーム終盤ではそれが致命傷になりかねない。

しかし宝良は続けて腕をしならせ高速サーブを放った。信じられない、こんな局面のセカンドサーブなのに。しかしこれがエースになった。

「アドバンテージ君島」

　畳みかけるように宝良はトスを上げる。高い打点から打ち下ろされた黄色の球がサイドラインに接触した時、百花は肝を冷やした。一瞬フォルトではないかと思ったのだ。だがさいわい、アンパイアからコールはなかった。

「ゲーム君島　1－1（ワン・オール）」

　爪が白くなるほど手を握りしめていた百花は、ほうっと息を吐いた。よかった。キープした。――でも、ゲーム終盤のサーブはいくら何でも無茶ではなかったか？　あれは紙一重で命取りになりかねなかった。百花にはそんな宝良が勇敢に攻めていったというよりも、七條玲との打ち合いを避けたかのように見えた。

　第3ゲームは再び七條玲のサービス。宝良は果敢にベースラインより前に出て、攻めの姿勢を見せた。前に出るということは、カバーできる範囲が狭まるというリスクもあるが、ショットの威力を上げることもできる。

　けれど七條玲は宝良が前に出れば即座にコート奥を攻める精密ショットをくり出し、宝良がベースライン後方に退けばコート前方に徹底したコントロールで浅い球を落とす。そのプレーは相手が返せない場所へ球を打ちこむという、シンプルなテニスの本質そのものだ。けれどそれをあまりに自在にやってのける様がいっそ恐ろしい。前へ、後ろへ。

右へ、左へ。彼女の意のままにあやつられる球に宝良は翻弄され、美しい顔が苦しげにゆがんでいく。

「ゲーム七條　七條リード　2―1（ツー・トゥー・ワン）」

――これが女王。

うまいとか、巧みとか、そんな言葉では追いつかない。彼女にはこのコートがどう見えているのだろう。球がどれほど明瞭に見えているのだろう。格が違う、という言葉が脳裏をよぎり、百花はぐっと奥歯を噛みしめてその言葉を打ち消した。まだ勝負はこれからだ。宝良は走っている。懸命に走っている。それをわたしが疑ってどうする。

けれど。

「ゲーム七條　七條リード　3―1（スリー・トゥー・ワン）」

なす術もない、と形容したくなるほど一方的に宝良がサービスゲームをブレークされた時、百花はあまりの苦しさに耐えかねてコートから目をそむけた。逃がした視線の先に、コーチ席に座る志摩がいた。

療養のために身を引いた雪代の代わりに、三カ月前に宝良とタッグを組んだまだ若いコーチは、遠目にもそうとわかるほど膝の上の手をきつく握りしめている。宝良のもとに球が打ちこまれるとさらにその手がぐっと白くなり、横顔が険しくはりつめる。

彼の気持ちが痛いほどわかる。

これほど強大な相手を前に、宝良はたったひとりで戦っている。一撃、一撃、銃弾を浴びるように今、苦しい戦いを強いられている。けれどフェンスのこちら側にいる人間には何もできないのだ。試合中の選手には接触はおろか、観客がほんのわずかでも助言めいた言葉をかけることすら厳しく禁じられている。ひとたびコートに立った選手には、もう誰も何もしてやれない。

『それでも、声援が苦しい時の力になることはある』

はっとして、百花はコートに目を戻した。サーブ権は再び七條玲に渡り、彼女が黄色の球をバウンドしているところだった。宝良はベースラインの後方にポジションを取り、前傾ぎみの姿勢でボールが放たれる瞬間を待っている。

決して目をそらすな。一秒だってそらさずに、宝良を見つめろ。

ここには、一緒に戦うために来たんじゃないか。

*

手首に、肩に、見えない重石(おもし)でもくくりつけられているような気分だ。

「30(サーティ・ラブ)−0」

ストレートに抜くつもりで返したリターンを、あっという間に追いつかれてクロスコートに叩きこまれた。それでも目視感覚だと何とか拾えそうな球だったのだ。それなのに追いつかなかった。ハンドリムをプッシュする手首が、腕が、ぎしぎしとこわばって思うようにスピードが出ない。

宝良は、熱を上げる肉体が流した汗なのか、戦慄する精神が分泌した冷や汗なのか区別のつかない、額から流れ落ちるしずくを手の甲で拭った。──落ち着け。とにかく落ち着いて、目の前の球を拾え。

再び七條玲のサーブ。今度は勝負を急がず、慎重にリターン。ラリーをしながら相手の出方をうかがう。じわじわと打ち合いのテンポを上げ、七條玲の右サイドにオープンコートができた瞬間、今だとひと息にクロスコートに鋭角ショットを打ちこんだ。手ごたえはあった。だが球を追ってそちらを見ると──すでにそこにすべりこんだ七條玲の姿があった。

ぽん、と軽いタッチで打たれた球は、小さな弧を描いてネットを越え、ころりと転がった。ぞくりと寒気がした。

「40─0(フォーティ・ラブ)」

相手のゲームポイント。ここでもブレークできなければ、とり返しがつかなくなる。

七條玲の左サイドからのサーブ。センターに着弾した球を、渾身のフォアハンドで右サイドのコーナーめがけてリターンした。これで決まれと全身の力を注いだ。

けれど、スイングを終えて球の行方を追った時、すでにテイクバックに入る七條玲の姿が見えた。

いつの間にそこに――

パァン、と高らかな打球音とともに黄色の球が宝良の左わきをかすめ飛んでいった。

「ゲーム七條　七條リード　4―1（フォー・トゥー・ワン）」

第5ゲーム終了で、次はコートチェンジを行ってからのゲーム開始になる。その間、選手には九十秒だけインターバルが与えられる。宝良はベンチに戻り、渇き切った喉にドリンクを流しこんだが、ボトルを持つ自分の手が小さく震えているのを感じた。

胸が冷える。息が浅くなる。ずぶずぶと深い沼に沈みこんでいくようだ。

怖気（おじけ）づいた精神に引っ張られ、肉体が恐れに屈し始めている。

どんな球を打とうとも予言者のように待ちかまえるあんな相手と、どうやって戦えばいい？　あと何ができる？　手持ちの武器を探そうとしても、必死にのぞき込むトランクの中にはもう何もない。もう、何もない。

限界までこわばっていた肩から、一転、ふっと力が抜けるのがわかった。

あと2ゲームを取られれば敗ける。きっと、それが数分後に待つ結末なのだろう。であれば、あとは悔いの残らないよう最後までベストを尽くそう。よく考えれば悪くはなかった。初めて準決勝まで進み、相手はあの女王。ここまで来られたならもう――

「たーちゃん、がんばれ!!」

突然響きわたったすさまじい声に、宝良はぎょっと顔を上げた。

コートを挟んだ向こう側にあるひな壇状の観戦席。ほぼ満杯に席を埋めた大勢の人々の中から、今自分の名を呼んだ人間は一瞬で見つけられた。

「たーちゃん、がんばれ!!」

車いすユーザーのために設けられた最下段の席に、みちると並んで百花は座っていた。

あいつは、何をやってる。仕事はどうした。修理班に見習いとして同行させてもらえるんだと、あんなに喜んでいたのに。

「たーちゃん、がんばれ!!」

なんて声。隣のおばさんはびっくりしてるし、後ろのおじさんなんかちょっとおびえて引いてるじゃないか。——でも、ああ、そうだった。一緒に入った高校のテニス部であんたは「生体拡声器モモカ」なんてあだ名をつけられてた。試合をしてると、めちゃくちゃな大声で名前を連呼されるから、辟易(へきえき)してふり返ると、あんたはなんだかうれしそうにニンマリしてた。

「たーちゃん、がんばれ!!」

なんて顔してるのよ。

私は、そんな顔をさせるようなプレーをしてた？　勝負を途中で投げて逃げ出しそうに、あんたには見えていた？

「タイム」

主審が六十秒経過のコールをした。すみやかにコートへ戻らなければ警告を受ける。けれど宝良は動かずに、自分の両手を見つめた。一日に何時間もハンドリムで摩擦されて、皮膚が硬く厚くガサガサになった手。車いすテニスばかりをしてきた手。

その両手で思いきり頰を打った。痛みが脳天に突き抜けて、次に目を開けると、今までよりも色あざやかに映るブルーのハードコートが見えた。

「十五秒経過（フィフティーン・セカンズ）」

警告がコールされ、ラケットを握ってコートに移動する。すでにネットの向こうでは七條玲が待っていた。感情を見せない、冴えわたった女王のまなざしで。

残りのゲームを、ベストを尽くして戦う。当たり前のことだ。だがさっき、自分は、敗北する結末に向かってベストを尽くそうと考えてはいなかったか？

そんな馬鹿な話はない。どんなに力の差を見せつけられようと、ひとたびコートに立った以上、最後の最後まで勝利をつかむために死力を尽くす。それがテニスプレイヤーの矜持であるはずだ。

それなのに、いつしか圧倒的な相手に恐れをなして、後ろへ後ろへと下がっていた。守りに入っていた。守るほどのものなど、まだ何ひとつ持っていないくせに。

ボールパーソンからもらった球を一球だけ残してバックレスト裏のネットに入れ、握ったボールをいつも通り、三度バウンドさせる。観戦席にも、コートを囲むフェンスの外にも大勢の人々がいるのに、とても静かだ。平和な小鳥の声が聞こえる。

空を仰ぐと、あいにくの曇天。だがテニスをするにはこれくらいがちょうどいい。

灰色の空にあざやかに映える、黄色の球を高く投げる。

『テニスっていうのはうまくなることだけが重要なんじゃない。自分に恥じない自分を育てていくことも大事なんだよ。勝つことよりも、そっちのほうがずっと大事だ』

恥ずべきことは、敗北することではなく、逃げることだ。

まだ道の半ばにすら来ていない自分には、失うものなど何もない。

だから何も持たないこの手で、ただ全力でこの一球を打て。

上昇から下降に転じた球を、上半身だけではなく下半身にまだわずかに息づく筋肉からも力を汲み上げるイメージで打ち下ろした。放たれた球の軌道も、着弾点も、鮮明に予知できる手ごたえが腕から全身を駆け抜けた。

渾身の最速直球は狙いどおり七條玲側のサービスライン上に突き刺さり、リターンに動き出した七條玲の左わきを抜き去った。

「15―0（フィフティーン・ラブ）」

どよめきが起こり、拍手が降った。宝良は左サイドのサービスポジションへ移動しながら深く呼吸をした。志摩のアドバイスで重点的に行ってきたフィジカル強化や運動連鎖のトレーニング成果を、今ありありと感じた。思うように結果を出せず、焦り惑っていた三カ月は、虚空に消えたわけではない。この肉体にちゃんと宿っている。

球をバウンドさせながら、次の出方を考える。

今のエースは、戦意を喪失しかけていた相手が追いつめられたネズミのようにいきなり牙をむいたから七條玲も不意をつかれただけだ。相手が攻めに転じたと知った女王は、次はそのつもりで迎え撃つ。確実に読んで、絡めとり、仕留めにくる。

読まれるのは不可避だ。それならいっそ、読ませればいい。

呼吸を整えてから、今度はスライスサーブを打った。狙いは七條側レフトサービスコートのセンター。これは着弾地点から球が軌道を変えてフォア側へ逃げる。

たとえば最上涼子との試合だったらこのサーブでエースを奪った。

しかし七條玲はスライスのフォーム、ラケット面の角度から完全に球の軌道を予測して、球が跳ね上がった時には絶妙の打点を押さえた。そしてこちらの空いた右サイドへ返球。しかも鋭く奥を突く、息の根を止められかねない精密ショットだ。

そう、彼女なら読んでくれると信じていた。

歯を食いしばりながらひたすらハンドリムをプッシュして何とか球に追いつき、七條玲の左サイドに相手のわきを抜き去るストレートを叩きこむ。

というのはいつも自分が選ぶ攻撃パターンだ。

顔を七條側左サイドに向けたまま、速く打ちたいと暴れる腕を〇・一秒間ぐっと引きつける。視界の見えるか見えないかの端っこで七條玲が左サイドに視線を向けた瞬間、左のハンドリムをミリ単位で引き、手首をひねりながら力ずくで球の軌道を変えた。

右サイド前方を打ち抜いて高々と跳ね上がる黄色の球。そのまま球はノータッチでコート外に飛び去った。

「30－0（サーティ・ラブ）」

さっきよりも大きなどよめきが上がる。宝良は息を吐きながら、すぐにバックレストネットから球を取り出した。ここは息継ぎなしで畳みかける。次は再び右サイドからのサーブ。着弾してから大きく跳ね上がるスピンボールで、ボディを狙った。あわよくば決まってほしい、そうでなくても体勢を崩させるつもりで。

しかし七條玲はクイッと小さく車いすを下がらせただけで余裕のリターン。憎らしいほどのチェアワークだ。それでもやや甘い球になってセンターラインぎわに落ちた。すかさずそれをバックハンドで左サイド奥に叩きこむが、すでに先読みして走りこんでいた七條玲に逆にこちらの左サイドを逆襲された。歯噛みしながら必死にリムをプッシュして何とか拾った球を打ち上げる。

球はネットをかすめてスピードを殺されたあと、ぽとりと七條側コートに落ちた。

「40－0（フォーティ・ラブ）」

歓声と拍手がすごいことになっている。讃えてもらって悪いが、今のは完全にまぐれだ。けれど女王と戦っているのだ、まぐれくらいおまけしてもらってもいいだろう。

深く息を吐き、呼吸を整えて、宝良は左サイドのサービスポジションについた。バックネットから出した球を三度つき、リズムを取るためにラケットの先とふれ合わせる。見上げた空をつらぬくように、高く黄色の球を放り投げる。

ゲーム頭と同じく渾身のサーブを打ったが「フォルト！」とラインアンパイアから鋭い声が飛んだ。ゲームポイントを迎えて力みが出ている。深く呼吸しながら、もう一度ルーティンの三回のバウンド、そしてボールとラケットを構える。

ダブルフォルト覚悟で叩きこんだスピンサーブは、七條の左サービスコートのコーナーぎりぎりに突き刺さり、サイドへ大きく跳ね上がった。七條玲はコート外へ出て返球せざるを得ない。狙いどおりコート外へ出た七條玲の、ラケット面に全視神経を集中させる。コースは？　ストレートか、逆クロスか。

――逆クロス。

左サイド前方のラインぎわに、えげつないほどの角度で打ちこまれた球に急行する。何人ものエンジニアたちが自分のためだけに作ってくれた車いすは風のように望んだ場所へ運んでくれる。捉えた。できうる限りのコントロールで強打。

もっとも広くコートをカバーできるベースラインの中央に戻りかけていた七條玲は、

再び左サイドぎりぎりのコーナーを逆襲されて車いすをターンさせる。さすがのスピードでコート外に出ながらバックハンドで返球したが、今度は滞空時間の長い山なりの球だった。守備位置へ戻る時間を稼ぐためだ。

これを待っていた。

全力でリムをプッシュし、球の落下地点に急行する。頭の中に志摩の声が響いた。

『とにかく打点の見極め、スイングはコンパクトに。テイクバックの時に腕を伸ばしきらないで肘を曲げとく、インパクトからフォロースルーにかけて肘を開く。ラケット面の角度は絶対死守』

嫌というほど志摩と練習したドライブボレー。

ラケットの中心と球がぶつかった衝撃が腕に走った刹那、球は風を裂いて七條側左サイドの中央をつらぬき、ガシャンとフェンスを直撃した。

「ゲーム君島　七條リード　4－2（フォー・トゥー・ツー）」

歓声がはじけた。インパクトの瞬間から主審のコールまで呼吸を止めていた宝良は、大きく息をついた。どっと疲労が襲ってきた。

これでやっと1ゲーム。最初から最後まで全力で走りまわって、まぐれまで使って、それでもまだ1ゲームだ。これをあと二度くり返してやっと4－4でタイ。さらに二度くり返して6－4となったら、この第2セットを取れる。

それでセットスコア1－1（ワン・オール）、やっとこの人と対等に戻れる。そして第3セット（ファイナル）で勝敗を決する。

なんて長い道のりだ。考えるだけでげんなりする。こんな走って止まって打って返しての疲れるゲームを二時間も三時間もやるなんて、ばかだけだ。

でもここにはテニスばかしかいないのだから仕方ない。

宝良は、ネットの向こうの七條玲をにらむように見据えた。

まずはあと4ゲーム。食らいついて、必ず取る。

いったい、何が起きたのだろう。

第1セットをストレートで下された宝良は、第2セットも4－1まで追いつめられた。だから百花はともに戦う思いで声を張り上げた。がんばれ、と。

その直後だ。宝良が七條玲からゲームを奪った。しかも相手に1ポイントも与えないラブゲーム。いくら宝良のサービスゲームとはいえ、女王相手に信じがたいことだ。

そして信じがたいことはその後も続いた。

「ゲーム君島　七條リード　4－3（フォー・トゥー・スリー）」

続く七條玲のサービスゲームを宝良がブレークしたのだ。第1セットでは一度も叶わなかったのに。

もちろん今度はラブゲームとはいかなかった。七條玲のサーブはあいかわらず鉄壁の安定感で、加えて無類のコントロールを誇る女王のショットに宝良は左右に振られっぱなしだった。それでも球に食らいついて、食らいついて、見ている側がもうだめだと思うような球ですらコート外まで追いかけて拾い、それをつないで、粘って、最後の最後にポイントする。そんなくり返しのゲームだった。

けれど百花には、宝良の執念とも言える粘りのほかにも要因があるように見えた。ほんのかすかな印象にすぎないのだが、七條玲のプレーが変わった気がするのだ。丁寧に隙なくゲームを支配して勝つ彼女にしては、やや勝負を急いでいるような。それを顕著に感じたのが、宝良の力まかせの返球でコート外に追い出された彼女が、バックハンドのスライスショットできわどいショートクロスを狙い、アウトを出した時だ。

滞空時間の長い球で移動時間を稼ぎ、守備位置に戻る手段をとらなかったのは、おそらく前ゲームを仕留めた宝良のドライブボレーを警戒したのだろう。けれどそれ以外にもリスクの低いもうひと呼吸おいた対応策はいくつもあったわけで、それでも七條玲は無理を押した一撃でポイントを取ろうとした。結果、彼女らしからぬミスをした。

人間は思考と感情の生き物だ。ふとしたきっかけで感情をゆさぶられて制御を失い、自分の思考で自分を縛る。

宝良がこの劣勢から本気でセットを取りにきていることを悟った彼女は、ここで宝良の勢いを断とうとしたのだろう。しかし逆に宝良の勢いに引きずられたのではないか。そして勝負を急いでしまった。

一方の宝良は逆境に燃えあがるかのように勢いを増し、パワーを増し、銀色の車いすでコートを駆ける。命を燃やすような情熱的なプレーに、我知らず目をうばわれる。

「ゲーム君島　4－4（フォー・オール）」

宝良がサービスゲームを完封の形でキープした時、観戦席は大変な騒ぎになった。怒濤（どとう）の3ゲーム連取。主審のコールからもついに「七條リード」が消えた。みちるが興奮ぎみに百花のパーカーの袖を引っぱった。

「モモちゃん、これで宝良ちゃん、あのおねえさんと同点だよねっ？」

「まだ、同点っていうわけじゃないの。第1セットはあのおねえさんが取ってるから。でも、もしたーちゃんが、このセットを取ったら――」

百花は自分の言葉に息を呑んだ。もし、宝良が、本当にこの第2セットを取ったら。セットスコアは1－1（ワン・オール）でタイ。勝負は第3セット（ファイナル）に持ちこまれる。

そして、もし宝良がこの勢いのまま七條玲と戦うことができたなら――勝利の可能性だって、ある。

ぞくりと鳥肌を立てながら、百花はネットを挟んでにらみ合う両者を見守った。七條玲は一ミリも崩れないポーカーフェイス。宝良は、戦いに没入している時の、肉食獣のような底光りする目で女王をにらんでいる。

続く第9ゲームは七條玲がキープ。これは七條玲の完封返しだった。

そして宝良にサーブ権が移った第10ゲームも宝良がキープする。しかしキープばかりでは勝負がつかないのがテニスだ。次の第11ゲームで、宝良は七條玲のサービスゲームをブレークしようと果敢に攻めた。猛攻と言ってよかった。しかし結局は七條玲が守り切って終わり、次の第12ゲームでは一転して七條玲が攻勢に出たが、宝良はよく粘って耐えた。そして。

「ゲーム君島　6―6（シックス・オール）　タイブレーク」

タイブレークが宣言された時、コートをゆさぶる歓声が起きた。

タイブレークとは、言葉どおり膠着した戦況の均衡を破るための特殊ルールだ。テニスでセット勝者となるためには、相手に2ゲーム以上の差をつけ、6ゲームを先取しなければならない。しかし力の拮抗した選手が戦った場合、6ゲームを取っても「相手に2ゲーム以上の差をつける」という条件が満たせず、延々と試合が続きかねない。

そこで両者のゲームカウントが「6―6」で並んだ場合に発動するのがタイブレーク。タイブレーク開始以降は、相手に2ポイント以上の差をつけて7ポイントを先取した者がそのセットの勝者となる。先に7ポイントを獲得しても相手との差が1ポイントしかなければ、2ポイントの差が開くまでタイブレークは続行される。

タイブレークへの突入は、選手同士が五分の勝負をしたという証明だ。ノーシードの、世界ランキング13位の選手が、世界の頂上に君臨する七條玲を相手に怒濤の追い上げを見せ、そしてついにタイブレークに持ちこんだ。

コート脇のメディア用席、コートを俯瞰するよう組み上げられた撮影台、この場に設置された何台ものカメラが七條玲を、そして宝良の姿を追っている。誰もが息をひそめて二人の車いすテニスプレイヤーを注視している。

「七條トゥー・サーブ」

右サイドにポジションを取った七條玲が、サーブの前にボールをバウンドさせる。あ、と百花は思った。八回もの長いバウンド。これまでの彼女にはなかったことだ。

それでも女王のサーブに乱れは一切なかった。センターラインぎりぎりに突き刺さったサーブを、トス段階から走り出た宝良が左サイドの奥深くへ強烈なリターン。それで決まってもおかしくないほどのショットだった。しかしそのリターンを七條玲がドロップショットでカウンター。ふわりとコート前方に落ちた球に、宝良は追いつけない。

「1−0（ワン・ゼロ）　七條」

タイブレークのサーブは特殊で、次の2ポイント間は宝良のサーブとなる。それ以降は次の2ポイント間が七條玲、その次の2ポイント間が宝良とサーブ権が移っていく。

左サイドに移った宝良は、爆発的な追い上げの契機となった第6ゲームと同じ、急激に外へ逃げるスライスサーブを打った。ただし今回はあの時よりも高速だ。七條玲はそれを針の穴を通すようなコントロールでストレートに返したが、それを宝良が相手に次の対応を取らせない速いタイミングでクロスへ強打。

「1－1（ワン・オール）」

タイブレークの出だしは、しばらく両者が自分のサービスをキープし合う展開が続いた。お互いに相手の出方をうかがっているように。しかしいずれ必ず戦局は動く。その瞬間を待って、観客は息をひそめながら食い入るようにコートを注視する。

先に仕掛けたのは宝良だった。

5ポイント目、右サイドからの七條玲のサービス。めずらしいことに彼女はここでフォルトを出した。そして決して外すことのできないセカンドサーブ。左右に余裕のあるセンター狙いで確実に入れてきたサーブを、その直前から急速に動き出していた宝良がフォアに回りこんで電光石火のストレート。球は七條玲のわきを銃弾の速さで抜き去って、ベースラインぎわを打ちながらコート外へ。

リターンエースだ。

「3－2（スリー・ツー）　君島」

どよめきが上がり、拍手が湧きおこった。均衡が破られた。しかも宝良のブレーク。

だが宝良の勢いはそれだけでは止まらなかった。サーブ権が宝良に移り、宝良は自陣の左サイドに移動する。そしていつもの三度のバウンド。球とラケットをふれ合わせ、高くまっすぐなトスを上げた、その刹那だ。

「4―2（フォー・ツー）　君島」

七條側サービスコートのセンターラインを一瞬で打ち抜いたサーブは、狙撃手の銃弾さながらだった。百花は球がよく見えなかったし、七條玲でさえ動きらしい動きが取れなかった。宝良はもはや目の前の獲物しか見えていないような獰猛な目つきで七條玲を一瞥し、コートチェンジに動き出す。タイブレークでは6ポイントごとに陣地を入れ換えるが、通常のゲームと違ってインターバルは与えられない。一度タイブレークが始まれば、選手たちは勝負がつくまで休息なしで戦い続けるのだ。

コートチェンジ後は再び宝良のサーブ。右サイドにポジションを移した宝良はボール遊びをするように黄色の球をバウンドさせ、力みのないトスを上げた。今度のサーブは打って変わって遅く百花には見えた。空中を滑るように飛んでいくスライスサーブ。七條玲は無駄な動きがまったくないチェアワークで絶妙の間合いに入る。

七條玲を目で追っていた百花は、その対面コートで宝良が突如として車いすを急加速させるのを目撃した。七條玲のインパクト前にだ。そして七條玲が左のオープンコート最奥に精密ショットを打ちこんだ瞬間、獲物にとびかかる肉食獣じみた速さでまわりこみ、逆クロスに叩き返した。

「5―2(ファイブ・ツー)　君島」

主審のコールが響いた瞬間、百花は鳥肌のおさまらない両腕を抱いた。宝良の三連続ポイント。しかもこの3ポイント間は、明らかに宝良が七條玲を圧倒している。歓声はもう鼓膜をゆさぶるほどで、しかし宝良はそんなものも耳に入らないように七條玲だけを凶暴に光る目で見据えている。恐ろしいほどの集中状態だ。

今の時点で宝良はすでに3ポイントリードしている。しかもタイブレークの勝利条件である7ポイントまでは、もうわずか2ポイント。まさか宝良は本当に勝ってしまうのではないか――考えただけで百花は動悸(どうき)がして、必死で呼吸を整えた。

次は七條玲にサーブ権が移る。ボールパーソンから球を受けとる彼女は、追い詰めていたはずの相手に逆に追い詰められつつあるこの状況でもポーカーフェイスを崩さない。

けれど彼女が左サイドのサーブポジションについた時、百花は当惑した。

通常、車いすテニスのサーバーはベースラインぎりぎりにタイヤの先端をつける形で車いすを停めてサーブを打つことが多い。それは宝良も、これまでの七條玲もそうだ。

しかし今、七條玲は、ベースラインから六十センチ近い距離をあけて車いすを停めた。あんなに距離をとってはサービスコートに球を入れづらくなるし、球威も落ちてしまうのではないか。百花がとまどって見ている間に、七條玲はルーティンのバウンドを終え、球とラケットをふれ合わせて静止した。

異変が起きたのは次の瞬間だ。

普通、選手は車いすを静止させた状態でサービスを行う。サーブは正確なトスで決まると言っても過言ではないし、そのためには安定した体勢が肝心だからだ。

けれど七條玲は通常よりも高めのトスを上げたあと、ハンドリムをワンプッシュだけして車いすを動かした。ちょうど、バレーボール選手がジャンプサーブのためにトスを上げてから走り出すみたいに。そして車いすの惰性で前進しながら、落下してきた球をラケットの中心に捉え、車いすごと腰をひねるようなフォームで振り抜いた。

何だ、このサーブは。こんなのは見たことがない。

しかしそれは強烈な奇襲だった。宝良も意表をつかれたに違いない。車いすの加速と上半身のひねりを加えられた球は、急速カーブを描いてサービスエリア中央を抉(えぐ)りとっていくように飛び去り、宝良はラケットをふれさせることもできなかった。

「5(ファイブ)－3(スリー)　君島」

百花は呼吸も忘れていた。まるで猛獣の鼻面に鞭(むち)を叩きこむようなサービスエース。七條玲がたった今見せた異形のサーブに周囲の観客も「さっきの何？」「あれっていいの？」とささやき交わしている。百花もテニスのサービスは静止状態で行うものと思いこんでいたから衝撃的だった。しかし、主審やほかのアンパイアが何も言わないということは、あれは車いすテニスのルールの範囲内なのだ。

七條玲のサービスはもう1ポイント残っている。右サイドに動いた七條玲は、やはりベースラインから六十センチ近い距離をあけて車いすを停めた。――では、またあのサーブを打つ気なのか。リターナーの宝良も、やはり警戒しているのだろう、今度はベースラインの後方に下がって前傾姿勢をとる。

ルーティンのバウンドを終えた七條玲が、ラケットと球をふれ合わせながら静止した。そして高いトスを上げたあと、クッとハンドリムをワンプッシュする。あのサーブだ。惰性で車いすを前進させながら七條玲がラケットを振り上げると同時に宝良も走り出した。山を張ったのだろう、さっき七條玲が狙ってきたセンターへ急行するが、七條玲の放ったボールは矢のようにワイドへ飛んだ。

「5－4（ファイブ・フォー）　君島」

主審のコールを、百花は信じられない思いで聞いた。連続サービスエース。3ポイントあった差が、あっという間に1ポイント差まで詰められてしまった。しかも七條玲が行った攻撃はサーブだけ、その間宝良は球にさわることすらできなかったのだ。

次の10ポイント目は宝良のサービスで、これは宝良がキープした。ただ、先ほどまでの手がつけられないような勢いが削がれたことは否めなかった。七條玲が削いだのだ。女王が今の今まで隠し持っていた強烈な武器を見せつけられて、宝良は警戒せざるを得なくなり、その硬さはどうしてもプレーにも出てしまう。

そして女王はその隙を逃さない。

続く宝良のサービスを、七條玲はコート前方に落ちる浅い球で返球。すかさず宝良が前に出て強打するが、七條玲はあらかじめその未来を予知していたかのようなタイミングで球を捉え、前面に出た宝良の後ろを抜くショットを決めた。

「6－5（シックス・ファイブ）　君島」

主審のコールが響くと、みちるが不安をこらえるように、パーカーの袖を握ってきた。百花は胸苦しさに耐えながら、みちるの手に自分の手を重ねた。

次の12ポイント目が勝負の分け目だ。

ここで宝良がポイントすれば第2セットは宝良のものとなる。しかし七條玲がポイントすれば6－6でタイ、宝良の優位は失われ、タイブレークは長期戦になるだろう。

けれど——百花はボールパーソンから球を受けとる七條玲を見ながら奥歯を嚙みしめた。運命の12ポイント目は、七條玲のサービス。ここまで宝良がさわることすらできていない、あのサーブでいっきに攻めかかられたら。

やはりベースライン後方に車いすを停めた七條玲が、球とラケットをふれ合わせて静止した。精神を集中させるような間を置いて、高いトスを上げ、リムをワンプッシュして車いすを惰性で前進させる。そして振り上げられたラケットの中心が球を捉えた。

「フォルト！」

黄色の球が弾丸のようにサービスコートを打ち抜いた瞬間、ラインアンパイアの鋭い声が響きわたった。わずかにラインを越えていたらしい。無呼吸状態になっていた百花は肺の底から息を吐いた。――やはりあのサーブは、コントロールが非常に難しいのだ。車いすに乗った座位の状態でサーブを打つことそのものが大変な高等技術なのに、そこに車いすの操作を加え、かつ車いすが移動している状態でサーブを打つのでは、わずかなタイミングや角度のずれでインパクトがくるってしまう。

さすがの七條玲も、セカンドサーブは通常のサーブにしてきた。ただ「通常の」と言っても、サイドラインぎりぎりを突く見事な一撃だ。

宝良はバウンド後に大きく跳ね上がった球を、バックハンドの高い位置でうまく打ち返した。難易度の高いショットだ。高い打点を得るために座面を上げた車いすを、もう完全に使いこなしている。

宝良の逆クロスを突いた鋭角ショットを、七條玲は俊敏なチェアワークでもってストレートに逆襲。決まってもおかしくなかった強烈な球を、宝良はコート外のフェンスぎわまで走って拾った。七條玲が甘くなった球を即座にオープンコートに叩きこむが、それも宝良は疾風のようにコートへ駆け戻って打ち返す。

そこからは息詰まるストローク戦となった。両者ともに敵陣奥深くに切り込む鋭い球をくり出し、相手をベースラインに縛りつける。ラリーが二分にも達すると、観戦席のそこかしこからざわめきが起きた。永遠のようなラリー、異様な緊迫感。細い針の上でガラスの板がゆれるようなこの均衡がいつ崩れるのか、誰もが息を呑んでいた。

ただ、観客の目からはそうとわからなくとも、二人のプレイヤーの間では絶えず駆け引きが行われていたのだろう。そして主導権を握ったのは七條玲だった。

一瞬でも気を抜けばとどめを刺されるショットの応酬で、宝良がわずかに体勢を崩すと、間髪入れずに仕留めにかかった。

宝良側の左サイドコーナーへ、針の穴を通すようなコントロールで高速ショット。

宝良は即座に球を追いかける。ひたすら駆け、駆け、バックハンドで叩き返した。

だが決め球には至らないそれを、今度は七條玲が真逆の右サイドへ返す。しかもラインぎわに低く沈む、ほとんど猶予のない時限爆弾のような球を。そして宝良はまた必死の形相でそれを追いかけ、かろうじて返球する。

宝良が間に合わないのではないかと思うたびに百花は心臓が破裂しそうになり、祈る思いで両手をきつく組み合わせた。

走って。

あなたが乗るその車いすは、あなたが誰よりも速く、誰よりも自由に走れるように、エンジニアがあらん限りの力を注いで作り上げたあなただけのマシンだ。あなたがどんな動きを求めようと必ず最後まで応え抜く。だから走って、どうか諦めずに。

それまで宝良を左右に走らせていた七條玲が、突然バックハンドのストレートを放った。それは右サイドにいた宝良のすぐそばに打ちこまれ、観戦席からは返しやすい球のようにも見えたが、違うのだ。今まで左右に振られ続けていた宝良は、また逆サイドを意識するあまりに車いすをワンテンポ速くターンさせようとしていた。そこへ七條玲が打ちこんだストレートは、完全に宝良の死角をついた。

宝良はラケットをかまえることすらできなかった。百花も息を止めて凍りついた。

「――アウト！」

コート中に響きわたったアンパイアの声に、一瞬、理解が追いつかなかった。きっと百花だけではなく観客の多くがそうだっただろう。主審のコールが響きわたった。

「ゲーム・アンド・セカンドセット君島　7－6（セブン・トゥー・シックス）　ワンセット・オールファイナルセット」

うそ、と後ろのほうの席で誰かが呟いた。一拍後、ワッと歓声が湧きあがり、拍手がすさまじい勢いで降り注いだ。

「モモちゃん、宝良ちゃん勝ったよ！　すごい、勝っちゃったよ！」

「みちるちゃん、まだ勝ったわけじゃなくて、セットを取ったっていう意味で――」

大はしゃぎのみちるをなだめながら、百花も自分で自分の言葉が信じられなかった。

そう、宝良が、このセットを本当に取った。

女王のほんの数ミリレベルのミスによる、命拾いのような1ポイントだった。

けれど事実に変わりはない。宝良が第2セットを取ったのだ。第1セットを圧倒的な力の差で下され、その後も4－1の劣勢に立たされた。そこから這い上がるように。

「……モモちゃん？」

みちるが、とまどった声で呼ぶ。けれど何も応えられなくて、百花は顔を覆った。

涙と一緒に記憶があふれてくる。出会いは中学二年の春だった。同級生に体育館裏で蹴られていた時、宝良が助けてくれた。いや、助けてくれたというより同級生もろとも攻撃されたんだった。宝良は美少女なのに目つきがヤクザみたいで、恐ろしくて、でも恋に落ちたように気になって仕方なくて、必死にあとを追いかけて友達になった。

中学の二年間、そして同じ高校に入ってからの二年間。幸福な時間をすごした。そしてあの事故。一度は何もかもが打ち砕かれた、高校二年の秋の事故。

それから長い絶望の冬を越し、高校最後の夏のはじめ、宝良とジャパンオープン決勝を観戦した。当時の世界女王ヨハンナ・フィンセントと七條玲の対決。すさまじい戦いだった。心が震えた。そしてあの日、この場所で、お互いの夢を見つけた。

ねぇ、たーちゃん。すごいね。

あの日、一緒に見つめていたコートに、今はたーちゃんが立ってるよ。

あの日、わたしたちが憧れた人と、今はあなたが戦っているよ。

もしできるなら、あの日のわたしたちに教えてあげたい。

大丈夫。何もおそれず、まっすぐに、その道を進んで。

3

セット終了後、百二十秒間だけ選手に与えられるインターバル。ベンチに戻った宝良は、したたり落ちる汗をタオルでぬぐった。ドリンクを飲み、深く息を吐く。身体の内部に熱がこもっている。脈も速い。思った以上に体力を消耗した。

——それにしても。

汗を拭くタオルのかげから、数メートル離れたベンチに座る七條玲をうかがう。ドリンクのボトルを手でつつんだ七條玲は、風を感じるように宙を仰いで目を閉じている。

タイブレーク後半で彼女が見せた、あの車いすをワンプッシュするサーブ。

確かにＩＴＦ発行の車いすテニスルールブックには記載されている。車いすテニスのサーバーは、サーブの直前に静止しなければならない。ただし、その後ボールを打つ前にワンプッシュしてもよい——ただ、実際にそれをやるサーバーは初めて見た。

車いすの動きと腰のひねりを加えることでサーブの威力が上がる。しかも通常のサーブと違って軌道がうまく読めない。第３セットでもあれを多用されたら厄介だ。

――いや。

あれが安定的に使える武器なら、七條玲ももっと早い段階で使っただろう。彼女からすれば第2セットでケリをつけたかったに違いないのだから。にもかかわらずタイブレーク後半まで出さなかったのは、あのサーブがそれだけリスクの高い、おそらくはまだ完成していない武器だからだ。

「タイム」

主審のコールが響き、深く呼吸してからラケットを握る。コートに戻らなければならない。そして戻ればあれこれ悩むひまはない。何が起きようと、今自分にできることをする。それだけだ。

第3セットはこちらのサーブから始まる。

宝良は黄色の球をバウンドさせ、気持ちを静めた。球とラケットをふれ合わせながら身体の奥底の力を汲み上げ、灰色の空に、ボールを解き放つ。

ファイナルセット頭のサービスゲーム。そのチャンスを最大限に使って相手を叩く。

最速渾身のフラットサーブ。

鋭く息を止めながら放った球は、狙ったとおりセンターラインぎりぎりを打った。自分でも手ごたえがあった。あわよくばこれでポイント、そこまでいかなくとも主導権をこちらに握ることはできる、そう思うほどの。

しかし飛び去ろうとする球の先に、氷の上を滑るように七條玲がまわりこんだ。

コンパクトなテイクバックからのバックハンド。その動きも、ストレートに飛んだ球もくっきりと見えていたはずなのに、こちらがラケットを伸ばした時には球はベースライン上を打って垂れ幕にぶつかった。

「0－15（ラブ・フィフティーン）」

読まれていた——完全に。

七條玲は確かにアンティシペーションの能力が極めて高い。けれど読まれたとしても決定力を持つほどのサーブが打てたはずだ。それを、こうまで完璧に返されるなんて。

宝良は息を吸いこみ、動揺を呼気と一緒に吐き出した。いや、相手は女王だ。今さらどんな神技を見せられても驚くことはない。ただ、持てる限りの力で戦うだけだ。

次は大きく跳ねるスピンサーブをワイドに打ちこんだ。それを七條玲は逆クロスに返球。そうさせるため選択肢を奪ったサーブだったので宝良はすぐさま間合いに入った。

高い球を取るためにベースライン後方に下がった彼女には届かない、右サイド前方。そこに照準を定めて球を打ちこんだ瞬間、球の軌道上にすべりこんだ七條玲が目に入り、ぎくりとした。

前に出ている？

驚いた刹那に七條玲がバックハンドで返球。球は信じられないほどの鋭角ショットでこちらの右サイドを打ち抜いた。

「0―30（ラブ・サーティ）」

　――気のせいではない。彼女の戦い方が変わった。ギアを入れ替えたように。

　普段の彼女はどちらかといえば守備型の選手だ。ベースラインの後方を定位置とし、相手の出方に合わせて打ちながら自分の展開に持ちこみ、ポイントを取る。

　けれどこのファイナルセットにきて、彼女は牙を剝いたように攻めに転じた。

　次は再びリターンから前に出てきた七條玲の後ろをスピンロブで突くことができた。しかしその次はベースライン前から下がらない彼女と速い展開の打ち合いとなり、最後の最後に打ちこんだ球がわずかにラインを割ってアウトのコールが上がった。

「ゲーム七條　ファーストゲーム」

　初っ端からブレークをゆるした。屈辱でこめかみが鈍く痛み、宝良は気を静めるためにガットの乱れを直した。

　コートをチェンジし、次は七條玲のサービス。宝良はポジションについてから真っ先に彼女の立ち位置を吟味した。――ベースラインよりかなり後ろ。では、例のサーブが来る。トス後のワンプッシュの距離を確保するための、あの立ち位置だ。

　そして七條玲は静止したあと、トスを上げてリムをワンプッシュ、さらに車いすごと腰をひねるフォームで打ちこんできた。全視神経を集中させてコースを見る。

予測の範囲内に球は来た。だが強烈なスピンから来る球の跳ね上がりが予想以上で、頭よりも高い打点で返した球はアウトになった。

「15－0（フィフティーン・ラブ）」

　落としたポイントをくやしがるのは後だ。感情のスイッチを切り、七條玲の立ち位置を見る。またベースラインのかなり後方。——来る。

　まずは取る。ただ返すだけになってもとにかく取る。その一念でとび出し、サービスラインのきわを打った球を、バックハンドで当てた。だが当てただけの球は弧を描いてネットを越えた。うなじがザワッとした。

　すでに前に出ていた七條玲がラケットを振り上げる。そして剣豪が一刀のもとに相手を斬り伏せるように、右サイドのオープンコートを高速で打ち抜いた。

「30－0（サーティ・ラブ）」

——こうして、切り裂かれるように思い知る。

　自分と相手の力量を。彼女が持っていて自分が持っていないもの、才能なんてよく人は言うがそんな言葉では到底足りない、もっと絶望的に彼女と自分を隔てるものを。

　高みからこちらを見る彼女には、きっと自分の何もかもが顕微鏡をのぞくように見えている。けれどこちら側から見上げる自分には、彼女の視界は決してわからない。

「ゲーム七條　七條リード　2－0（ツー・トゥー・ラブ）」

またずぶりと沼に沈んでいくような感覚に囚（とら）われかけ、宝良は唇を噛みしめた。

自分よりも強い者に、戦った末に打ち殺されるならテニスプレイヤーとして本望だ。けれど、相手に敗れる前に自分の弱さに敗けるのは、自分と自分を支えてきた者たちへの裏切りだ。

ラケットを握りしめ、ネットの向こうにいる彼女を見据える。

戦え、コートにいられる最後の一瞬まで。

*

試合開始から、気づけばすでに二時間以上が経過していた。

祈る思いで組んでいた手は、いつの間にか手の甲に爪の痕がついていた。百花は胸苦しさをこらえ、コートを見つめ続けた。

「ゲーム七條　七條リード　4－0（フォー・トゥー・ラブ）」

主審のコールが響き、またコート奥に置かれたスコアボードの数字が掛けかえられる。七條玲のスコアだけが増え、宝良のスコアは「0」のまま動かない。

ここまで宝良は決して一方的にやられているわけではなかった。第3ゲームに入ってからは七條玲がくり出す例のサーブもかなりの精度でリターンするようになっていた。さらに七條玲のボディ、球を返しにくい車いすの正面や利き手の間近に球を集め、ミスを誘う戦術に出た。これは功を奏して、宝良もポイントを重ねるようになった。

けれどそこにテニスの特殊なルールが立ちはだかる。相手に2ポイントの差をつけて4ポイント以上を取ることで、ゲームの勝者となるというルールだ。どんなにすばらしい内容で競り合っても、最後の最後にポイントしてゲームをとらなければそれはスコアボードに載らない。宝良もこんなに善戦しているのに——百花はひたすらもどかしくて、苦しくてならなかった。

「あっ……雨」

隣のみちるが声をあげて、え、と百花も空を見上げた。灰色に染まった空から細かな水滴が落ちてきて、それはみるみる強い雨脚になった。もっとも観戦席には屋根が取りつけられているので、強風でも吹かない限り観客は雨に直接濡れることはない。

ただ剝き出しのコートはそうはいかない。選手たちはコートを出てそれぞれのベンチに戻り、大きな傘を持ったボールパーソンが二人にすばやく駆けよって傘をさしかけた。審判もアンパイアたちもその場を動かない。自分たちはみるみるずぶ濡れになっていくのに、彼らは表情ひとつ変えず、ひたすら選手を雨から守る。

さいわい、雨は数分でやんだ。驚いたのはそこからだ。テニスコートの通用口が開いたかと思うと、大会スタッフのTシャツを着た人々がぞろぞろとコートに入ってきて、手にしたタオルでコートを拭き始めた。とくに水はけの悪い白線部分を、丹念に拭いていく。大勢の人が膝をついて一心にコートを拭いているその光景に、百花は胸を打たれた。決してアクセスしやすいとは言えない小さな町の大会が、なぜ三十年以上も前から途切れることなく開催され、やがてスーパーシリーズに格付けされたのか、その理由を見た気がした。

やがてコートの整備が済み、試合が再開された。宝良のサービスゲームが中断されていたため、宝良は右サイドに、七條玲も自陣右サイドにポジションを定める。

宝良はスライスサーブを打った。スライスはよく「すべる」と表現されるが、その通り低い弾道で飛んできた球は、バウンドしたあともさらに飛距離を伸ばすのが特徴だ。そして、雨あがりでコートがまだ水気を含んでいる今はなおさらそれが顕著になる。それが宝良の狙いだったに違いない。

球の伸びが予測以上だったのか、七條玲のリターンが甘くなった。コース、球威ともに決め手がない。それを前に出た宝良がすかさず強打、左サイドのコーナーを抜いた。

「15（フィフティーン）－30（サーティ）」

宝良のポイントに、思わず百花はみちると手を握り合った。雨での中断が何か気持ちを切り替えさせたのか、スライスを中心に攻め出した宝良は動きに一切の迷いがない。さらにサーブと連動した攻撃でポイントを連取した。

「30－30（サーティ・オール）」

流れを決定的に変えたのが、その後の宝良のショットだった。ベースラインの前からくり出された七條玲の速球リターンを、宝良は七條玲のボディに返した。しかも高く跳ね上がるトップスピンの球。七條玲は打つために下がらざるを得ず、彼女が下がったその隙に、宝良がコート前方にドロップショットを落とした。

「40(フォーティ)―30(サーティ)」

宝良の戦い方が変わってきている。勝負を急ぎがちだった最初に比べて、時間をかけ、伏線を張り、相手を自分の展開に引きこんで討ち取っている。これはそう、まるで第2セットまでの七條玲の戦い方だ。

宝良は、戦いの中で強敵の長所を吸収して、我がものとしているのか。

また宝良がコート外に球が逃げるスライスサーブを打ちこむ。ただでさえ低空飛行で弾まない逆回転の球は、ハードコートに残った雨の水気の作用で、バウンドしてもさらに沈むように低空を滑って逃げていく。それでも七條玲は圧倒的なチェアワークで回りこみ球を捉えた。しかし沈んだまま弾まない球をリターンするため、下から上へ打ち上げるショットになる。球は山なりの弧を描きながらネットを越える。

そうだ、その球は――

風のようにコート前方へすべりこむ宝良が見えた。肘を曲げたまま高くラケットを掲げるテイクバック。バウンドする前の球を、ラケットのど真ん中が捉える。

ドライブボレーが七條玲の右サイドを切り裂いた。

「ゲーム君島　七條リード　4－1(フォー・トゥー・ワン)」

どよめきと歓声と拍手が同時に湧きあがった。百花も夢中で拍手を送った。コーチ席の志摩は腰を浮かせている。よし、とその唇が動くのが見えた。

選手たちはコートチェンジの前にベンチに向かう。そのたった九十秒の間、百花は自分にできることをした。

「――たーちゃん、がんばれ!!」

ここで一緒に戦う、最後まで。


「たーちゃん、がんばれ!!」

またすごい大声が聞こえて、宝良はタオルに押し当てた顔をげんなりとしかめた。高校の部活じゃないんだ、大概にしろ。しかも生体拡声器モモカにつられて「宝良ちゃんがんばってー!」とみちるまで叫び始めてしまった。本当に勘弁してほしい。

けれどコートチェンジの時にちらりと見た観戦席の百花は、一歩まちがえば泣き出しそうな必死な顔でこちらを見ていた。

モモ。テニスって、そんな顔して見るものじゃないよ。

わくわくして、はらはらして、観客はただ、勝負のスリルを楽しんでいればいい。

「ゲーム七條　七條リード　5－1（ファイブ・トゥー・ワン）」

七條玲のサービスゲームはキープされた。一時はめずらしいことに彼女がダブルフォルトを出してポイントが並んだのだ。やはりあの新型サーブは彼女にとってもリスクの高い武器なのだろう。しかしそこから通常のサーブに戻った七條玲が、再びベースライン後方で鉄壁の守備に入り、最終的にこちらがミスを出してゲームを取られた。

次のサービスゲームをキープすればまだ1ゲーム戦える。しかし逆にブレークされたらそこでゲームセット。

だったら何が何でも守るしかない。

ボールパーソンからボールを受けとり、バウンドさせて感触を確かめる。さっき大会スタッフが丁寧に拭いてくれたおかげで、コートはもう完全に乾いている。空を仰ぐと、雲の切れ間から澄んだ青が見えた。青は、一番好きな色だ。

ならば、サーブも自分が一番好きなものを。

小学生の頃、雪代に手をとって教えられたとおり、自分がもっとも打ちやすい空中のポイントに球を置き、インパクトの瞬間まで目を離さずにラケットの真ん中を当てる。

ほぼサービスライン上に突き刺さった球を、ベースライン前まで出た七條玲がバックハンドで打ち返したが、ネットになった。

「15－0（フィフティーン・ラブ）」

主審のコールも、観戦席の拍手も、やけに遠く感じる。それでいてコートの上を飛んでいく小鳥の声が明瞭に聞こえるし、黄色のボールの少しごわごわした短い毛並みまではっきりと見える。ふしぎな気分だ。静かな力が指先まで満ちている。

次のサーブは回転をかけてワイドへ。七條玲は剣豪が刀を一閃（いっせん）させるようにラケットを振り抜き、ダウン・ザ・ラインに返してきた。そう来るような気がしてとび出していたからフォアハンドでクロスに打ち返した。アウトになりそうなきわどい地点に飛んだので一瞬どきりとしたが、アンパイアのコールは上がらない。

「30―0（サーティ・ラブ）」

次のサーブはいきなりボディにリターンされた。しかも着弾した球はあり得ないほど跳ね上がって、こっちの頭を大きく越える。だがもうベースライン後ろへ追い出されている。これ以上下がったら間に合わない。とっさに左のリムだけプッシュして車いすを右に向かせ、その動作をテイクバックの代わりにして限界まで腕を伸ばしたフォアハンドで打ち返した。

「40―0（フォーティ・ラブ）」

球はぎりぎりネットを越えて、あまりにぎりぎりだったので七條玲も取れなかったらしい。破れかぶれに打った自分のほうも少しびっくりしていた。

そうか、この車いすは、この車いすに乗った私は、こんなこともできるのか。

『宝良、おまえはもっと強くなれる』

そうなのかもしれない、コーチ。そしてここまで来るには、私は確かに、あなたの手を放してあなた以外の人たちと出会わなければいけなかった。

「ゲーム君島　七條リード　5－2（ファイブ・トゥー・ツー）」

主審のコールを聞いて息を吐く。遠いところで拍手が聞こえる。でもこれはしのいだだけで、問題はここからだ。次をキープされれば即試合終了であることは変わらない。

ボールを受けとった七條玲は、ベースラインからかなり後方にポジションを取った。

また例のあれを打ちこんでくる。しかもだんだん威力と精度が上がってきているのだから厄介だ。今でも十分強いくせに、この試合を練習台にしてさらに強くなる気らしい。

さすがは愛する王国のために勝ち続けると誓いを立てた女王陛下だ。

だが使命も責務も持たない一平民には、そんな誓いはどうでもいい。相手が誰であろうと、ネットを挟んで向き合ったら、やることはひとつだ。

ぶっ倒す。

センターに打ちこまれた速球を、フォアハンドでクロスに打ち返した。しかし気づけば七條玲は超能力者のようにすでにそこで待ちかまえていて、こちらの左サイド最奥に深いショットを放った。一番打たれたくない、えげつないポイントに平気で叩きこんでくる。あんな愛らしい顔をして中身はドSだ。

手のひらが燃えるほどリムをプッシュしまくり、ツーバウンドを終えた黄色の球を、息をもらしながらバックハンドで跳ね上げた。ぎりぎり間に合った、と思った瞬間、目の前に『Japan Open』と漆黒の地に白抜きした垂れ幕が迫って息を呑んだ。ガシャンと派手な音を立ててフェンスに衝突し、一瞬、高二の事故がフラッシュバックした。

「15(フィフティーン・ラブ)―0」

主審の声はいついかなる時でも乱れることがない。衝突したのは車いすだけで身体は何ともなかったが、さすがに驚いて脈が速くなっていた。ため息をついた宝良は、コーチ席から立ち上がった志摩が青ざめた顔でフェンスを握りしめていることに初めて気がついた。

なんて顔してるの。ちょっとぶつかっただけじゃない。

試合中に会話をすることはできないから、頭の中で思っただけだが、志摩は青い顔のまま後ろに下がって椅子に座りなおした。それを見届けて、コートへ戻る。

本当に心配なんていらないのだ。今はとても、そうとても、自由なのだから。

次のサーブは左サイドから。これはワイドが多いんだ、と思って七條玲がトスを上げた瞬間にリムをプッシュして球の間合いに入りこんだ。

だがラケットを球に当てた瞬間、想像以上の衝撃が走り、ラケットを取り落とした。

「30(サーティ・ラブ)―0」

ラケットを拾い、右の手首を左手で握る。七條玲のサーブに威力があったというのも確かだが、右手が痺れて小さく震えていた。自覚していなかったが、かなり体力を消耗している。

もう少しだけ、持ってくれ。この試合が終わるまででいい。そのあとはどれほどの苦痛に襲われてもいい。

最後まで戦わせてくれ、この人と。

次のサーブは七條玲がフォルトを出した。だが今度はサーブを戻すことはせず、例のサーブのまま続行してダブルフォルト。こちらにポイントが入った。ここが攻め所だと次のサーブはリターンエースを狙って七條右サイドのコーナーに強打したが、カウンターショットをクロスに叩きこまれた。

「40（フォーティ）－15（フィフティーン）」

もういよいよ、あとがない。ここから1ポイントも落とさずにこのゲームを取る。

七條玲はこれまでで一番強烈なサーブを打ちこんできた。それを何とか角度をつけて返球し、ラリーに持ちこむ。ボールは左へ、右へ、一番嫌なところを突いて返ってくる。それを車いすをこぎ続けて拾う。球をライン内へ返す限り、まだ試合は終わらない。

ベースライン外にまわりこんで球を拾った時、一瞬だけ、祈るように手を組んだ百花が見えた。まるで一緒に戦っているかのような必死な顔。

あなたのために、と言われるのが小さな頃から嫌いだった。その人が何かをすることの責任を自分になすりつけられているような気がして嫌だった。今でもそうだ。ひねくれていると自分でも思うが、それが自分という人間なのだ。

だからモモ、あんたのために戦うとは決して言わない。

私は、私が勝つと泣きそうになって喜ぶあんたを見たい私のために戦う。

私が勝つことがみちるの心を動かすことを願う私のために戦う。

昨日あたりからずっと青いままの志摩の顔色を戻したい私のために戦う。

私は、誇りを持って生きたい自分のために戦う。

方向転換のために車いすをターンさせる瞬間、パァンと高い打球音が響いた。なんて美しい音色だ。最高の角度と速度で球を捉えた、最高のショットを証明する音だ。

視界の後方の、もう見えないほどの端のほうで、黄色の球がこちらの右サイドへ飛んでくるのをかろうじて捉えた。推測される着弾地点は、今まさに自分がいる右サイドのコーナー。ターンし終えてからラケットを構えたのではもう間に合わない。

左のリムをぐっと握り、引きつけると同時に右手でラケットを構える。車いすの旋回をテイクバックに替え、完全に車いすが正方向に戻った瞬間、ラケットの中心に捉えた球を思いきり弾き飛ばした。

青く晴れはじめた空に舞う黄色の球。大きなどよめきが聞こえた。自分でも打てるかどうか賭けだったので安堵した。だが予想よりも高く弧を描いて飛んだ球を見て、首すじがザワッとした。

閃光のようによみがえったのは、二〇一五年ジャパンオープン女子シングルス決勝、七條玲とフィンセントの試合の勝敗を決した場面。決まったと見えた球をフィンセントが驚異的なチェアワークで追いついて跳ね上げ、けれどその宙に飛んだ球を、彗星のようにすべりこんだ七條玲が打ち落とした。

ゆるみかけていた手でハンドリムを握りしめ、車いすを急加速させる。ギュアッとハードコートを擦ったタイヤが鳴く。走れ。まだ終わらない。腕が砕けても走れ。

五年前のあの日を再現するようにコート前方にすべりこんだ七條玲が目に飛びこんだ。宙を舞い、下降に転じた黄色の球は、迎え入れるように掲げられた彼女のラケットへと落ちていく。

球を見るな。彼女のラケットを見ろ、彼女の視線を見ろ。

角度は。コースは。どこへ来る?

七條玲のラケットが振り下ろされた瞬間、全細胞全神経を電流が駆け抜けてバックサイドに思いきりラケットを伸ばした。

球がぶつかった衝撃をラケット面が襲う。歯を食いしばり、グッと手首に力をこめて耐える。面をぶれさせるな。持ちこたえろ。

力ずくで跳ね返した球が、七條玲の右わきへ飛び去った。

いったと思った。抜いたと思った。

耳から全部の音が消えた世界で、車いすから転げ落ちそうなほど腕を伸ばした七條玲の姿と、青空に舞い上がった黄色の球が目に焼きついた。

一秒間の完全な静寂。

主審のコールが高らかに響きわたった。


「ゲームセット・アンド・マッチ七條　ツーセッツ・トゥー・ワン　6−2（シックス・トゥー・ツー）　6−7（シックス・トゥー・セブン）　6−2（シックス・トゥー・ツー）」

コートに響きわたる主審のコールを、百花は身動きもできずに聞いていた。たった今、目の前でどういうことが起きたのか、整理がついていなかった。

「……モモちゃん」

みちるが、ぎゅっとパーカーの袖を握った。

華奢な少女の手を握り返しながら、小さく頷くのが精いっぱいだった。

「宝良ちゃん、敗けちゃったの……？」

ほぼ背中を向けた状態の宝良に七條玲がボディを放ち、観戦席の誰もがそこで試合の終わりを悟って小さな悲鳴さえあがった。

しかし宝良は、見えているはずもないその球を、車いすをターンさせると同時に打ち返した。

青い空に舞い上がった黄色のボールは、七條側コートのほぼ中央に落下した。百花がそこまで球を追った時には、すでに七條玲がその下にすべりこんでいた。ひと息に前へ詰めた女王は、そのままラケットを振り上げてスマッシュ。

強烈な一撃だった。誰もがこれで決まったと思ったはずだ。百花さえ、思った。

だがそのスマッシュに宝良は信じられない反応速度でラケットを当てた。本当に当てただけのバックハンドボレーだったが、跳ね返された球は七條玲の右わきを抜き去った。

そう、百花の目には映った。

しかし七條玲は、それさえも読んでいたかのように車いすから落下しそうなほど腕を伸ばし、フォアハンドで球を打ち上げた。

そして球は、宝良の頭上を抜いて、ベースラインの数センチ手前に落下した。

敗けた。宝良が、敗けたのだ。

ようやく実感した瞬間、涙があふれた。隣でみちるも、涙声でささやく。

「……モモちゃん。宝良ちゃん、動かないよ——」

宝良は、視界から消えた球を探すように半身をひねった姿のまま、コート内で静止していた。

まるで時間が止まってしまったように。

4

何秒か意識がとんでいたようで、君島選手、と主審に呼ばれて我に返った。

自分の後ろに転がった黄色の球をながめていた恰好からネットのほうに向き直ると、すでに主審はチェアから降りて、七條玲もネットぎわに詰めていた。

たとえば舞台俳優が演技の途中でどんなに致命的なミスを犯したとしても舞台の終わりには必ず笑顔でカーテンコールに応えなければならないように、テニスプレイヤーもどんなに情けない敗け方をしたとしても試合の終わりには笑って対戦相手と握手を交わさなければならない。

車いすを走らせ、ネットぎわへ向かう。全身に鉛を埋めこまれたようだった。ほんの数秒前までコートの端から端まで走っていたことが信じられないほど、重い。

宝良は集合が遅れたことを詫びてから、ネット越しに七條玲へ手をさし出した。

「どうも、ありがとうござい——」

ました、という言葉は続けられなかった。首根っこに腕を絡められて思いっきり引き寄せられた時、言葉はすべて喉の奥に消えた。

恋人のように抱擁されたのはほんの数秒だった。降り注ぐ拍手のなかで七條玲はサッと身を引き、今度はにこやかに主審と握手を交わした。そして最後に観戦席へ向き直り、人々の心に幸福をもたらす笑顔で、カーテンコールに応えるスターのように両手を振る。拍手はさらに大きくなり、スコールのようにコートに降り注いだ。

試合を終えた選手はすみやかにコートを出て、次の試合のために待機している選手に場所を明け渡さなければならない。宝良はベンチに戻り、汗を拭いてから、日常用車いすに乗り換えた。ラケットをバッグにしまい、その他の荷物もしまい、まとめて競技用車いすにのせる。もう何百回もくり返してきたその作業は、淡々とすばやく行うことができる。どんな試合のあとでも、どんな気分の時でも。

勝者が先にコートを出るのを待ってから、選手とスタッフ用の通用口からフェンスの外に出ると、志摩が子供を迎えにきた父兄みたいに待っていた。

試合中には硬く青ざめていた顔は、もう元に戻っている。彼が今どんな気分でいるのか、表情からはよくわからなかった。ただ、愉快や爽快とは程遠いことは確かだ。

「ご——」

「その先言ったら本気で怒るぞ」

眉を吊り上げた志摩は本当に怒り出しそうに見えて、宝良は口をつぐんだ。

「いい試合だった。俺は、あんたのコーチであることを誇りに思う」

そして志摩は、静かに右手をさし出した。コートで死力を尽くして戦った選手同士が最後に握手を交わす時と同じように。ためらいがちに宝良が手を握ると、ちょっと痛いくらいの力でしっかりと握り返された。

志摩は握手を解くと、今度はその手で軽く肩を叩いてきた。

「とりあえず取材。水分、トイレ、大丈夫か？」

「……問題ない」

「なら行こう。それが終わったら、まずは冷やすとこ冷やして休む。あと小田切さんに車いす見てもらったほうがいいな。思いっきりぶつかってたから」

志摩は明るすぎず深刻でもない声音でこれからやるべきことだけを話し、それは努めてそうしてくれているのだとわかった。わかったから、宝良は黙って頷いた。

マスコミ用のテントは、総合受付のある広場を通りすぎた先、ちょうど第2コートと第3コートの向かいに建てられている。試合を終えた選手は、そこで取材を受けるのが決まりだ。そちらへ向かおうとしたところで宝良は気づいた。

テントに向かう道の途中で、七條玲がナショナルチーム監督と話をしていた。やがて監督は何か話が決まったように頷くと、軽く手を上げながらホテルに向かって歩き出し、七條玲はひとりになる。

彼女はいつもすぐに大勢の人に囲まれるから、たぶんもうほかに機会はない。

そう思ったら、身体が動いていた。

「キミー?」

志摩の声が背中で聞こえたが、加速して車いすを走らせる。ラケットバッグをのせた競技用車いすは残してきてしまったが、志摩がしっかり守ってくれるはずだ。

「七條さん」

声を張って呼び止めると、七條玲は車いすを停め、リムを操作してふり向いた。

いつまでも少女めいたその姿に、五年前の彼女の姿が重なる。あの時まだ十代の少女だった自分のことも、いつも車いすのかたわらに寄りそってくれていた百花のことも、あざやかによみがえる。

「五年前、ここで、ジャパンオープンで、私はあなたの試合を見ていました。シングルス決勝の相手はヨハンナ・フィンセント。スコアは6−4、6−4であなたの初優勝。あなたが世界一のプレイヤーになったあの時、私は車いすテニスをすると決めました。車いすテニスをして、もう一度生きようと決めました」

だからあなたがテニスをすることでこれからもきっと誰かが——

そんなことを言おうとして、けれど言葉を呑みこんだ。そんなことは自分ごときが言うまでもないことだと水に沈むように思い直し、小さく頭を下げた。

「……以上です。失礼します」

「ねぇ、君島さん」

　車いすを反転させようとした時、澄んだ声に名を呼ばれた。

　見つめ合った彼女は、咲きこぼれる春の花のように笑った。

「すごく楽しかったね。またあんな試合しよう。パラリンピックでも、世界マスターズでも、グランドスラムでも、これから何回でも。待ってるから、早く来て」

　またね。

　約束のような笑顔を残して、彼女は取材陣の待つテントへ向かう。ほどなくして盛大な拍手が起こり、人の声が入り乱れ、カメラのフラッシュが焚かれる音が連続した。とても長いようにも、一瞬のようにも思えた時間のあと、足音が近づいてきた。

「キミー。そろそろあんたも取材に……」

　正面にまわりこんだ志摩は、なぜかこれ以上ないほど目を見開き、硬直して動かなくなった。何かを言おうと開いた口をまた閉じて、途方にくれた顔で立ちつくす。

「たーちゃん？　どうしたの、もしかしてどこか痛い？」

　今度はパーカーを着た百花まで前にまわりこんできた。心配そうに眉根をよせていた百花も、やはり志摩と同じように、こちらの顔を見るなり目を大きくした。

　けれど百花は、志摩のように固まったりはせず、パーカーのポケットからやさしい桜色のハンカチを出した。車いすの前に膝を折った百花に、ハンカチでそっと頰をぬぐわれた時、初めて自分が涙を流していたことを知った。

また、あたたかいしずくが頰を伝いおちる。濡れた頰を、春のやわらかな風がなで、青い空へとかえっていく。

ふらりと腕を伸ばすと、百花は驚いた表情を浮かべたが、膝をついたまましっかりと抱きとめてくれた。そんな百花の首根っこに子供のように腕を絡めて、温かい肩に顔をうずめる。

私は、車いすテニスプレイヤーとして生きる。

それは戦いに明け暮れ、自分の弱さを直視し続ける日々だ。きっとまた迷う時は来る。血を吐き、地面を這いずるような苦しみを味わう日も。だがそのたびに何度でも自分の弱さから立ち上がり、私は23・77×10・97メートルのコートへ還ろう。

ひたすらに球を追い、打ち返し、どれほど必死になろうとも無駄になどならない相手と対峙する時、私の命は報われる。一度は潰えかけた私の命を、生きる意志を、必死に取り留めようとした人たちに、報いることができる。

「たーちゃん。敗けちゃったけど、かっこよかったよ」

「……敗けた言うな……」

「世界で一番かっこよかったよ。たーちゃんは、やっぱり、わたしのヒーローだよ」

トントンとあやすように背中を叩きながら、百花がやさしくささやく。

あんただって、ずっと私のヒーローだった。

あんたがうずくまっていた私を引っぱり起こし、車いすテニスとあの人に出会わせてくれた。そして私は今ここにいる。雪代とめざしてきた、とても高く遠いところにある、全部これでよかったのだと言える場所へのスタート地点に。

何もかもがたった今から始まる。これから踏み出す果てしない道を、志摩と手をとり合い、世界中の好敵手と戦いながら、私は進む。

だから見ていて、モモ。

いつかあんたが作ってくれる最高の車いすに値する、最強の車いすテニスプレイヤーに、きっと私はなるから。

終章

『たからちゃん。こんにちは、お元気ですか？

　メールをしようと思ったけど、なんかちょっとちがう気がして、手紙を書くことにしました。でもモモちゃんから、今はフランスにいると聞きました。その次は、チェコとポーランドに行くって。この前はワールドチームカップでポルトガルに行ってたのに。たからちゃんって、いそがしい飛行機みたいだなって思います。

　たからちゃんが帰ってきたら、この手紙を読んでくれるといいなと思います。

　ちゃんと言えてなかったけど、ジャパンオープンにわたしを行かせてくれて、どうもありがとう。

　いっしょに見た決勝戦は、ほんとにすごかったね。たからちゃんが負けた時は残念だったけど、あんなに強いおねえさんに負けたんだから、しょうがないと思います。しょうがないなんて言ったら、たからちゃん、すごく怒りそうだけど。でも、わたしには、たからちゃんもあのおねえさんと同じくらいかっこよく見えました。

　たからちゃんが練習や試合をしている間、わたしはわたしと同じ、車いすの子たちと知り合いになりました。とくにエマというスイスの女の子とは、今でもメールをしています（エマはいつもはフランス語を使ってるけど、わたしのために英語でメールを書いてくれます。わたしは辞書を使いながらそれを読んだり、返事を書いたりしてます）。エマのように車いすテニスの選手として大会に出る子も、車いすテニスはやってないけど好きだから見に来てる子も、いろんな子がいました。

たからちゃんが言ったとおり、あそこではわたしが車いすでも、関係なかったです。わたしがどんな人かということしか気にされない。でも、だから、わたしはわたしってどんな人なんだろうとよく考えました。

考えた結果、わたしは学校に行くことにきめました。たからちゃんがこの手紙を読んでいるときには、もう行ってるはずです。本当は、こわいし、行きたくないってすぐに思ってしまうけど、それでも行くときめました。

ジャパンオープンの会場には、いろんな国の、いろんな車いすの人がいました。足が棒みたいに細くなってる人も、片足がない人も、両足がない人も、車いすを自分の手ではこげない人も。

でも、みんな、見てるとふつうでした。テニスをしてないときは、広場のはしっこに集まって笑っておしゃべりしたり、バナナをもぐもぐ食べたりしてました。試合してるときも、アウトしちゃうとムスッとしたり、勝つとガッツポーズで叫んだりしてました。そういうのは、すごく、ふつうでした。

そうだ、わたしもふつうなんだって、うまく言えないけど、思いました。

わたしは車いすだから、ときどきふつうじゃないみたいに思われることがあるけど、本当はわたしは何も変わってない。もしだれかがわたしをふつうじゃないように扱おうとしても、わたしはわたしだってことをわたしが忘れなければ、大丈夫なんだって思いました。

そう思えたから、また学校に行こうと思いました。わたしはまだ知らないことがたくさんあって、その知らないことを知りたいから、勉強しようと思います。

そして学校に行ったら、たからちゃんとモモちゃんにも話したあの子に、おはようと言おうと思います。

今でも、わたしといっしょにいるのをやめたいと言われたときのことを思い出すと、胸がぎゅっと苦しくなります。弱いと言われたことを思い出すと、消えたくなります。その子のことがすごくにくくなったり、その子だけじゃなく世界のみんながにくくなったり、します。

でも、今は、その子の気持ちも少しだけわかるような気がします。

わたしが学校に行ったり、外に出たりすることを「こわい」と思うように、その子もこわいことがたくさんあるんだと思う。生きていくことが、こわいんだと思う。だからつよい人たちといっしょにいたいんだと思う。

それなら、もういい。わたしも同じだから。

友達にもどるのは無理かもしれないけど、友達だったことがぜんぶ消えたわけじゃないから、つぎに会ったら、おはようって声をかけようと思います。

コートを走ってるたからちゃんは、かっこよかったです。白いテントでいろんな人の車いすを直してるモモちゃんも。わたしも、二人のようなひとになりたい。

いつでもちゃんとわたしでいられて、そしていつか、だれかのために動けるひとに。

ありがとう、たからちゃん。

それから、東京パラリンピック、出場おめでとう。

応援してるから、ぜったい金メダルをとってください。

あと、わたしも今度車いすバスケの試合に出るから、モモちゃんと来てくれる？』

＊

二〇二〇年八月二十九日、土曜日。東京都江東区、有明テニスの森。

百花は青空に向かってそびえる有明コロシアムを見上げ、武者震いする胸にチケットを入れた封筒を押し当てた。日本テニスの聖地にしてパラリンピック車いすテニス大会会場、有明テニスの森。ここを訪れるのは高二の夏のインターハイ以来だ。

「山路、そっちじゃないぞ」

「えっ、はっ、すみません！」

人ごみの中、小田切に呼ばれてあわてて方向転換する。今日は休日なので、前を行く小田切は半袖シャツに黒パンツのシンプルな私服だ。百花も深いブルーのチュニックを着てきた。もちろんブルーは宝良の応援色だ。

東京パラリンピック観戦チケットの抽選販売が始まるなり即申し込みをした百花は、毎朝毎晩捧げた祈りが通じたのか、幸運にも車いすテニスのチケット二枚を射止めた。一枚は男女ダブルス、クアードシングルス一回戦、そして女子シングルス二回戦が行われる今日、八月二十九日の分。そしてもう一枚は、なんと女子シングルス決勝戦が行われる九月四日だ。車いすテニスのチケット抽選は激戦だと聞いていたので、当選通知を受け取った時はうれしさのあまりベッドを転げまわってしまった。

九月四日は金曜日で会社の営業日なので、百花は万難を排して駆けつけるため、五月頭に工場長の岡本のもとへ休暇申請書を持っていった。しかし、そこで同じ申請書を持った小田切とばったり出くわした。聞けば小田切もパラリンピックのチケットに当選したのだという。しかも百花と同じ八月二十九日と九月四日の二日間だ。百花はあまりの偶然に仰天したし、岡本にも「おまえら仲いいな」とあきれた顔をされた。今日は小田切と同じ日に同じ場所へ行くのに別行動をとるのも何やら不自然なので、今日は小田切と待ち合わせしてこの有明コロシアムにやってきた。八月の陽射しは強く、暑さは厳しいが、場内にあふれる人々の表情は浮き立ち、百花も鼓動がはやってならなかった。

前日、女子シングルス一回戦が行われ、宝良はフランス代表のジャクリーヌ・モローと対戦した。そして彼女をストレートで破り、今日の二回戦に勝ち進んでいる。

小田切とコートに到着すると、すでに観戦席には大勢の人が集まっていた。

「おー、百花ちゃん。小田切も」

観戦席の中ほどに手をふるスリムな男性がいた。麻シャツにサマージャケット、なかなかのしゃれ者だ。とっさにそれが誰か気づけなかった百花は、思わず声をあげた。

「雪代さん、その髪⁉」

「いやー、髪がはえてきたら、もう愛しくてうれしくてさ。人間いつどうなるかわからないから、今までやったことのないことやってみようって思って。どう、似合う？」

笑顔の雪代は金茶色に染めた髪をチョイとさわる。雪代はこれまでスポーツマンらしい黒髪短髪だったのでまるで印象が違い、それで彼とはわからなかったのだ。

でもあざやかな髪色の雪代は、前にもまして色男だ。だから百花は笑って頷いた。

「とってもお似合いです」

「だろ？　志摩には散々こきおろされたけど、クラブのご婦人たちには大モテなんだよ。志摩あいつ、テニスのセンスはあるけどファッションセンスはないんだよな」

あっけらかんとした雪代の物言いに、小田切もめずらしく笑顔になった。

「お身体のほうはもう？」

「うん。すっかり元通りとは言えないけど、ちびっこたちと楽しくテニスできてるよ。子供ってほんと一日で大人のひと月分くらい変わるから、しょっちゅう感動する。あ、そうだ、子供用のライトスポーツ車のモニターの件。最近クラブの車いすテニス部に入った女の子がいてさ。その子にもモニターやってもらったらどうかと思うんだけど」

「それはありがたいです。ぜひお願いします」

小田切と雪代の話し声に重なるようにざわめきが起こった。コートの通用口に顔を向けた百花は、思わず下腹に力をこめた。

ラケットバッグをのせた競技用車いすを押して、選手たちが入場してくる。

先頭を進んでくるのは、中国のホワン・シャオチン。エキゾチックな黒い瞳が印象的で、上腕と肩がウェアの上からでもそうとわかるほどたくましい。世界ランキングは14位で、現在9位までランキングを上げてきた宝良よりはやや下がるが、ランキングの数字はさほど当てにならないのがテニスの試合だ。

宝良は、シャオチンの後ろから、静かに競技用車いすを押して現れた。

宝良がまとう痛いほど張りつめた気迫が、観戦席にまで伝わってくる。シャオチンも同様で、これが国の代表となった者たちのオーラなのだ。息をひそめてコート奥のベンチに向かう宝良を見守っていると、ふと宝良が何かを感じたように、こちらを見た。

ぐっと両手を握ってエールを送ると、宝良は素っ気なく目をそらしたが、小さく頷いてくれた気がした。

「ザ・ベスト・オブ・3タイブレークセット　君島トゥー・サーブ・プレー」

試合開始を宣言する主審の高らかなコールが響く。

ボールパーソンから受けとった球を一球だけ残してバックレストネットに入れた宝良は、ベースライン手前のポジションにつき、いつも通り三度ボールをバウンドさせる。

観客は誰もが息を殺している。木々の枝葉のゆれる音が聞こえるほど、静かだ。

何もこわくはない、信じているから。

あなたは勝つ。あの日のように、最後まで決して諦めずに戦って、きっと勝つ。

そして決勝の日、一万人の観客が埋めつくすセンターコートへ、わたしは戦うあなたに会いに行く。

バウンドを終えた宝良が、黄色の球を握り、しなやかに鍛えあげた上体を反らした。

そしてトスが上がる。

青い、青い、アスリートたちが戦う夏の空に。

執筆にあたり、日本車いすテニスナショナル監督・中澤吉裕さん、一般社団法人日本車いすテニス協会・佐々木留衣さん、矢島智子さん、株式会社オーエックスエンジニアリングの皆さんにご協力を賜りました。この場をお借りして感謝を申し上げます。

阿部暁子

主要参考文献

『車いす・シーティングの理論と実践』監修：澤村誠志　伊藤利之　編集：日本車椅子シーティング協会（はる書房）
『車いすはともだち』城島充（講談社）
『車いすの図鑑』監修：髙橋儀平（金の星社）
『木の家と太陽と車いす』阿部一雄（円窓社）
『脊髄損傷者の看護』編著：吉備高原医療リハビリテーションセンター看護部（メディカ出版）
『スティル・ライヴズ　脊髄損傷と共に生きる人々の物語』ジョナサン・コール　監訳：河野哲也　松葉祥一　訳：稲原美苗　齋藤瞳　谷口純子　宮原克典　宮原優（法政大学出版局）
『文藝春秋　二〇一九年六月号』より「脊髄損傷は治療できる　札幌医大「奇跡」の発見」本望修（文藝春秋）
『車いすテニスガイドブック』一般社団法人日本車いすテニス協会
『パラリンピックのアスリートたち　乗りこえた壁の先に　車いすテニス　三木拓也』金治直美（新日本出版社）
『二つのファイナル・マッチ　伊達公子　神尾米　最後の一年』佐藤純朗（扶桑社）
『テニスプロはつらいよ　世界を飛び、超格差社会を闘う』井山夏生（光文社）
『パラリンピックを学ぶ』編著：平田竹男　河合純一　荒井秀樹（早稲田大学出版部）

＊このほか、吉田記念テニス研修センターさんからいただいた『車いすテニスフィットネストレーニング』ＤＶＤも参考にいたしました。

解説

北上次郎

　本書を手にしているということは、もう第一部〈Ｓｉｄｅ 百花〉を読んだわけだ。すごかったでしょ。泣いたでしょ。泣かせる小説は珍しいわけではない。しかし泣くとはいってもだいたいは小説の山場に泣かせるもので、涙がこみ上げてくる箇所は一か所か二か所、ゆずっても三か所ぐらいだろう。ところが、『パラ・スター〈Ｓｉｄｅ 百花〉』はずっと泣いちゃうのである。途中からずっと山場が続くのである。休む間もなくだ。私はもともと泣き虫で、特に最近は加齢によって涙腺が壊れかけているので、話半分に受け取ってもらってもいいが、近年あれほど泣いた小説も珍しい。

　急いで書いておくが、泣くということと小説の評価は別である。泣いたから「いい小説」というわけではない。そうお断りしておいて、急いでこの小説の内容紹介に移りたい。本書は車いすテニスの世界を描く小説である。車いすテニスプレイヤー君島宝良と、車いすメーカー藤沢製作所の新米社員山路百花、この二人を主人公にして進行していく小説だ。第一部にあたる〈Ｓｉｄｅ 百花〉は、熱血少女百花の側から描くもので、このパートが涙涙涙の連続なのである。

すでに〈Ｓide百花〉をお読みになった方に説明は不要だが、帰宅途中にトラックに撥ねられて脊髄を損傷して家にひきこもっている宝良を、福岡県飯塚市で行われる車いすテニスのジャパンオープンに百花が誘うシーンがある。〈Ｓide百花〉の三分の一のところだ。そんなものを見たくない、と宝良が拒否するくだりだ。「私はこんなだから、九州なんて遠いところ行けるわけない！」と言う宝良に、宝良の母紗栄子が「行きなさい、宝良」と、凛とした声で言った瞬間、私の涙腺が崩壊した。ここから最後までずっと泣きっぱなしだった。いやあ、すごかったなあ。

しかし本当にすごいのはこの先だ。この『パラ・スター』二冊が泣かせるだけの小説ではなく、素晴らしい作品であることは、第二部にあたる本書『パラ・スター〈Ｓide宝良〉』を読めば明らかだ。今度は宝良が主役をつとめるのだが、この宝良、百花にくらべて徹底してクールである。なにしろ、車いすテニスプレイヤーとしてデビューすると彗星のように活躍し、そうするといつもクールなので「氷の王女」と言われるのだ。たとえば小学生の佐山みちるが体験テニスをするとき、これは第一部にあたる〈Ｓide百花〉のラスト近くに出てくるくだりだが、テニス経験の少ない小学生を相手にしても手を抜かないから徹底している。見ているコーチが「おとなげねー」と言うくらい厳しいボールを打ち込むのだ。この「氷の王女」の行動規定書には「愛想笑い」という項目がなく、それは母の紗栄子に似ていると本文にある。そうか、似た者親子か。

百花は「今から、たーちゃんの家に向かいます！」と敬礼の絵文字付きのメールを送ってきたかと思うと、「今、交差点のところまで来たよ！」「今、中学校の前まで来たよ！」「今、たーちゃんちの玄関の前だよ！」「今、階段上ってるよ！」「今、廊下歩いてるよ！」「今、たーちゃんの部屋のドアの前だよ！」と、何度もメールを送ってくるような子だ。だから時々、宝良はうるさいと言いたくなる。この二人、性格がま逆なのだ。

つまり、〈Ｓｉｄｅ 百花〉がホットな巻だとするなら、この〈Ｓｉｄｅ 宝良〉はクールな巻だ。その対比がいい。じゃあ、もう泣かないの？　という質問には、いやご安心、数回は泣きます、と答えておこう。何がご安心なのかはわからないが。

この〈Ｓｉｄｅ 宝良〉のクライマックスは、ジャパンオープンの準決勝。女子車いすプレイヤーの世界Ｎｏ．１、七條玲（しちじょうれい）との試合が本書の白眉。五〇ページ以上も続くラストの試合の迫力が半端ない。五年前に、宝良は百花に連れられて初めてジャパンオープンを見た。決勝の相手は、ヨハンナ・フィンセントだった。その相手を破り、七條玲は初めてチャンピオンになった。それから五年、宝良はその七條玲と同じコートに立ち、彼女と戦うのである。

その七條玲を始めとする登場人物たちが活写されていることにも急いで触れておく。

その準決勝の前日、宝良が眠れずに宿舎の外に出ると七條玲にばったり会うシーンがある。「こんな時間にどうしたの？　あ、ひとり胆試し？」と声をかけてきて、スマートフォンをかまえ、ツイッターにあげていい？　と聞いてくる。この実力世界一位の女王はしょっちゅうそうしてくるのだ。覗くと、「夜の散歩をしていたら、ひとり胆試し中の君島さんと遭遇！」という一文がついている。このお茶目なやりとりのあとに、なぜ車いすテニスを七條玲が始めたのか、いま何を目標にしているのかを語るシーンがあり、これもすごく胸に残る。お茶目なだけではけっしてないのだ。こういう細部がいいから物語が引き締まっていることは付け加えておかなければならない。

　阿部暁子は、コバルト文庫を中心に活躍している作家で、そのデビュー作『屋上ボーイズ』が刊行されたのは二〇〇八年だから、もう十二年になる。私が初めて阿部暁子の作品を読んだのは、二〇一八年の『室町繚乱』という小説だった。集英社文庫から出た作品なので、年少読者向きではなく、一般小説として書かれたものだろう。そのときは阿部暁子がどういう作家であるかも知らず、たまたま手に取ったら面白そうだったので読み始めると止められず、一気読みしてしまった。南北朝時代を背景にした時代小説だが、登場人物がどれもいきいきとしていて、しかも南北朝という時代の複雑な背景の立ち上げ方もうまく、さらに怒濤のような激しい局面になる後半の面白さまで、言うことがない。こんなにうまい作家を私はこれまで知らずにいたのか、と猛省。コバルト文庫の読者にはすでにお馴染みなんだろうが、私のようにまだ阿部暁子を知らずに過ごしている人もいると思われるので、読み逃さないようにと注意を喚起しておきたい。

本書は、迫力満点の車いすテニス小説だが、涙あり笑いありの友情小説であり、前を向いて生きることの大切さを描く青春小説であり、爽快な読後感を残す、すこぶる「いい小説」だ。南北朝を描く時代小説から一転して、このようなスポーツ小説の傑作を書くところに、この作家の幅の広さと才能の奥行きを感じることが出来る。阿部暁子の今後に注目せよ、と書いておきたい。

（きたがみ・じろう　文芸評論家）

本書は、集英社文庫のために書き下ろされた作品です。

集英社文庫

パラ・スター〈Side 宝良〉

2020年3月25日　第1刷
2021年2月27日　第3刷

定価はカバーに表示してあります。

著　者　阿部暁子
発行者　徳永　真
発行所　株式会社　集英社
東京都千代田区一ツ橋2-5-10　〒101-8050
電話　【編集部】03-3230-6095
【読者係】03-3230-6080
【販売部】03-3230-6393(書店専用)

印　刷　大日本印刷株式会社
製　本　大日本印刷株式会社

フォーマットデザイン　アリヤマデザインストア　　マークデザイン　居山浩二

ISBN978-4-08-744091-1 C0193